Maarten 't Hart
Die Jakobsleiter

PIPER ORIGINAL

Maarten 't Hart
Die Jakobsleiter

Roman

Aus dem Niederländischen
von Gregor Seferens

Piper München Zürich

Die Übersetzung wurde vom Nederlands Literair
Produktie- en Vertalingenfonds, Amsterdam, gefördert

Von Maarten 't Hart liegen außerdem vor:
In unnütz toller Wut
Das Wüten der ganzen Welt
Die Netzflickerin
Ein Schwarm Regenbrachvögel
Die schwarzen Vögel
Bach und ich
Gott fährt Fahrrad
Das Pferd, das den Bussard jagte

Deutsche Erstausgabe
Mai 2005
© 1986 Maarten 't Hart
Titel der Originalausgabe:
»De jacobsladder«, erschienen im
Verlag De Arbeiderspers, Amsterdam
© der deutschsprachigen Ausgabe:
2005 Piper Verlag GmbH, München
Satz: Satz für Satz. Barbara Reischmann, Leutkirch
Druck und Bindung: Clausen & Bosse, Leck
Printed in Germany   ISBN 3-492-27094-8

www.piper.de

Jakobsleiter (Jacobs …), w. (-n), 1. (eigentl.) die Leiter in der bekannten Traumvision des Stammvaters Jakob (Gen. 28, 12); – (fig.) Mittel, um mit dem Himmel in Verbindung zu treten; – sehr lange Leiter hinauf in die Spitze einer Mühle; – (sprichwörtl.) *es war eine regelrechte Jakobsleiter*, eine lange Reihe von Klagen, eine lange und ermüdende Geschichte; – 2. (Seemannsspr.) Bez. für unterschiedliche Strickleitern (event. mit hölzernen Sprossen); – 3. ein über Scheiben laufender, endloser Riemen (möglicherw. auch ein Seil oder eine Kette), auf dem oder an dem Tröge befestigt sind, die Getreide usw. unten im Schiff aufschaufeln und oben wieder ausschütten; – kleiner Bagger mit vertikal angebrachter Baggerleiter; – 4. (botan.) reg. Bez. für Speerkraut (*Polemonium coeruleum*); *Jakobsleiterchen* nennt man auch das Salomonssiegel (*Polygonatum officinale*).

Van Dale, *Großes Wörterbuch der niederländischen Sprache*

Teil 1

Eine Notwohnung für Gott

I

Ebbe; die Fähre hatte am niedrigsten Steg angelegt. Radfahrer fuhren ans Ufer; Autos starteten ihre Motoren. Jetzt mußte ich an Bord gehen. Doch die Fregatte, die drei Tage am Kai gelegen hatte, lief aus. Drei Abende waren Matrosen singend durch den Hafen gezogen. Manchmal waren sie sogar die Deichtreppen hinuntergestiegen. Nie zuvor hatten wir dergleichen erlebt; nie zuvor hatte ein Kriegsschiff in unserem Hafen angelegt. Schon vom Bahnübergang aus konnten wir die großen weißen Buchstaben und Zahlen auf dem Schiffsrumpf sehen. Jeden Tag war ich kurz hingegangen, um mir die Fregatte anzusehen. Nun würde sie auslaufen. Am liebsten wäre ich stehengeblieben und hätte zugeschaut, bis sie weit draußen auf dem Waterweg war. Dann hätte ich erst die nächste Fähre nehmen können. Wäre ich dann vor dem Abendessen wieder zu Hause gewesen, wie ich es meiner Mutter versprochen hatte? Bestimmt nicht. Trotzdem blieb ich noch einen Moment stehen, betrachtete noch kurz die vielen Matrosen, hörte all die schallenden Stimmen und sah auf der Brücke die Männer mit weißen Mützen. Am Heck wurden die Leinen bereits losgemacht. Rasch lief ich hin. Von dort konnte ich leicht vom höchsten auf den niedrigsten Steg zur Fähre springen. Noch einen Augenblick – dort waren so viele Möwen, Hunderte, so schien es, sie schwebten alle über dem Achterdeck. Es roch dort so herrlich, es war ein Duft, der keinem anderen Geruch ähnlich war, ein Duft von Verwesung und Schmieröl, Tauen und, merkwürdigerweise, auch Mist.

Weiter weg, am Bug des Schiffes, stand noch ein Junge und sah andächtig zu. Er war so alt wie ich. Wer mochte das sein? War das Jan Ruygveen? Jedenfalls stand er an der schönsten Stelle. Offenbar mußte er keine Fähre erreichen. Deren Signalhorn tutete. Beim nächsten Ton würde die breite, eiserne Planke langsam in die Höhe fahren. Jetzt mußte ich gehen. Vom einen Steg auf den anderen springend, erreichte ich den vorletzten Landungssteg. Das Signalhorn tutete erneut. Die breite Laufplanke ging hoch. Von der eisernen Kante des vorletzten Stegs konnte ich bequem auf die Planke steigen und mit ihr gen Himmel steigen. Sie fuhr so langsam in die Höhe, daß ich mich hinsetzen konnte. Dann wurde die Schräge immer steiler, und während ich noch einen Moment weiter in die Höhe stieg, rutschte ich langsam hinab aufs Deck. Dort erwartete mich ein wütender Bootsmann.

»Halunke«, schimpfte er, »du kleiner Angeber, wenn ich dein Vater wäre, ich würde dir die Hammelbeine langziehen. Du hättest genausogut zur anderen Seite abrutschen können, und dann wärst du zwischen Hafenmauer und Schiff gelandet.«

Er gab mir einen Schubs gegen die Schulter. Eine Ohrfeige wollte er mir auch noch verpassen, doch ich duckte mich und rannte zum turmhohen Achterdeck der Fähre. Auf den Kisten mit Schwimmwesten sitzend, konnte ich noch die ablegende Fregatte beobachten. Alle Trossen waren jetzt los. Jan Ruygveen stand an der Stelle, wo ich zuvor gestanden hatte. Offenbar war er zum Heck der Fregatte gelaufen. Zwei gewaltige, über das Wasser widerhallende Stöße aus dem Signalhorn. Der Bug mit der Kanone drehte sich langsam von der Kaimauer weg. Dann wendete die Fähre, und ich mußte mir eine neue Stelle auf der *Hoofdingenieur Van Elzelingen* suchen, um weiterhin die rasch kleiner werdende Hafenmole sehen zu können.

Sollte ich jetzt zum Bug gehen? Es war jedesmal so herrlich, zu der näher kommenden Insel Rozenburg hinüberzusehen, das salzige Wasser zu riechen und den Seewind zu spüren. Außerdem mußte die Fähre unterwegs fast immer einem Küstenfrachter oder einem Tanker ausweichen, so daß man diese Schiffe auch aus der Nähe betrachten konnte. Und fast immer flogen Flußuferläufer, Trauerseeschwalben oder Austernfischer in geschlossener Formation vorüber. Doch diesmal war es ruhig auf dem Fluß, und es waren nur ein paar Binnenschiffe unterwegs, die so langsam vorwärtskamen, daß wir ihnen nicht ausweichen mußten. Wie schade, ich liebte es, mit dem Schiff zu fahren, was mich anging, konnte die Überfahrt nicht lang genug dauern.

Rozenburg. Die Ebbe hatte ihren Tiefststand erreicht. Wir legten am vorletzten Steg an. Gemächlich senkte sich die eiserne Planke nach unten.

Als ich das steile Ufer hinaufging, bemerkte ich, daß auf der Kaimauer am anderen Ufer Dutzende Menschen da standen, wo ich vorhin die Fregatte beobachtet hatte. Was war dort passiert? Warum schwenkten die Leute die Arme?

Warum liefen sie aufgeregt hin und her? Warum war die Fregatte noch nicht abgefahren? Hätte ich doch bloß auf die nächste Fähre gewartet! Die Menschenmenge drüben wurde rasch größer. Polizisten auf Fahrrädern eilten über die Mole herbei.

Mit trockenem Mund starrte ich zu dem fernen Schauspiel hinüber. Daß ich das jetzt verpassen mußte und nicht wußte, was dort geschah oder geschehen war. Langsam ging ich den hohen Deich entlang und sah zum anderen Ufer hinüber, wo sich immer mehr Menschen bei der Fregatte zusammendrängten, die schon längst mitten auf dem Fluß hätte sein müssen. Ich dachte: »Tja, dann muß ich eben so rasch wie möglich zum Hof von Tante Sjaan laufen und Eier, Butter und Käse holen. Wenn ich schnell wiederkomme, krieg ich vielleicht noch raus, was passiert ist.«

Mit größtmöglichen Schritten stapfte ich über den Deich.

Bei einem Wegweiser mußte ich den Deich hinabsteigen. Unten ging der Weg weiter. Dort roch ich auf einmal den alles beherrschenden, friedlichen, intensiven Duft von Raps, den Duft eines ganzen Rapsfeldes. Fast vergaß ich, was hinter mir lag. Außerdem blühten auf dem Deichhang Klatschmohn und Löwenmäulchen. Dazwischen flatterten zierliche Hauhechel-Bläulinge, orangefarbene Feuerfalter und gelbliche Kohlweißlinge. Sie verfolgten einander, überquerten den Weg, verschwanden im Raps, kamen in größerer Anzahl wieder. Dennoch war es stiller als in einer leeren Kirche. Und es war warm, sehr warm. Es schien, als verstärkten sich Stille und Wärme gegenseitig. »Es ist warmstill«, flüsterte ich, »es ist warmstill.« Ein braunes Hündchen kam mir entgegen, wedelte mit dem Schwanz und lief neben mir her. Zusammen gingen wir an einem Haus vorüber, das in den Deich hineingebaut war. Als wir an dem Haus vorbei waren, blieb der Hund stehen. Er bellte kurz auf, so daß es anschließend noch stiller zu sein schien.

Ich kam noch an einer ganzen Reihe von Häusern vorbei, die ebenfalls in den Deich gebaut waren; es sah so aus, als seien sie mit dem Erdwall verwachsen. Auf den Fensterbänken lagen Katzen in der Sonne. Manchmal bellten mich größere Hunde an. An jedem Häuschen standen schiefe, zum Waterweg hinweisende Pappeln, und Klatschmohn und Löwenmäulchen machten fast unbemerkt Platz für Gemüsegärten, in denen Prinzeßbohnen schräg den Deichhang hinaufwuchsen.

»Du mußt unten am Deich entlanglaufen, bis du an eine Kreuzung kommst«, hatte meine Mutter gesagt, »dort mußt du geradeaus weitergehen und dem Sandpfad folgen, der sich durch die Wiesen schlängelt. Du kommst dann zuerst zu einem Bauernhof und gehst quer über den Hof. Hüte dich vor dem großen Schäferhund. Wenn du diesen Hof hinter dir gelassen hast, siehst du ein Häuschen mit grünen

Fensterläden. Daran mußt du vorbeigehen. Dahinter triffst du auf einen schmalen Pfad. Wenn du dem folgst, erblickst du hinter der Kurve zwischen den hohen Erlen ein Gatter. Vielleicht ist es offen, vielleicht auch nicht. Wenn es nicht offen ist, kannst du ruhig drüberklettern. Dann folgst du dem Weg, und irgendwann taucht plötzlich das Haus meiner Großkusine auf. Ach nein, zuerst siehst du einen Heuhaufen. Aber wenn du erst einmal bis dort gekommen bist, findest du das Haus bestimmt, und wenn du dich verläufst, dann kannst du immer noch jemanden nach dem Haus von Familie Kooistra fragen. Aber hüte dich vor dem Hund.«

Vorläufig konnte ich noch nichts entdecken. Vorläufig ging ich nur an einem Deich mit Klatschmohn entlang. Ich sah keine Menschenseele; dann und wann einmal bewegte sich hinter einem Küchenfenster ein blau-weiß karierter Vorhang, und ich meinte, ein Augenpaar zu erkennen. Niemand kam nach draußen, um mich aufzuhalten. Man dachte natürlich: »Ach, dort geht ein Junge, der auf dem Weg zu entfernten Verwandten seiner Mutter ist. Die hat vor kurzem erfahren, daß man bei ihrer Großkusine billig Eier, Butter und Käse bekommt, und darum hat sie nun ihren Sohn losgeschickt.«

In manchen der Deichgemüsegärten wuchsen Stachelbeersträucher, die ihre Früchte an langen Zweigen über den halben Weg hinweg darboten. Wenn ich meine rechte Hand aus der Hosentasche zog, konnte ich sie im Gehen pflücken. Der herbe Geschmack der noch unreifen Beeren vermischte sich mit dem intensiven Duft des Rapses.

Ich ging und ging, der Weg war viel länger, als ich aufgrund der Beschreibung meiner Mutter gedacht hatte. Pfauenaugen und Kohlweißlinge folgten mir manchmal, tauchten dann wieder in das riesige Rapsfeld ein und kehrten anschließend zurück, um vor mir den Pfad zu kreuzen, hinüber zu den Löwenmäulchen, wo sie kurz auf den dunkelgelben Blüten ausruhten. Aus allen Richtungen war das Zirpen der Heuschrecken zu hören. Am merkwürdigsten aber erschien mir, daß ich den Waterweg, der doch so nah war, nicht mehr roch. Es kam mir vor, als spazierte ich durch ein fernes Erdenland.

Der Rapsduft wurde schwächer. Ein riesiges Kartoffelfeld mit schon blaßrosafarbenen, aber kaum duftenden Blüten lag still und schmetterlingslos am Wegesrand. Es war, als sei der Himmel darüber dunkler gefärbt. Dann folgte das noch nicht ausgewachsene Kraut eines Rübenfeldes und anschließend die bereits mannshohe, rauschende Gerste, an deren Rand Kornblumen blühten, die verblichen aussahen und sich nicht aus voller Seele mitbogen, wenn der Wind durch das Getreide jagte. Wenn ich die Augen schloß, klang es, als hörte ich jemanden im Schlaf reden. Es schien, als unterhalte der ganze Acker sich mit dem Wind und dem Himmel und den Heckenbraunellen, die im Getreide herumraschelten und manchmal darüber hinwegflogen. »Die Heckenbraunelle ist bestimmt der schönste Vogel«, dachte ich, »kein anderer Vogel hat so ein hübsches, schiefergraues Köpfchen und ist so grazil gebaut.«

Hinter dem Gerstenfeld tauchte die Kreuzung auf. Doch da war kein Sandpfad. Lediglich zwei tiefe, sandige Rillen, zwischen denen Wegerich, Sauerampfer und Wiesenkerbel wuchsen, zogen sich durchs Gelände. Auch eine riesige Pfütze gab es dort, über die ich hinübersprang. Entlang der Rillen wuchs Eichenreisig. In den Büschen tummelten sich lauter Eichenwickler, deren Grün beinah in den Augen weh tat. Auf dem Wiesenkerbel krabbelten goldene Käfer in der Sonne. Auch sie waren grün, goldgrün. Gern hätte ich sie gefangen, aber ich mußte weiter. Nach einigen sanften Biegungen spaltete sich die Spur und wurde zu vier Rillen, die in einiger Entfernung zu Muschelwegen wurden. Welchen Weg sollte ich nehmen? Der linke führte zu einem Wäldchen aus verkrüppelten Kiefern. Es konnte gut sein, daß dahinter Häuser lagen. Der rechte Pfad schlängelte sich weiter unten am Deich entlang. Ein Windstoß brachte den Duft von Raps mit sich. Mannhaft wandte ich mich in Richtung Wäldchen und dachte dabei an das, was mein Großvater immer sagte: »Tja, mein Junge, eigentlich habe ich im Leben nur eins gelernt: Von dem, was die Menschen dir vormachen, stimmt nichts.« Es stellte sich heraus, daß hinter dem Wäldchen ein zweites aus Holunder- und Weißdornsträuchern versteckt war. Seitlich davon tauchte ein Bauernhof auf. War das der Hof mit dem Schäferhund? Allerdings zeigte sich, daß hinter dem Wäldchen ein breiter Sandpfad begann. Rasch überquerte ich den Hof. Von einem Schäferhund war nichts zu sehen und zu hören. Das Häuschen dahinter hatte rote Fensterläden, die geschlossen waren. Der Sandweg schlängelte sich daran vorbei, achtete überhaupt nicht auf das Häuschen. Er führte nah an einer rotblühenden Weißdornhecke vorüber, in der Hummeln brummten. Es schien, als führte der Pfad hinunter, als beschützte die laut summende Weißdornhecke alles, was dahinter lag. Man hätte meinen können, die Hecke stünde in Flammen. Als ich einige Zeit daran entlanggegangen war, erblickte ich das Gatter. Es war nicht offen und viel zu hoch, um darüber zu klettern. Als ich dagegendrückte, öffnete es sich. Vorsichtig ging ich hindurch. Ich gelangte auf einen Kiesweg, der um eine kreisförmige Wiese herumführte. Mitten in dem Rund ragten zwei riesige Platanen in den Himmel. Zwischen die beiden Bäume war eine Wäscheleine gespannt, auf der Laken trockneten. Das Gras selbst war blau vor lauter Ehrenpreis. Neben der Hecke war ein Komposthaufen, bei dem eine Ziege stand. Seelenruhig zog sie eine Brennessel zwischen den Blumen hervor. Sie legte sich die Nessel im Maul zurecht und fing bedächtig zu kauen an. Auf der blauen Wiese spielten zwei frischgeborene, gleichaussehende schwarze Ziegen mit weißen Söckchen. Dazwischen scharrten Hühner. Über das Ehrenpreis kam ein großer Hahn auf mich zu, verbeugte sich vornehm und stolzierte in Richtung Kiesweg weiter.

Regungslos schaute ich zu der blauen Wiese hinüber. Dort schien es noch wärmer zu sein als überall sonst. Unglaublich sommerlich war es dort, unglaublich friedlich. Dann trat aus dem weiter hinten liegenden Haus ein Mädchen meines Alters und kam auf mich zu. Sie erschrak nicht, als sie mich sah. Sie lief über die blaue Wiese. Es schien Zufall zu sein, daß sie dabei meine Richtung einschlug.

»Was machst du hier?« fragte sie mich.

»Eier kaufen, und Butter, und Käse«, erwiderte ich.

»Wir verkaufen nichts«, sagte sie.

»Meine Mutter hat aber gesagt ... sie hat gehört, daß man bei euch ...«

»Wir verkaufen nur an Verwandte.«

»Aber ich bin ein Verwandter.«

»Du? Du mit uns verwandt? Lügner! Ich habe dich noch nie gesehen.«

»Mein Großvater, Adriaan Voogd, ist ein Onkel deiner Mutter.«

»Meine Mutter hat gar keinen ... die Ziege will ins Erdbeerbeet, halt sie fest!«

In aller Ruhe spazierte die Ziege in Richtung der Erdbeerpflanzen und schleppte dabei ein Seil mit einem Pflock hinter sich her, den sie aus dem Boden gezogen hatte. Hier und da futterte sie ein paar Pflanzen, ging weiter, gelangte in ein Gemüsegärtchen, wo sie einen Salat aus der Erde rupfte. Als sie den zweiten Salat ernten wollte, erreichten wir sie. Mit zwei Händen packte ich sie beim Nacken. Ich versuchte, sie nach hinten zu ziehen, hatte aber nicht damit gerechnet, daß sie so stark war. Außerdem bockte sie mit gekrümmten Vorderbeinen. Mit ihren seltsamen Augen sah sie mich an. Zwei große, breite, horizontale Pupillen, um die herum ein hellgelber Rand glänzte. Ich packte ihre Vorderbeine und hob sie in die Höhe. Danach konnte ich sie, meine Schultern gegen ihre gestemmt, langsam nach hinten schieben. Sie wedelte eifrig mit ihrem kurzen Schwanz, beugte den Kopf nach vorn und drückte damit gegen meine Brust.

»Wo soll ich sie hinbringen?« fragte ich das Mädchen.

»In den Schuppen, da links«, erwiderte es.

Langsam schob ich die Ziege nach links. Ich schaute dabei in die Augen, die so nah waren und solch einen merkwürdigen, verträumten Glanz hatten. Es schien fast, als sähe die Ziege mich überhaupt nicht, als wäre sie ganz in Gedanken versunken. Auf dem Kiesweg waren Schritte zu hören. Das Mädchen rief demjenigen, der sich mir von hinten näherte, zu: »Er hebt die Ziege hoch, er hebt die Ziege hoch.«

Erst nachdem ich die Ziege in den Schuppen geschoben und das Mädchen die Tür zugemacht hatte, konnte ich mich umsehen. In der warmen Sommersonne stand eine Frau auf dem Kiesweg. Sie wischte sich Tränen aus den Augen; offenbar hatte sie Zwiebeln geschält. Während ich die Ziege, die über die niedrige Schuppentür zu klettern versuchte, nach hinten drückte, sagte das Mädchen: »Er sagt, er sei mit uns verwandt. Wie kann das sein?«

Die alte Frau antwortete nicht, sie stand nur da, sah mich mit großen Augen an und seufzte dann: »Ist ja nicht möglich, ist ja nicht möglich. Und er ist genauso stark.«

»Genauso stark wie wer?« wollte das Mädchen wissen.

»Wie sein Großvater«, antwortete die alte Frau.

»Du weißt nicht einmal, wer er ist«, sagte das Mädchen.

»Er ist ihm wie aus dem Gesicht geschnitten«, sagte die alte Frau, »ich kann ... ich glaub's nicht ... daß das nach soviel Jahren passieren muß, nach soviel Jahren.«

Plötzlich erwachte sie aus ihrer starren, versteinerten Haltung und setzte sich wieselflink in Bewegung. Sie zog mich so grob und wild an sich, daß ich dachte, sie wolle mich vom Hof jagen. Dann begann sie, mich heftig zu liebkosen. Kräftig streichelte sie mir über den Kopf, was ich gar nicht angenehm fand.

»Wer ist der Junge denn?« fragte das Mädchen.

»Ein Enkel von Adriaan Voogd«, erwiderte die alte Frau.

»Warum hast du mir nie erzählt, daß wir noch mehr Verwandte ...«

»Ach, Kind«, sagte die alte Frau, die offenbar die Mutter des Mädchens war, »es ist soviel geschehen. Sie haben sich über die Taufe gestritten.«

»Wer hat sich gestritten?«

»Sein Urgroßvater und mein Vater.«

»Und wie kann dann sein Großvater ein Onkel von dir sein?«

»Tja«, seufzte ihre Mutter, »alle Leute auf Rozenburg waren anscheinend darüber empört. Meine Großmutter starb, und innerhalb eines Jahres heiratete mein Großvater eine Frau von Anfang Zwanzig, die ebenso alt war wie meine Mutter. Meine Mutter hatte damals auch gerade geheiratet und wurde, wie ihre Stiefmutter, schwanger. Als ich zur Welt kam, wurde auch Adriaan geboren. Es war fast, als wären wir Zwillinge, und dennoch war Adriaan eigentlich mein Onkel.«

»Ich verstehe nicht die Bohne«, sagte das Mädchen.

»Sie gerieten in Streit«, sagte ihre Mutter, »mein Großvater war Mitglied der A-Kirche, und mein Vater bekannte sich zur B-Kirche. Ständig kabbelten sie sich wegen irgendwelcher Glaubensfragen, und schließlich ist mein Großvater dann weggezogen. Seitdem haben wir uns nur noch selten gesehen. Nun ja, als das geschah, da war ich schon beinahe zwanzig ... ach, das Leben geht so schnell vorbei.«

»Sein Großvater ist also genauso alt wie du?« fragte das Mädchen.

»Ja«, sagte ihre Mutter.

»Aber das geht doch nicht«, sagte das Mädchen, »ein Großvater kann doch nicht genauso alt sein wie eine Mutter.«

»Warum nicht? Dein Vater und ich haben erst spät geheiratet. Wir bekamen keine Kinder, und erst nach fünfzehn Jahren beten hat der Herrgott uns ein Kind geschenkt. Doch Adriaan, ach, der konnte nicht warten, der heiratete ...«

Ihre Mutter wischte wieder Zwiebeltränen beiseite. Das Mädchen sah sie aufmerksam an und sagte dann: »Du weinst doch nicht etwa?«

Ihre Mutter antwortete nicht. Ich hörte nur das allgegenwärtige, wilde Summen der Fliegen, Bienen und Hummeln.

Den ganzen langen, wundersamen, warmstillen Sommernachmittag folgte mir ihr Blick. Klaske und ich suchten Würmer für die Hühner.

»Dann bekommen ihre Eier schöne, dunkelrote Dotter«, sagte Klaske. Mit einer Harke lockerte ich die Erde, und Klaske sammelte die Würmer ein. Manchmal fanden wir auch eine riesige braune Nacktschnecke. Furchtlos nahm Klaske sie dann in die Hand und gab sie der größten Henne.

»Die ist verrückt nach Schnecken«, sagte sie.

In der Weißdornhecke suchten wir nach Raupen. Ich spürte ihren Blick. Erst als wir dicke Bohnen pflückten, war ich für kurze Zeit aus ihrem Blickfeld.

»Bleibst du zum Essen bei uns?« fragte Klaske.

»Nein, ich muß schnell wieder nach Hause«, antwortete ich.

»Du mußt bleiben«, erwiderte Klaske, »ich finde es so schön, daß du da bist, ich habe mir immer so sehr einen Bruder gewünscht.«

Als wir die Bohnen in der Küche ablieferten, fragte sie ihre Mutter: »Er darf doch zum Essen bleiben?«

»Aber natürlich.«

»Ja, aber ich habe versprochen, gleich wieder nach Hause zu kommen«, sagte ich.

»Ach, deine Mutter weiß, wie das bei uns so ist, die denkt sich bestimmt, daß du zum Essen hiergeblieben bist, so haben wir das früher auch immer gemacht, und abends ist es noch so lange hell. Schade, daß wir kein Telefon haben, sonst könntest du kurz anrufen, aber was soll's, deine Mutter wird sich schon keine Sorgen machen.«

»Wir haben auch kein Telefon«, sagte ich, »aber ich würde trotzdem lieber nach Hause gehen. Ich mag dicke Bohnen nicht besonders, die sind so bitter.«

»Ach, da liegt der Hase im Pfeffer«, sagte ihre Mutter, »tja, alle Kinder finden, daß dicke Bohnen bitter schmecken. Wenn du älter wirst, ändert sich dein Geschmack, du wirst sehen, später wirst du kaum etwas leckerer finden. Na, dann essen wir zur Feier des Tages doch Spinat.« Ihre Augen funkelten. Daß ich Spinat ebensowenig mochte, traute ich mich nicht zu sagen.

Bei Tisch sagte Klaskes Vater: »Wunder über Wunder, er sieht wahrhaftig aus wie Adriaan.«

»Ja«, sagte Klaskes Mutter, »und dabei hast du Adriaan nicht einmal gekannt, als er so alt war wie sein Enkel jetzt. Es ist wirklich kaum zu glauben, kaum zu glauben.«

»Wieso geht dir das Ganze denn so nahe?« fragte ihr Mann.

»Mir kommt es so vor, als hätte ich heute einen Sohn dazubekommen.«

»Was macht dein Vater?« wollte Klaskes Vater wissen.

»Er ist Küster«, antwortete ich.

»Na, da hockt er ja den ganzen Tag über drinnen«, brummte er, »das wär nichts für mich.«

»Pfui Teufel, Spinat«, sagte Klaske.

»Nimm dir doch mal ein Beispiel an Adriaan«, sagte ihre Mutter, die mir fast den ganzen Teller mit dem zu einem gleichmäßig grünen Brei gekochten Gemüse gefüllt hatte, das wir zu Hause immer verächtlich »Glibber« nannten.

Weil ich aus Erfahrung wußte, daß ich den Geschmack kaum merkte und erst hinterher würgen mußte, wenn ich sehr schnell aß, löffelte ich das Zeug mit rasender Geschwindigkeit in mich hinein.

»Ich habe noch nie ein Kind gesehen, das so gern Spinat ißt«, sagte Klaskes Mutter, »ich bin verblüfft.« Und erneut füllte sie meinen Teller. Ich dachte: »Das ist Verrat, denn sie mag keinen Spinat, ebenso wenig wie ich, doch sie wird jetzt dazu gezwungen, ihn zu essen, weil ich das Zeugs so schnell in mich hineinschaufle.«

Nach dem Essen verließ ihre Mutter das Zimmer und kehrte mit einem dunkelbraunen Foto auf festem Karton wieder. Sie legte das Bild vor mir auf den Tisch. Was mich erstaunte, war nicht, daß der Junge auf dem Foto – mein Großvater – mir ähnlich sah, denn das tat er ganz und gar nicht, er ähnelte nur meinem Großvater, obwohl er damals noch nicht kahl war, sondern daß das Mädchen auf dem Bild Klaske erschreckend ähnlich sah.

»Damals waren wir genauso alt wie ihr jetzt«, sagte ihre Mutter.

Wieder sah ich die großen, stillen Tränen.

»Aber, aber«, brummte Klaskes Vater, »muß das jetzt sein? Springflut auf Rozenburg?«

»Es ist einfach zuviel auf einmal«, sagte seine Frau. »Zuerst all diese Berichte über Enteignung und jetzt auch das noch.«

»Ach, deshalb«, sagte Klaskes Vater, »da mach dir mal keine Sorgen, zur Not jage ich die mit einer Harke ...«

»Aber eben davor habe ich ja Angst«, sagte ihre Mutter,

»und du weißt ganz genau, daß das nicht erlaubt ist, das sind doch die Autoritäten, die über uns stehen, die von Gott eingesetzt wurden.«

»Von Gott eingesetzt«, sagte ihr Mann höhnisch, »vor allem die Hafenbarone. Und Drees bestimmt auch, dieser gottlose Sozialist! Von Gott eingesetzt!«

»Im Römerbrief steht aber ...«, sagte Klaskes Mutter.

»Jaja, aber da steht auch: Ich wartete auf Recht, siehe, so ist's Schinderei, auf Gerechtigkeit, siehe, so ist's Klage.«

»Warum reden die beiden so merkwürdig miteinander?« fragte ich Klaske, die mich ein Stück auf dem Nachhauseweg begleitete, als wir zusammen an dem Bauernhof vorübergingen, wo auch diesmal kein Schäferhund zu sehen war.

»Hier auf Rozenburg sollen Hafenanlagen gebaut werden«, antwortete Klaske, »und das bedeutet vielleicht, daß wir umziehen müssen.«

»Findest du das schlimm?«

»Nein, ich finde das sehr spannend, ich würde gern woanders wohnen, aber mein Vater kann wegen dieser Sache nachts nicht mehr schlafen. Er hat Magenschmerzen und sagt fast gar nichts mehr. Auch meine Mutter findet es furchtbar schlimm. Den ganzen Tag über hat sie Tränen in den Augen, heute nachmittag auch. Alle finden das schlimm, alle Leute, die auf Rozenburg wohnen.«

»Wenn ich das nächste Mal komme, ist dann schon ...«

»Witzbold, nein, bestimmt nicht. Willst du wirklich öfter kommen?«

»Wenn ich darf.«

»Natürlich darfst du. Aber wenn du nicht kommst ... man weiß ja nie ... wenn du nicht kommst ... Sollen wir uns hier kurz hinsetzen?«

»Mir recht«, sagte ich.

Zwischen den roten Sauerampferblättern saßen wir am Wegesrand. Überall sah ich smaragdgrüne Springhähne auf den Blattnerven sitzen. Ich wollte einen fangen, doch sie nahm meine Hand und sagte: »Ich will dich später einmal heiraten.«

»Mich?« antwortete ich völlig verdutzt.

»Ja, denn du bist bärenstark«, sagte sie, »ich glaube, das ist später einmal praktisch.«

»Willst du mich deswegen heiraten?«

»Ja«, sagte sie fröhlich, »und auch weil du ein netter Junge bist, o nein, du bist ganz und gar nicht nett, du hättest wirklich nicht so viel Spinat zu essen brauchen, du Schuft.«

»Aber man muß einander doch nett finden, wenn man einander heiraten will.«

»Nein, nein, eben nicht, eben nicht, Menschen, die miteinander verheiratet sind, reden immer so übelgelaunt und beleidigt miteinander, habe ich recht oder nicht?«

»Ja, meistens ist das so«, sagte ich.

»Da hast du's«, sagte sie.

»In Ordnung«, erwiderte ich ruhig, »ich will dich gern heiraten, vorausgesetzt ...«

»Vorausgesetzt was?«

»Daß ich später mit dir in eurem Haus wohnen darf, wenn dein Vater und deine Mutter tot sind. Ich mach dann die ganze Arbeit.«

»Findest du unser Haus so schön?«

»Als ich durch das Gatter ging und in den Garten kam, dachte ich ... dachte ich ...«

»Nun, was dachtest du?«

»Ich weiß nicht, wie ich es ausdrücken soll, es war, als wohnte dort, tja, es klingt verrückt, aber trotzdem war es so, es war, als wohnte dort der Sommer. Ich meine, woanders ist natürlich auch Sommer, aber bei euch wohnt er, dort sind sein Haus und sein Garten, verstehst du. Ja, nirgendwo würde ich lieber wohnen als dort. Und auch hier auf Rozenburg ist es so schön, schau nur, siehst du die Springhähne auf dem Sauerampfer? Bei uns sieht man sie kaum noch, und hier ... da sitzen vielleicht hundert.«

Vorsichtig pflückte ich eines der Sauerampferblätter ab und legte es auf meine ausgestreckte Hand.

»Ich finde, das ist das schönste Grün«, sagte ich.

»Springhähne nennst du die?« fragte sie.

»Ja«, sagte ich, »so nennt mein Großvater sie, der hat mir alle Namen der Vögel, Pflanzen und Insekten beigebracht.«

»Du hättest also nichts dagegen ... was aber, wenn wir nun doch von Rozenburg wegziehen müssen?« wollte sie wissen.

»Das kann ich mir nicht vorstellen«, sagte ich, »etwas so Schönes wie euren Garten wird man doch nicht ... nein, nein, und außerdem ist der Waterweg so weit entfernt. Selbst wenn ein noch so großer Hafen gebaut wird ...«

»Die Leute sagen aber ...«

»Ach was, mein Großvater sagt immer, daß nichts so passiert, wie man es sich vornimmt.«

»Aber wenn wir einander nun versprechen, daß wir später heiraten, und unser Haus wird abgebrochen, was dann?«

»Ich kann doch versprechen, daß ich dich nur heirate, wenn euer Haus noch steht«, sagte ich.

»Habe ich's nicht gesagt, daß du ein Schuft bist«, sagte sie, »o, du willst also nur das Haus haben ... bilde dir bloß nicht ein, daß ich mich auf so etwas einlasse.«

»Na gut«, sagte ich, »dann verspreche ich es eben einfach so.«

»Hand drauf?« fragte sie.

»Hand drauf«, sagte ich.

Wir standen auf und gingen weiter. Sie sagte: »Ich bring dich bis zum Weg«, doch dann hinderte die Regenpfütze uns am Weitergehen. »Hier kehre ich um«, sagte sie. »Ich hebe dich drüber«, sagte ich. »Kannst du das?« fragte sie, doch ich antwortete nicht, sondern hob sie seelenruhig über die Pfütze. Wir gingen noch ein kleines Stück weiter. Sie sagte: »Ja, aber was soll ich machen, wenn ich jetzt gleich zurückgehe? Dann bist du nicht da, um mich über die Pfütze zu heben.« »Dann mach doch jetzt kehrt«, sagte ich, »ich gehe kurz mit und hebe dich rüber.«

So hob ich sie zum zweiten Mal über die Pfütze. Beide gingen wir unseres Wegs, beide schauten wir uns noch einmal um und winkten uns zu. Anschließend marschierte ich wieder unten am Deich entlang, und immer noch war es dort warmstill. Die Sonne verbarg sich hinter einem breiten Wolkenband, das sich im Westen über der Brielse Maas erhob. Der Himmel über mir war blauer als Ehrenpreis, und dicht über dem unteren Himmelsrand kurvten Mauersegler.

Es herrschte noch nicht wirkliche Dämmerung, sondern nur die Vordämmerung, die es nur dann gibt, wenn die Sonne hinter einem solchen Wolkenrand versinkt. Dennoch hörte ich in einem Kiefernwäldchen bereits das flinke Meckern des Ziegenmelkers, dem Lieblingsvogel meines Großvaters. Es war, als hörte ich meinen Großvater wieder sagen: »Ich hätte nichts dagegen, in Amerika zu leben, denn dort rufen die Ziegenmelker in der Dämmerung ›Wipurwil‹, aber wie man hört, sollen die Zigarren dort so schlecht sein.«

Die Welt war dunstig, durchsichtig, tiefblau. Überall machten sich jetzt die Ziegenmelker auf Insektenjagd. Die Fledermäuse auch. Und die Eulen. In der Ferne entdeckte ich auf einem schiefen Gatter die Silhouette einer Rohrweihe. Wenn der Wind kurz aufkam, war es, als holten die Bäume rasch Atem.

Erst auf dem Fluß, auf der Fähre setzte die wirkliche Dämmerung ein. Zweimal wichen wir einem Tanker aus, einmal einem Küstenmotorschiff. Ein durchsichtiger Nebel wallte über das Wasser. Vorbeieilende Uferläufer veranstalteten ein Wettrennen. Ein Vogel führte deutlich, wurde aber, in einiger Entfernung, dort wo die glitzernden Tanks von Pernis anfingen, von dem Vogel geschlagen, der zunächst ganz hinten geflogen war. In Pernis brannte ruhig das Ewige Licht, und aus den Fabrikschornsteinen stiegen Rauchsäulen senkrecht in die Höhe. Es sah aus, als wollten riesige Arme den Himmel auf die Erde herabzerren.

Das Kriegsschiff war ausgelaufen. Trotzdem waren viele Leute auf der Mole. Und immer noch dauerte die Dämmerung an, als müßte etwas aufgeschoben werden, als könnte niemand, auch Gott nicht, von dem friedlichen Abwarten genug bekommen. Erst als ich die Kirchentür öffnete, war es Abend. In der Ferne vernahm ich Stimmen. In dem langgestreckten Vorraum brannte Licht. Die Tür, welche die Eingangshalle mit unserem Haus verband, stand halb offen. Wer besuchte uns da? Auf der Matte vor der Tür zog ich meine Schuhe aus. Auf Socken schlich ich vorsichtig über den Marmor. Hinter der geöffneten Tür blieb ich stehen. Erst einmal lauschen, wer zu Besuch gekommen war.

»Nachdem er Ihnen das Kreuz auferlegt hat, wird Gott Ihnen auch die entsprechende Kraft geben«, sagte eine Stimme.

»O«, dachte ich, »das ist Pastor Guldenarm, nun, dann warte ich lieber, bis er weg ist.«

»Diese Kraft«, sagte mein Vater, »reicht mir nicht.«

Meine Mutter sagte nichts, aber ich wußte, daß sie auch da war, denn sie schluchzte und seufzte. Was war passiert?

Das wollte ich wissen, bevor ich ihnen unter die Augen kam. Bestimmt waren sie böse, weil ich viel später als vereinbart heimgekommen war. Aber wie böse? Das hing von dem ab, was passiert war.

»Möge der Herr diesen Verlust dadurch ausgleichen, daß er sich selbst gibt«, sagte der Pastor, »und vergessen Sie nicht: Einmal wird es ein seliges Wiedersehen geben.«

»Es ist jemand gestorben«, dachte ich, »mein Großvater vielleicht.«

Mit pochendem Herzen und plötzlich schweißnassen Händen lauschte ich weiter.

»Er ist Ihnen nur einen Augenblick voraus«, sagte Guldenarm.

Meine Mutter weinte und stieß dabei leise Schluchzer aus, zwischen denen es für einen Moment still war.

»Mein Großvater«, dachte ich, »mein Großvater. Nein, nein, das kann nicht sein, er war noch nicht so alt, und krank war er auch nicht.«

»Ja, ich weiß«, sagte Guldenarm wieder mit seiner wogenden Stimme, »das ist das Schlimmste, was einem Menschen widerfahren kann, ein Kind zu verlieren.«

»Meine Schwester«, dachte ich erleichtert, »es ist nur meine Schwester, es ist nicht mein Großvater.«

»Ja«, sagte Guldenarm, »es ist ein großer Fehler, daß wir unser Herz zu sehr an unsere Kinder hängen. Manchmal straft der Herr uns dafür.«

»Betrachten Sie das als Strafe?« fragte mein Vater. »Daß ein Kind vollkommen zermalmt wird, vollkommen verstümmelt? Ist das eine Strafe Gottes?«

»Auch mit seinen Prüfungen sorgt er für uns.«

»Wollen Sie wirklich behaupten, dergleichen könnte eine Strafe Gottes sein? Sie haben nicht gesehen, wie das Kind zugerichtet war, nichts war mehr von ihm übrig – und das soll eine Strafe Gottes sein?«

»Ein Autounfall«, dachte ich, »sie ist überfahren worden, sie ist auf der Touwbaan unter einen Laster gekommen oder so.«

Im Haus waren Schritte zu hören.

»He, da läuft sie herum«, dachte ich, »wie ist das möglich?«

»Ich geh noch kurz zu Marian«, hörte ich meine Schwester sagen.

»Ja, geh ruhig«, sagte mein Vater.

Meine Schwester drückte die Tür auf, hinter der ich stand. Sie bemerkte mich nicht und lief rasch über den Marmor davon. Mein Vater sagte. »Ja, das Kind ist vollkommen durcheinander, gut, daß sie noch schnell zu ihrer Freundin geht, vielleicht kann sie das ein wenig aufmuntern.«

Dann hörte ich zum ersten Mal die Stimme meiner Mutter.

»Er war ein so lieber, lieber Junge«, sagte sie.

»An ihm war nicht die Spur von etwas Bösem«, sagte mein Vater.

»Warum nimmt der Herr uns ein solches Kind fort, solch ein liebes, folgsames Kind?«

»Von wem reden die eigentlich«, dachte ich, »wer kann denn sonst noch gestorben sein?«

Wieder schluchzte meine Mutter leise. Guldenarm sagte: »Ich glaube, ich geh jetzt, morgen schaue ich wieder vorbei.«

Niemand antwortete; meine Mutter murmelte: »Adriaan, Adriaan.«

»Sie glauben, daß ich tot bin«, dachte ich ganz ruhig.

Mir war, als müßte ich nun für immer hinter dieser Tür stehenbleiben. Es schien, als sei ich aus Glas, als könnte ich alles hören und sehen, ohne selbst gehört oder gesehen zu werden. Das war ein mächtiges, überwältigendes Gefühl, es machte mich größer, es hob mich empor und erfüllte mich mit einer unbändigen Freude – ein Gefühl, das man nie wieder verlieren, nie wieder preisgeben will, doch meine Mutter schluchzte wieder so herzerschütternd, daß ich mich zusammenriß. Ich begab mich aus dem Schatten der Tür heraus, trat in das Licht der Türöffnung und sagte ruhig: »Ich bin überhaupt nicht tot.«

Den Anblick dieser Menschen, die mich vollkommen erstarrt ansahen, werde ich nie vergessen. Man hätte fast meinen können, sie seien tot. Mein Vater stand am Kamin, eine Hand um eine Keramikvase; meine Mutter saß neben ihm und hielt seine andere Hand. Ihr freier Arm hatte eine Bewegung zu den Augen vollzogen, die aber mittendrin abgebrochen worden war. Ihr Mund stand halb offen, und es schien, als sei sie wahnsinnig geworden. Pastor Guldenarm, der offenbar gerade zur Tür hatte gehen wollen, stand da und hielt das linke Bein merkwürdig vorgestreckt. Es war, als betrachte man ein Foto.

Der Pastor war der erste, der sich aus der Erstarrung löste. Er zog sein linkes Bein zurück, nahm die kleine Bibel aus der linken Tasche seines Jacketts und beförderte sie blitzschnell in die rechte. Ich dachte: »Die Leute sagen immer, er ziehe seine kleine Bibel ebenso schnell aus der Tasche wie ein Cowboy einen Revolver aus dem Holster«, und ich wartete darauf, daß er die Bibel wieder aus der rechten Tasche herausholte. Das aber tat er nicht, er versuchte lediglich zu lächeln, was ihm aber völlig mißlang. Dann erst nahm er die Bibel in die rechte Hand, zog sie aber nicht wieder hervor.

»Wo kommst du her?« fragte mein Vater.

»Von Rozenburg«, erwiderte ich.

»Warum kommst du so spät?«

»Ich bin zum Essen geblieben«, sagte ich, »ich habe Glibber gegessen, ich bin bis oben voll Glibber, zwei Teller voller Glibber habe ich aufgegessen.«

Es schien, als wollte ich mit dem Spinat Buße tun für meine späte Heimkehr. Ich war bereits bestraft, ich hatte zwei Teller Spinat gegessen.

Pastor Guldenarm holte seine Bibel wieder hervor und ließ sie in der linken Tasche verschwinden. »Ich gehe«, sagte er.

»Einen Moment, bitte«, sagte mein Vater, »wäre es nicht klug, wenn Sie die Polizei informierten? Das Kind muß doch ... Wessen Kind mag es dann sein? Zeig mal dein linkes Knie.«

»Mein linkes Knie?« fragte ich.

»Ja«, sagte er, »stell dich hier unter die Lampe und zeig dein Knie mal.«

Ich trat näher an die Lampe heran und hob mein linkes Knie. Mein Vater betrachtete es aufmerksam, schob das Hosenbein meiner kurzen Hose ein wenig hoch, deutete auf eine Narbe gleich über der Knieschneibe und sagte: »Da, seht ihr, er hat genau die gleiche Narbe auf dem Knie, er hat exakt die gleiche Narbe auf dem Knie, Allmächtiger, wessen Kind mag es sein?«

»Was ist denn eigentlich passiert?« erkundigte ich mich ungeduldig.

»Heute nachmittag, als das Kriegsschiff auslaufen wollte, ist ein Kind zwischen Kaimauer und Schiff gefallen. Das Kind ist in die Schiffsschraube geraten und vollkommen verstümmelt worden. Nur das linke Knie war nicht zerfetzt, und das ... und das ... ach, Junge, daß ich dich wiederhabe, ach, mein lieber Junge, mein lieber Adriaan, es ist kaum zu glauben, ich war so davon überzeugt, daß du ... drei Leute haben dich auf der Mole beim Heck des Schiffs gesehen, und Hugo Aldrink, der beim Denkmal auf einer Bank saß, hat der Polizei berichtet, er habe gesehen, wie du ins Wasser gefallen seist, und jetzt bist du wieder da, aber wer ist dann ... wer? Und warum hatte dieses Kind auch eine solche Narbe auf dem Knie?«

»Bestimmt ist es auch einmal aufs Knie gefallen«, sagte ich.

Nun fiel mir die Menschenansammlung auf der Mole wieder ein, und mir wurde klar, was passiert sein mußte, während ich mit der Fähre übersetzte. Ich sagte: »Jan Ruygveen hat sich auch das Schiff angesehen.«

»Nein«, sagte mein Vater, »nein, eines der Kinder von Ruygveen, nein.«

»Der ist kein Mitglied unserer Gemeinde«, sagte Pastor Guldenarm.

Mein Vater klopfte mir auf die Schulter und rief erneut: »Ach, mein Junge, ach, mein Junge, daß du noch lebst!«

Meine Mutter, die mich die ganze Zeit mit halboffenem Mund und wie erstarrt angesehen hatte, erhob sich ganz langsam von ihrem Stuhl, zog mich an sich und drückte mich kräftig. Eigentlich war das gar nicht so angenehm. An dem Tag war ich bereits zur Genüge liebkost worden.

»Wo ist ... wohin hat man ihn gebracht?« wollte ich wissen.

»Vorläufig hat man den Jungen in der Leichenhalle beim Friedhof aufgebahrt«, sagte mein Vater kurzangebunden. »Die Polizei wollte das Kind noch nicht freigeben.«

Wieder umarmte meine Mutter mich kräftiger, als sie es je zuvor getan hatte. Ich dachte an den Moment vor der Tür zurück, an das unbegreifliche, überwältigende Glücksgefühl, das ich für diese beklemmende Umarmung aufgegeben hatte. Besser gefiel mir, was mir an diesem Abend widerfuhr. Kurz bevor wir zu Bett gingen, flüsterte meine Schwester: »Du Widerling, und ich hatte mich schon so darauf gefreut, daß man morgen in der Schule großes Mitleid mit mir haben würde.«

2

In dieser Nacht träumte ich, ich würde ertrinken. Als ich das Bewußtsein verlor, wachte ich auf. Im Halbdunkel lag ich da und dachte an den Jungen, der in die Schiffsschraube geraten war. War er zerfetzt worden, bevor er ertrunken war? War das besser? Oder lieber erst ertrinken? Er wußte es jetzt – vielleicht. Mitteilen konnte er es niemandem mehr. Merkwürdig, daß es jetzt so schien, als sei ich eifersüchtig auf ihn. Merkwürdig, daß es mir so vorkam, als hätte ich ihn des großartigen Glücksgefühls hinter der Tür beraubt.

Beim Frühstück sagte mein Vater: »Gott sei Dank, daß du noch lebst.«

»Ja, aber dafür ist der andere Junge tot«, sagte ich streng.

In der Schule machte niemand irgendeine Bemerkung über den Unfall. Allerdings stand am Abend ein Bericht in der Zeitung, auf den mein Blick sogleich fiel, als ich die zweite Seite aufschlug:

JUNGE ZWISCHEN KAIMAUER UND
BORDWAND GERATEN

Gestern nachmittag, gegen vierzehn Uhr, geriet aus noch unbekannter Ursache der elfjährige Adriaan Vroklage auf der Burgermeester-van-der-Lelykade zwischen Kaimauer und die dort vertäute Fregatte, die zum Auslaufen bereit war. Der Junge wurde von der sich drehenden Schraube erfaßt, so daß nur noch seine vollkommen verstümmelte Leiche geborgen werden konnte. Die Fregatte lief fünfundvierzig Minuten später aus als geplant.

Mein Herz wütete wie wild in meiner Brust, als wollte es ganz deutlich zeigen, daß es noch funktionierte. Eine Stunde danach pochte es immer noch kräftig. Auch mein Vater hatte den Artikel inzwischen gelesen. Leichenblaß meinte er: »Der Bericht wurde natürlich bereits gestern nachmittag durchgegeben.«

Meine Mutter wollte gar nicht in die Zeitung hineinschauen.

Wir hatten gerade gegessen – diesmal keinen Spinat –, als wir laute, schwere Schritte in der Vorhalle zur Kirche hörten. Die Zwischentür flog auf, und Zigarrengeruch machte sich im Zimmer breit. Schnell stand ich auf und sagte: »Es stimmt nicht, es stimmt nicht.«

Mein Großvater nahm seine Zigarre aus dem Mund.

»Es konnte auch gar nicht stimmen, denn sonst hättet ihr mir gestern bereits Bescheid gesagt, aber trotzdem habe ich mich zu Tode erschreckt.«

Er drückte mich kurz an sich und brannte mir dabei mit der Zigarre ein Loch in den Ärmel, was meine Mutter jedoch erst später bemerkte. Er sagte: »Das ist schon ein starkes Stück. Zum vierten Mal erschrecke ich mich über einen Artikel in der Zeitung fast zu Tode, und jedesmal war der Bericht falsch. Da kann man sich ausrechnen, daß die Artikel, über die wir nicht erschrecken, auch alle falsch sind.« Er setzte sich hin und sagte: »Und jetzt erzähl mir mal, was passiert ist.«

»Gegen drei kamen Polizisten in die Kirche«, sagte mein Vater. »Sie sagten, an der Mole sei ein Unfall passiert, und ob ich mitkommen könne. Unterwegs bereiteten sie mich langsam darauf vor, daß ... nun ja, daß Adriaan einen Unfall gehabt habe, denn Hugo Aldrink, du weißt schon, der verrückte Sohn des Zigarrenhändlers, habe gesehen, wie es passiert sei, er habe ihn von der Kaimauer ins Wasser fallen sehen, tja, und dann habe ich den Verstand verloren. Sie führten mich zu einem Laken, unter dem ein Kind lag. Sie hoben das Laken an, und das erste, was ich sah, war diese Narbe am Knie, und ich wußte, daß Adriaan auch eine solche Narbe hat, und darum war ich mir sicher, daß ...«

»Ach, komm«, sagte mein Großvater, »aber das arme Kind hatte doch andere Kleider an, wie ich annehmen darf.«

»Der Junge war voller Öl, vollkommen mit Öl verschmiert, man sah kaum noch Kleider, und er war ... ach, es war so schrecklich ... nein, bitte nicht.«

»Und sein Gesicht?« fragte mein Großvater störrisch.

»Das war so verstümmelt, daß ... nein, ich vermag nicht, darüber zu reden, ich habe mich auch gar nicht getraut, richtig hinzusehen, wirklich, ich war mir ohnehin schon sicher ... wegen der Narbe, und Hugo hatte es gesehen ...«

»Ja, schon, aber der ist verrückt.«

»Zwei andere Leute hatten Adriaan auch dort stehen sehen.«

»Ja, stehen sehen«, sagte mein Großvater, »tja, das ist schon merkwürdig, daß die Menschen so darauf versessen sind, das Allerschlimmste zu glauben.« Er sah mich an und fragte: »Hast du dort gestanden?«

»Ja, ich war auf dem Weg zur Fähre, aber weil das Kriegsschiff gerade ablegte, blieb ich eine Weile dort stehen und sah zu«, erwiderte ich.

»Soso, du warst auf Rozenburg?«

»Ja«, sagte ich, »Mutter hatte gehört, daß man bei Tante Sjaan Eier, Käse und Butter kaufen kann.«

»Bei Sjaan warst du also, Mannomann, bei Sjaan warst du also.«

»Ich bin zum Essen dageblieben«, sagte ich, »zwei Teller Glibber habe ich gegessen, und darum bin ich erst so spät nach Hause gekommen.«

»Ja«, sagte mein Großvater, »wenn man einmal bei Sjaan ist, dann kommt man so schnell nicht wieder weg.«

Er zog heftig an seiner Zigarre. Fast verschwand er hinter dem blauen Rauch. Aus der Ferne erklang seine Stimme: »Weiß man inzwischen, wessen Kind es war?«

»Es war ein Sohn von Ruygveen«, sagte mein Vater.

»Ach, wie schlimm«, erwiderte mein Großvater, »das ist jetzt schon sein zweites Kind, aber hatte Ruygveen den Jungen so spät am Abend noch nicht vermißt?«

»Nach allem, was ich gehört habe«, sagte mein Vater, »ging der Junge am Mittwochnachmittag oft zu seiner Tante Kaatje Vreugdenhil, drüben im Maasland, um auf dem Hof zu helfen. Er blieb dann zum Essen dort und kam erst spät nach Hause. Darum hatten sie ihn auch noch nicht vermißt.«

»Die armen Leute«, sagte mein Großvater, »schon das zweite Kind! Als sein erstes Kind, eine Tochter, wenn ich mich recht erinnere, starb, hat er unsere Gemeinde verlassen. Er meinte damals, der Tod seiner Tochter sei eine Strafe Gottes, weil er – wegen seiner Frau – von der Christlich-reformierten Kirche zur Reformierten Kirche übergewechselt war. Er sagte immer, der Glaube, der bei uns gepredigt wird, sei nur heiße Luft.«

»Ja«, sagte mein Vater, »seiner Meinung nach legt man bei uns nicht genug Gewicht auf die Bibel.«

»Mir tut seine Frau so leid«, sagte meine Mutter, »sie ist so ein lieber Mensch.«

»Ruygveen selbst ist auch ein durch und durch feiner Kerl«, sagte mein Großvater. »Er ist noch ein echter, altmodischer Anhänger von Pastor Ledeboer, jemand, der die Bibel auseinanderklamüsert, um das Allerfinsterste herauszufischen.«

»Zur Zeit spazieren sie sonntags immer nach Delft, um dort irgendwo eine Altreformierte Kirche zu besuchen«, sagte mein Vater. »Anschließend bleiben sie dann in Delft, um nachmittags noch einmal zur Kirche zu gehen, und kommen erst spätabends wieder nach Hause.«

»Dort predigt, soweit ich weiß, Pastor Van Minnen«, sagte mein Großvater, »das ist einer von den ganz orthodoxen. Der kann predigen ... Maleachi und Zefanja sind nichts dagegen.«

»Zu Hause haben sie nicht einmal ein Radio«, sagte meine Mutter, »und die Frau trägt immer nur Schwarz.«

»An denen könnten wir uns ein Beispiel nehmen«, sagte mein Großvater, »die freie Stelle von Pastor Zuurveld wird wohl wieder so ein Bruder Leichtfuß bekommen.«

»Ja«, sagte mein Vater, »ich glaube, man hat bereits jemanden ins Auge gefaßt, die Berufungskommission schlägt nächste Woche ihren Kandidaten vor. Trotzdem machen sich am Sonntag noch zwei Kommissionen auf den Weg, um sich die Predigten anderer Pastoren anzuhören. Aber sie haben ihren Blick bereits auf einen jungen Mann aus Oudmirdum geworfen und haben ihn auch schon auf Tonband aufgenommen. Er heißt Klaarhamer.«

»Schlechter als Zuurveld kann er nicht sein«, sagte mein Großvater, »der war ja eine einzige Katastrophe.«

»Was mich angeht, so muß ich sagen, daß man gut mit ihm zusammenarbeiten konnte«, sagte mein Vater. »Er machte keine Probleme und fraß mir aus der Hand. Wir hatten nicht ein einziges Mal Krach. Aber was ich sagen wollte: Dieser Klaarhamer scheint ziemlich ökumenisch zu sein.«

»Tja, das ist Milchschorf, mit dem sich die jungen Bur schen heute alle herumschlagen«, sagte mein Großvater.

»Nicht, daß mich die Sache selbst stören würde«, sagte mein Vater, »aber es wäre mir überhaupt nicht recht, wenn die Kalvinistisch-Reformierten und die Orthodox-Reformierten sich vereinigen würden. Vielleicht lande ich dann auf der Straße.«

»Ach, das wird so schlimm nicht werden«, sagte mein Großvater, »und die Vereinigung, ach, die ist widernatürlich, die wird es nie geben. Eine Kirche, die lebt, spaltet sich. Nur wenn der Laden nicht mehr läuft, hat die Ökumene eine Chance. Nein, es wird eher eine Spaltung als eine Vereinigung geben. Ich würde gern einmal eine Spaltung miterleben.«

»Ich lieber nicht«, sagte mein Vater, »es gibt hier bereits sechzehn verschiedene Glaubensgemeinschaften, das ist mehr als genug, da muß wirklich nicht noch eine hinzukommen.«

»Sechzehn«, sagte mein Großvater und zog vergnügt an seiner Zigarre, »sechzehn? Ach was, zur Zeit gibt es mindestens zwanzig, du vergißt, daß die Losgelösten sich schon wieder gespalten haben, und dann sind da noch die Dortsche Reformierte Gemeinde und die Reformiert-Evangelischen Lutheraner, nein, ich komme auf mindestens zwanzig, denn es gibt ja auch noch eine kleine Gruppe von Apostolischen und den Heubodenclub um diesen schwarzen Prediger, den die süße Biene von Bravenboer samstags abends immer vom Zug abholt.«

»O, ja, stimmt, ja, die beiden sind ein hübsches Paar, ja, sie schwänzelt immer wie eine läufige Hündin um den Glaubensbruder herum.«

Während sie sich unterhielten, ging mir der Zeitungsartikel nicht aus dem Sinn. Mir war, als wäre ich doch gestorben, als dürfte ich eigentlich nicht dort sitzen, als sei ich irrtümlich am Leben geblieben, während der andere Junge irrtümlich ertrunken war. Später, im Bett, brach mir der Schweiß aus. Das überwältigende Glücksgefühl hinter der Tür kam mir wie ein Diebstahl vor. Lange wälzte ich mich hin und her. Jedesmal wenn ich einschlief, stürzte ich, fiel zwischen Kaimauer und Schiff und schreckte erneut aus dem Schlaf auf. Nachdem das fünf-, sechsmal passiert war, gab ich auf, ich ließ mich fallen und versuchte, nicht mehr aus dem Schlaf zu schrecken. Obwohl ich nicht richtig schlief, träumte ich. Ich stürzte, die Schraube erfaßte mich, es tat überhaupt nicht weh. Sehr bald danach war ich im Himmel, und dort ging ich am Fuß eines Deichs entlang, ich roch den Duft von Raps und kam nach einer langen Wanderung zu Klaskes Garten. Schneeweiße himmlische Gewänder hingen dort zum Trocknen an der Wäscheleine zwischen den Platanen. Es war sonnig und warm. Gott war nicht zu Hause und sein Sohn auch nicht.

Am nächsten Morgen ging ich in aller Frühe durch die stillen Straßen.

»Warum gehst du schon so früh zur Schule?« hatte meine Mutter mich gefragt.

»Weil ich noch auf dem Schulhof Fußball spielen will«, hatte ich geantwortet.

Und sie hatte gesagt: »Dann gib auf deine Kleider acht.«

Am Wasser des Zuidvliet entlang, das einen deutlichen Geruch verströmte, ging ich zur Brücke. Mit großen Schritten stapfte ich durch die engen Straßen, die den Zuidvliet mit dem Noordvliet verbanden. Kieselsteine, die ich hätte wegtreten können, ließ ich liegen. Wie sonnenüberströmt der Noordvliet war! Als hätte man in Maasland Sonnenlicht übrig. Auf der Brücke, die über das Wasser führte, sah ich in der Ferne Hugo Aldrink. Rasch bog ich in eine Gasse ein. Ich rannte an einer fensterlosen Mauer entlang und gelangte auf die Lange Boonestraat. Vorsichtig ging ich an der Seilerei vorbei. Doch wer sollte mich dort zurückhalten wollen? Und warum? Also ging ich einfach die ganze Lange Boonestraat hinab. Schließlich erreichte ich das vorletzte Haus. In den Fenstern hingen weiße Laken.

Was nun? Klingeln? Und dann? Was sollte ich sagen? Ich ging also weiter, ging, bis die Häuser aufhörten und der Polder begann. Leise sagte ich immer wieder: »Ich bin Adriaan Vroklage, man dachte zuerst, ich sei ertrunken,

wie Sie ja vielleicht wissen, und jetzt komme ich ... jetzt
möchte ich ...«

Langsam ging ich zurück. Wieder stand ich vor dem
Haus mit den weißen Laken. Die Sonne schien ausgelassen
in die schmale Straße hinein. Die Welt sah fast so aus wie
der Himmel in meinem Traum.

Ein Mädchen kam aus dem Haus. Sie war älter als ich
und trug häßliche, schlechtsitzende Kleider. Und dennoch
war mir, als hätte ich nie zuvor ein so schönes Mädchen gesehen. Oder kam das nur daher, daß ich zu einem so ungewöhnlichen Zeitpunkt dort stand und daß es so sonnig
war? Sie sah kurz zu mir herüber. Ein wütender, böser
Blick, der mich erschauern ließ. Schnellen Schritts ging sie
fort. Bald darauf kam ein kleiner, blasser Mann in einen
gelbgrauen Zimmermannsoverall nach draußen. Er beach-
tete mich nicht und hastete die Lange Boonestraat entlang.

Die Signalpfeife der Seilerei gellte. Halb neun. Es war
besser, wenn ich jetzt ging. Wieder am Noordvliet angekommen, atmete ich freier. Auf der Prinsenkade rauschten
die Pappeln nachdrücklich. Von überall her schallten Kin-
derstimmen. Schulzeit, die Schule fing an, ach nein, doch
noch nicht. Ich hatte noch genug Zeit, am Zuidvliet entlangzugehen und die Seerosen zu betrachten. Zwischen
den Seerosen erblickte ich, dunkel und drohend, das Spie-
gelbild des Sommerhimmels mit kleinen, dunkelweißen
Wölkchen.

Zwei Tage später wurde er begraben. Während ich kurz vor
der Beerdigung über den Friedhof ging, um mir einen Baum
zu suchen, hinter dem ich mich verstecken konnte, lauschte
ich den Stimmen der vielen Menschen, die dort bereits um-
herspazierten. Aus den Stimmen klang keine Trauer. Kein
Kummer. Nichts Schmerzliches klang daraus hervor. Eher
eine gewisse Erleichterung, ein gewisses Entzücken.

»Die Erwachsenen sagen immer, es sei schlimm zu sterben«, dachte ich, »und dennoch leuchten ihre Augen und ihre Stimmen klingen fröhlich, wenn sie über den Tod eines Menschen reden, den sie gut gekannt haben. ›Mann, hast du schon gehört, Vink ist tot, unglaublich, vorgestern habe ich ihn noch bei seinem Wohnmobil gesehen.‹ Als fänden sie es ebenso spannend wie die Fahrt der *Nieuw-Amsterdam* auf dem Waterweg.«

Kaum hatte ich einen geeigneten Platz hinter den aufrechtstehenden Grabsteinen gefunden, da kam bereits der Trauerzug. An der Spitze ging der Totengräber. Dahinter schritt stramm Diakon Bergwerff. Der kleine Sarg lag auf einer Bahre, die von sechs Jungen getragen wurde. »Warum hat man mich nicht gefragt?« dachte ich. Hinter der Bahre ging der Mann, den ich in der Lange Boonestraat gesehen hatte. Eine ganz in Schwarz gekleidete Frau begleitete ihn. Den beiden folgte noch eine Frau in Schwarz. Oder handelte es sich um ein Mädchen? Dahinter gingen zwei Jungen und zwischen den beiden Jungen das Mädchen, das ich schon einmal gesehen hatte. Es war so schön, so unglaublich schön, unwillkürlich mußte ich seufzen, und ich wußte, daß ich dort nicht seufzen durfte, daß ich ein Mädchen nicht schön finden durfte, weil jetzt etwas anderes auf der Tagesordnung stand. Außerdem war es älter als ich, viel älter sogar.

Der Trauerzug erreichte das Grab. Alle Anwesenden gruppierten sich darum, so daß ich nichts mehr sehen konnte. Deshalb war ich nicht auf den Schrei vorbereitet, der unter den Bäumen ertönte. War das sein Vater, der seinen Namen rief? Noch einmal gellte der Schmerzensschrei über die Gräber. Ich rannte los. Ob Besucher mir erstaunt hinterherschauten, weiß ich nicht.

3

Während der ersten Nächte träumte ich immer wieder, daß ich ertrunken war. Am Fuße des Deichs entlang ging ich zu dem Garten, doch Gott war nie zu Hause. Niemand war zu Hause, es sah fast so aus, als sei man nach dem Tod allein.

Nach einem solchen Traum fühlte ich mich verpflichtet, in aller Frühe im scharfen Sonnenlicht durch die Lange Boonestraat zu gehen. Auch als der Traum einmal ausblieb, machte ich diesen Umweg. Die Straße wurde zu einem Bestandteil meines Schulwegs. Oft sah ich Jans Vater in seinem schmutzigen Zimmermannsoverall. Manchmal sah ich auch das Mädchen, das mich bei unserer ersten Begegnung so böse angeschaut hatte. Einen anderen Sohn der Familie, den ich nie in ihrer Straße sah, kannte ich bereits; er ging auf dieselbe Schule wie ich, jedoch nicht in meine Klasse. Seine Mutter, den zweiten Bruder und die andere Schwester sah ich nie. Das bedauerte ich. Gut, ich hatte sie bei der Beerdigung gesehen, aber ich wollte sie gern öfter sehen. Waren sie sehr betrübt? Konnte man ihnen den Kummer genauso ansehen wie dem Vater? Der schlich immer mit gesenktem Kopf durch die Straße. Der Bruder, der mit mir zur Schule ging, starrte auch ständig vor sich hin, war immer bleich und preßte die Lippen fest aufeinander. Die jüngere Schwester aber hüpfte manchmal die Straße entlang, obwohl sie schon fünfzehn oder so war. Offenbar war sie nicht sehr traurig. Ob ihre Schwester auch auf der Straße herumhüpfte? Und ihr anderer Bruder? Und ihre Mutter? Auf die war ich besonders neugierig. Bestimmt war sie fürchterlich traurig. Sie würde mich gewiß sehen, würde mir zunicken, mir zulächeln oder grüßend die Hand heben.

Doch niemand von der Familie Ruygveen nickte mir zu. Der einzige, der mich mit der Zeit in der Lange Boonestraat bemerkte, war ein großer, breiter Mann in einem blauen Overall, der jedesmal in der Seilfabrik verschwand. Die ersten Male sah er mich nur an, nach drei Tagen lächelte er mir zu, nach einer Woche grüßte er mich. Jedesmal grüßte er mich und lächelte – mit jedem Tag fühlte ich mich weniger wohl. Dennoch wollte oder mußte ich weiterhin am Haus von Jan Ruygveen vorbeigehen; den großen Mann mußte ich dann eben ertragen.

Zwei Wochen später – es war inzwischen schon Juni, und die Sommerferien fingen bald an – ging ich eines Morgens noch früher als sonst durch die Lange Boonestraat. In einiger Entfernung erblickte ich den blauen Mann. Er kam näher, ich ging schneller. Er sah mich auch, er winkte bereits, er näherte sich mit großen Schritten. Kurz vor der Seilerei faßte er sich krampfhaft an die linke Schulter. Er fiel auf die Straße, machte ein paar Umdrehungen um die eigene Achse, zuckte, zitterte und fing an, beängstigend laut zu schnarchen. Mein Herz schlug heftig, ich rannte die Lange Boonestraat entlang, bog in den Steeg ein, flitzte über Noord- und Zuidvliet hinweg. Sogar als ich in der Vorhalle zur Kirche war, rannte ich noch. Die Zwischentür war offen. Meine Mutter war nicht im Haus. Rasch lief ich in die Kirche. Meine Mutter stand auf der Kanzel und rieb das Pult für die Bibel mit Bohnerwachs ein.

»Was ist los?« wollte sie wissen.

»Auf dem Weg zur Schule habe ich gesehen, wie ein Mann hingefallen ist und laut zu schnarchen angefangen hat.«

»Und da hast du dich erschreckt?«

»Ja«, sagte ich, »und jetzt traue ich mich nicht mehr zur Schule zu gehen.«

»Aber du mußt zur Schule gehen. Warte einen Moment, ich gehe mit dir. Dann kann in der Zwischenzeit das Bohnerwachs in die Kanzel einziehen.«

Als wir zwei Straßen weit gegangen waren, schämte ich mich bereits. Weil wir nun den kürzesten Weg nahmen und ich es nicht wagte, ihr zu sagen, daß ich jeden Tag einen Umweg durch die Lange Boonestraat machte, sahen wir den schnarchenden Mann nicht mehr.

»Wo ist das mit dem Mann denn passiert?« fragte meine Mutter auf dem Zuidvliet.

»Bei der Synagoge«, erwiderte ich.

»Tja, da ist jetzt nichts mehr zu sehen«, sagte sie.

»Nein«, antwortete ich.

»Eigentlich kannst du jetzt allein weitergehen, oder«, meinte sie.

»Ja«, stimmte ich ihr zu.

»Gut, dann gehe ich wieder nach Hause.«

So blieb mir das Schlimmste erspart, und ich konnte mich, ohne aufzufallen, in die Reihe der sechsten Klasse stellen. Neben uns stellte sich die Reihe der fünften Klasse auf. Jan Ruygveens Bruder stand nur zwei Plätze von mir entfernt. Ich beugte mich vor und fragte ihn: »In eurer Straße ist offenbar jemand gestürzt. Hast du davon etwas mitbekommen? Weißt du, was mit dem Mann geschehen ist?«

Er sah mich mürrisch an. Langsam schüttelte er den Kopf. Er sagte nichts. Später am Vormittag, wir hatten gerade Mathematik, kam Direktor Westerhof in unsere Klasse.

»Herr Splunter«, sagte er, »ich nehme Adriaan Vroklage kurz mit.«

Wieder schlug mir das Herz bis zum Hals. Auf dem Flur sagte er zu mir: »Wir gehen in mein Büro.«

Ich ging vor ihm her, öffnete die Tür zu seinem Zimmer und wollte hineingehen.

»Nein, Adriaan«, sagte er ärgerlich, »so gehört sich das nicht. Weißt du denn nicht, daß man Erwachsene immer zuerst eintreten läßt?«

Hastig machte ich einen Schritt zurück. Folgsam wartete ich, bis er im Zimmer war, und trat erst danach über die Schwelle. Er sagte: »Nimm bitte dort am Tisch Platz.«

Mitten im Zimmer stand ein viereckiger Tisch mit einer grauen Tischdecke. Sie hatte fast dieselbe Farbe wie das Bahrtuch, mit dem der Sarg von Jan Ruygveen bedeckt gewesen war.

Herr Westerhof blieb am Fenster stehen und sagte: »Deine Leistungen sind nicht besonders gut, habe ich gehört. Vor allem während der letzten zwei Wochen. Du hattest schon immer Schwierigkeiten im Sprachunterricht, aber jetzt sind deine Noten ganz schlecht geworden, wie ich von Herrn Splunter erfahren habe. Wie konnte das passieren? Paßt du denn immer gut auf? Nun, schreiben wir doch einfach einmal ein kleines Diktat. Hier hast du Stift und Papier.« Würdevoll schritt er von einem Fenster zum anderen, er diktierte: »Das Pferd des Bauern zog den Pflug mühsam durch das Feld.« Nachdem ich den Satz niedergeschrieben hatte, sagte er: »Na, dann laß mal sehen, oh, oh, das fängt ja schon gut an, Pferd mit t, hast du schon mal was von Pferten gehört? Du mußt aufpassen, mein Junge!« Ruhig las er weiter, buchstabierte jedes Wort und erhob dann wieder seine Stimme: »Buar, was ist das denn für ein Wesen? Ein Buar?«

»Ja, Herr Direktor, ich drehe das au schon mal um, und beim ie und dem eu und dem ei passiert mir das auch, oder anstatt Dorf schreibe ich Drof.«

»Wie ist das möglich«, bellte er, »du weißt doch, daß du diesen Fehler machst, achtest du nicht auf das, was du tust? Hast du denn keine Augen im Kopf? Angenommen, du sollst Rindvieh schreiben, und du schreibt statt dessen Rindveih. Wenn das möglich ist, dann kann ja sogar eine Kuh ihren eigenen Namen besser schreiben. Und du bist doch bestimmt schlauer als ein Rindvieh, oder?«

»Ich kann nichts dafür«, sagte ich, »mein Vater macht denselben Fehler, der verdreht auch alle Buchstaben.«

»Wenn dein Vater dumm ist, heißt das doch nicht, daß du auch dumm bist«, sagte er. »Und deine Schwester? Buchstabiert die etwa auch so unverschämt schlecht?«

»Nein«, sagte ich, »nein, die ist sehr gut in der Schule, die geht jetzt zur Realschule, die schüttelt alles einfach so aus dem Ärmel.«

»Der Unterrichtsstoff hat einem nicht aus dem Ärmel zu fallen«, brummte er. »Nun denn, ich weiß genug. Herr Splunter hat mir berichtet, daß du in den letzten beiden Wochen ständig solche Fehler in deinen Diktaten hattest. Glaubst du wirklich, wir könnten einen solchen Fehlerschreiber schon von der Schule abgehen lassen? Egal, was du machst, schreiben wirst du immer müssen, und dann besudelst du den guten Namen dieser Schule. Ich bin der Ansicht, du solltest noch ein Jahr bleiben, du bist noch jung, noch nicht einmal zwölf, nun, wiederhole die letzte Klasse, das kann nicht schaden.«

In dieser Nacht betrat ich im Traum das Lehrerzimmer. Auf dem Tisch stand ein Sarg. Ich wußte, daß Jan darin lag. Oben auf dem Sarg lag ein graues Tuch. Der schnarchende Mann wand sich auf dem Deckel hin und her. Das graue Tuch reichte bis zum Boden hinab. Es bewegte sich, es bauschte sich. Dann kroch Herr Westerhof ganz langsam unter dem Tuch, unter dem Tisch hervor. Zuerst sah ich nur seinen kahlen Schädel. Als er halb unter dem Tuch hervorgekrochen war und es mit seiner rechten Hand anhob, um besser weiterkriechen zu können, da schaute er auf und sah mich an. Dann öffnete sich sein Mund. Sein ganzes Gebiß bestand aus Federhaltern, die mit Stahlfedern bestückt waren. Tinte floß aus seinem Mund. Mit erhobenem Zeigefinger deutete er auf den Sarg und den schnarchenden Mann. Er kroch auf mich zu, Tinte floß vor ihm her und bedeckte den ganzen Fußboden. Ich wollte weglaufen, war aber wie erstarrt.

4

So kam ich nach den Sommerferien in die Klasse von Anton Ruygveen. Er war ein stiller, schwerfälliger, mürrischer Junge. Kurz vor Unterrichtsbeginn kam er über die Prinsenkade zur Schule. Nach der letzten Stunde ging er mit steifen Schritten nach Hause. Er war immer allein. Manchmal spielte ich mit dem Gedanken, einfach neben ihm herzugehen, über die Prinsenkade, die Rusthuisstraat entlang, über die Brücke, durch die Gasse in die Lange Boonestraat. Aber wenn ich ihn um vier Uhr weggehen sah, sank mir der Mut. Ich traute mich auch nicht mehr, allein die Lange Boonestraat entlangzugehen. Diese Straße hatte der blaue, schnarchende Mann mir versperrt.

Eines Tages, an einem dieser typischen Septembertage, die mit kühlem, goldenem Licht anfangen und mit staubigem, butterfarbenem Licht enden, stand er bereits auf dem Schulhof, als ich ankam. Er schaute nicht zu mir herüber. Er sah nie jemanden an. Mit gerunzelter Stirn blinzelte er in den tiefblauen Himmel. Mehlschwalben sammelten sich zum Flug in den Süden.

»Du bist früh dran«, sagte ich.

Erstaunt sah er mich kurz an. Er sagte nichts.

»Du kommst immer erst, wenn es klingelt«, sagte ich. »Warum bist du heute so früh gekommen?«

In seinen Augen erschien ein wachsamer, mißtrauischer Blick. Er ging einige Schritte zurück, fuhr sich ein paarmal rasch mit der rechten Hand über den Hinterkopf.

»Wieso willst du das wissen?« fragte er mit rauher Stimme.

»Ach, einfach so«, sagte ich. »Du kommst immer auf den letzten Drücker, und jetzt bist du pünktlich. Dann muß doch irgendwas los sein.«

»Nichts ist los«, sagte er aufbrausend, »nichts, gar nichts.«

Hastig rannte er weg. Einmal sah er sich noch nach mir um, nicht mehr wachsam, nicht mehr mißtrauisch, sondern ängstlich.

Während der Rechenstunde – das Sonnenlicht draußen war inzwischen so honigfarben, daß der Klassenraum aus Gold zu sein schien – spazierte Herr Splunter zwischen den Bänken umher. Ich addierte meine Brüche, und dabei hörte ich das merkwürdige, noch harmlos wirkende, mir aber bereits seit Jahren bekannte Schnauben des Lehrers.

»Ein Klecks«, sagte er.

»Ja, Herr Lehrer«, antwortete Anton Ruygveen, »an meiner Feder hing ein Fussel.«

»Ich sehe einen Klecks«, sagte Splunter, »ich sehe einen ... ich sehe einen ...«

Das Schnauben wurde lauter, unregelmäßiger. Dann kam der Augenblick, den ich zu fürchten gelernt hatte. Er wiederholte dieselben Worte, nun aber mit langen Zwischenpausen.

»Ich kann wirklich nichts dafür, Herr Lehrer«, sagte Anton, »ein Fussel hing ...«

»Komm her!« brüllte Splunter, »komm nach vorne vor die Klasse, ein Klecks, ich sehe ... einen Klecks.« Er zerrte Anton aus der Bank, zog ihn durch die Klasse nach vorn, schleuderte ihn gegen die Tafel. Er packte den Zeigestock und kreischte: »Ich schlag dich grün und blau.«

Ganz ruhig stand ich auf. Mit großen Schritten ging ich nach vorn. Bevor Splunter den Zeigestock auf Antons

Rücken herabsausen lassen konnte, packte ich seine beiden Arme.

»Tun Sie das nicht, Herr Lehrer«, sagte ich, »tun Sie das nicht, Sie erinnern sich doch bestimmt noch daran, wie voriges Jahr die Geschichte mit Jantje Blom ausgegangen ist.«

»Ich schlag dich grün und blau«, schrie er.

Mit beiden Händen hielt ich ihn kräftig fest und dachte: »Er ist kaum stärker als die Ziege.« Einen Augenblick lang sah ich den sommerlichen, sonnigen Garten mit der blauen Wiese, den zwei Platanen und dem sich vornehm verbeugenden Hahn. Splunter wehrte sich, versuchte sich loszureißen. Doch ich sah ihm fest in die Augen; er gab sich Mühe, meinem Blick auszuweichen, kontrollierte aber immer wieder scheu, ob ich ihn noch ansah. Lange dauerte der Ringkampf nicht. Seine Arme wurden schlaff. Ich ließ sie los. Sie fielen herab und baumelten seitlich an seinem Körper. Ruhig ging ich zu meinem Platz zurück. Splunter setzte sich an seinen Tisch und verbarg das Gesicht in den Händen. Sogar als um halb zwölf die Glocke läutete, blieb er so sitzen. Einen Moment lang warteten wir noch auf das Dankgebet. Als das nicht kam, verließen wir leise den Klassenraum. Als ich an ihm vorüberging, flüsterte Splunter leise vor sich hin (oder mir zu?): »Vielen Dank.«

Draußen stand Anton und betrachtete wieder den Himmel, sah hinauf zu den Mehlschwalben, die noch immer den Sommerhimmel für sich beanspruchten. Mein Herz machte einen Hüpfer. »Er wartet auf mich«, dachte ich.

Dennoch tat er so, als sehe er mich nicht. Erst als ich den Schulhof verließ und an den rauschenden Pappeln auf der Prinsenkade entlangging, folgte er mir. Als wir die Synagoge erreichten, schloß er zu mir auf und ging nun neben mir her. Er sagte nichts. Verstohlen schaute ich zur Seite; auch er sah zu mir herüber, hatte aber immer noch Angst, wie ich bemerkte, und ich dachte: »Deshalb geht er neben mir her. Er ist genau wie ein Hund, der wird auch immer von einem Geräusch, einem Rascheln angelockt, vor dem er sich erschreckt. Ein Hund läuft immer auf seine Angst zu.« Noch war Sommer, immer noch Sommer. Im Zuidvliet war fast kein Wasser mehr, man sah nur Seerosen, nichts als große gelbe und weiße Blüten. Darüber schwirrten grünschwarze Libellen. Sie surrten, brummten und summten so laut, daß wir das Zwitschern der Mehlschwalben nicht hörten.

Auch im Herbst und im Winter, als wir uns anfreundeten, blieb er mürrisch und wachsam. Er besuchte mich zu Hause. Ich brachte ihm Schach bei. Sehr bald schon wollte er nur noch Schach spielen, und jedesmal, wenn er den ersten Zug machte, sagte er: »Wenn das mein Vater wüßte.«

»Dürft ihr zu Hause nicht Schach spielen?«

»Natürlich nicht«, antwortete er, »in der Bibel steht nirgendwo, daß Schachspielen erlaubt ist.«

Bereits nach wenigen Wochen spielte er besser als ich. Nach zwei Monaten schlug er meinen Großvater, obwohl der sogar Mitglied im Schachclub gewesen war.

»Du hast verdammt viel Talent«, sagte mein Großvater, »du solltest einem Club beitreten.«

»Das erlaubt mein Vater nie«, sagte Anton, »ich würde gern meinem Bruder Schach beibringen und auch zu Hause spielen; er hat auch Lust dazu, aber wenn bei uns ein Schachbrett auf dem Tisch stünde, dann würde mein Vater wütend werden, dann würde er die Gardinen von der Stange reißen.«

»Dann mußt du lernen, blind zu spielen«, sagte mein Großvater, »dann könnt ihr ohne Brett spielen, und du mußt, wenn dein Vater gerade einmal nicht im Zimmer ist, nur e2–e4 flüstern. Strenge Väter haben erfinderische Kinder, ganz besonders Väter wie deiner, die ständig mit dem Zorn Gottes drohen.«

»Ach, Sie kennen meinen Vater?«

»Allerdings, niemand ist strenger als er, und davor habe ich große Achtung. Er nimmt jedes Wort des Herrn ernst.«

»Für uns ist das gar nicht so einfach«, sagte Anton.

»Ja, das kann ich verstehen, ein Vater wie deiner erzieht verlorene Söhne und Töchter, die auch dann nicht wiederkommen, wenn der Stall voller gemästeter Kälber steht.«

Während all der Monate besuchte ich Anton nie. Es schien, als habe er Angst, mich in die Lange Boonestraat mitzunehmen. Nach den Weihnachtsferien fragte ich ihn schließlich: »Warum darf ich nie mit zu dir nach Hause kommen?«

»Weil mein Vater all meine Freunde verjagt«, sagte er.

»Mich nicht«, erwiderte ich festentschlossen.

»Dich auch«, sagte Anton, »er redet immer gleich von Bekehrung und Wiedergeburt.«

»Das macht mir nichts aus«, sagte ich.

»Meinst du wirklich?«

»Natürlich«, sagte ich, »du weißt doch, daß mein Vater Küster ist, Pfarrer und Presbyter gehen bei uns ein und aus, bei uns wird ständig über solche Dinge geredet.«

»Ach, was«, sagte Anton, »so, wie man bei euch über diese Dinge redet, das heißt doch gar nichts, das hat überhaupt nichts zu sagen. Bei uns ist man so streng, so unglaublich streng. Wenn du daran nicht gewöhnt bist, erschrickst du zu Tode. Nein, mir ist lieber, du besuchst mich nicht zu Hause. Und außerdem: Was könntest du bei uns tun? Wir haben keine Spielsachen, wir machen keine Spiele, bei mir zu Hause können wir nicht Schach spielen.«

»Darf ich denn vielleicht einmal mit euch zur Kirche gehen?«

»Mit uns nach Delft gehen?« fragte er vollkommen verdutzt.

»Ja«, sagte ich.

»Warum?« wollte er wissen.

»Ich war noch nie in Delft«, sagte ich, »ich würde so gern einmal die Kirche sehen, in der die Königin beigesetzt wird, wenn sie tot ist.«

»Ach so, aber das ist nicht die Kirche, in die wir gehen. Aber immerhin führt unser Weg kurz an dieser Kirche vorbei.«

»O, darf ich euch dann einmal begleiten?«

»Du solltest allerdings wissen, daß die Predigten bei uns dreimal so lange dauern wie bei euch.«

»Das ist mir egal«, sagte ich, »frag deinen Vater doch, ob ich einmal mitgehen darf.«

»Wie du meinst«, antwortete er, »ich werde ihn fragen, aber du mußt wissen, was du tust.«

5

Die Wintersonne war dunkelrot und stand knapp über dem Horizont. Unsere Schatten bedeckten halb Maasland. Als wir das Dorf hinter uns gelassen hatten und, an den zwei Mühlen vorbei, am Bach entlanggingen, fielen unsere Schatten weit ins Polderland hinein. Am anderen Ufer des stillen Gewässers rauschte das gelbe, tote Schilf. Antons Vater ging allein an der Spitze. Dahinter folgten, fest untergehakt, seine Mutter und seine älteste Schwester. Man hätte meinen können, die ganz in Schwarz gekleidete Schwester wäre seine Mutter. Dahinter folgte seine jüngere Schwester. Jedesmal, wenn ich zu ihr hinübersah und ihren Geruch spürte, hatte ich plötzlich einen Kloß im Hals. Der Grund dafür war die Art, wie sie ging. Es sah fast so aus, als tanze sie eigentlich. Ihr Gang hatte etwas Fröhliches und Schwungvolles, und dennoch wirkte sie zugleich auch traurig.

Job, Anton und ich gingen nebeneinander her. Anton ging in der Mitte. Job und ich spielten blind Simultanschach mit Anton. Wenn Job und ich jeweils allein spielten, wußten wir schon vorher, daß wir verlieren würden.

Beim Maaslanddamm hatte ich bereits meine erste Partie verloren. Munter begann ich die zweite Partie. Nun hatte ich Weiß. Vielleicht gelang es mir diesmal zu gewinnen, denn Anton mußte sich voll und ganz auf das Endspiel mit Job konzentrieren. Doch auch Job verlor seine erste Partie. Wir spazierten den noch totenstillen Oostgaag entlang, und ich dachte: »Jetzt sind wir schon eine Stunde unterwegs, und wir müssen mindestens noch eine Stunde gehen.« In der Ferne entdeckte ich einen Turm.

»Ist das Delft?« fragte ich Anton.

»Ja«, sagte er, »das ist der Turm der Nieuwe Kerk.«

Die feuerrote Sonne schwebte ganz in der Nähe des Turms. Im Vergleich zu der riesigen Sonne wirkte der Turm recht winzig. Je höher die Sonne stieg und dabei kleiner wurde, desto größer wurde der Turm. Oder kam das nur daher, weil wir auf ihn zugingen?

In Schipluiden mußte ich meine zweite Partie aufgeben. Job spielte Remis. In dem Dörfchen am Oostgaag war noch niemand draußen zu sehen. Auch auf der langen Straße nach Den Hoorn begegneten wir nur einem Bauern, der leere, klappernde Milchkannen transportierte.

»Das muß aber ein enorm hoher Turm sein«, sagte ich, den Blick ständig auf das Ungetüm gerichtet, das sich in der Ferne von dem sonnigen, stillen Himmel abhob.

»Er ist wirklich sehr hoch«, sagte Anton.

»Es scheint fast, als gebe es noch einen zweiten Turm«, sagte ich.

»Stimmt«, erwiderte Anton, »aber schau lieber nicht die ganze Zeit zu den Türmen hinüber, sonst hast du auch in dieser Partie keine Chance.«

Er hatte recht, aber ich konnte meinen Blick nicht von den Türmen abwenden. Sie kamen immer näher, und als wir Den Hoorn durchquert hatten und auf eine lange Straße kamen, die geradewegs zu dem Turm hin zu führen schien, da fühlte ich, wie eine Ader in meinem Hals vor Spannung klopfte. Dieser Turm, welch ein Turm, welch ein gewaltiger Turm. Er kam immer näher, wuchs immer höher in den Himmel, er schien mich schon aus der Ferne zu grüßen, zu mir zu sprechen, mich zu trösten, mich zu umsorgen. Auf einer Straße, die Buitenwatersloot hieß, war er in seinem ganzen Glanz zu sehen. Die Spitze war schiefergrau wie der Kopf einer Heckenbraunelle. Dann kam ein weißes Mittelstück, das leicht gräulich wirkte, weil dahinter die Sonne schien. Darunter war ein rotbrauner Sockel zu sehen, der inmitten der Häuser verschwand. Und links vom Turm ragte noch ein zweiter in die Lüfte, ein vollkommen brauner Turm mit einer größeren Spitze, um die herum kleine Türmchen standen. Es sah fast so aus, als wäre dieser Turm schief, was doch unmöglich war. Dann müßte er doch umfallen.

»Welcher der Türme gehört zu eurer Kirche, der braune oder der ganz hohe?« fragte ich.

»Türme? Du hast überhaupt keine Türme mehr«, sagte Anton zerstreut. »Was? ... Ach, du meinst ... du sprichst von den Türmen dort drüben, nein, unsere Kirche hat keinen Turm. Der hohe Turm gehört zur Nieuwe Kerk und der andere zur Oude Kerk.«

»Wo liegt Willem von Oranien begraben?«

»In der Kirche mit dem hohen Turm, so, weiter jetzt, ich setze Pc3–d4.«

»Ja, ja, schon gut, aber die Türme, die Türme ... der braune ist auch ...«

»In dem braunen Turm«, sagte Anton, »hängt eine große Glocke, die nur geläutet wird, wenn ein Mitglied des

Königshauses begraben wird. Dann kippt der Turm wieder etwas mehr zu Seite. Wenn er umfällt, kommt Christus der Herr auf Wolken wieder.«

»So'n Quatsch«, sagte Job, »wer hat dir das weisgemacht?«

»Nun mach endlich deinen nächsten Zug«, raunzte Anton mich mürisch an.

»Ich gebe auf«, erwiderte ich.

»Du warst drauf und dran zu gewinnen«, sagte Anton, »was soll dieser Blödsinn?«

»Ja, aber die Türme ...«, sagte ich.

Die Sonne stand schräg hinter den beiden Türmen. Es tat in den Augen weh, die Türme ständig anzustarren. Dennoch schaute ich sie ununterbrochen an. Meine Augen tränten. Manchmal mußte ich sie fest zukneifen, um wieder zu dem höchsten Turm hinübersehen zu können, ein Turm, der einem den Atem raubte, der einem das Gefühl gab, nie zuvor einen Turm gesehen zu haben.

Wir überquerten die Eisenbahngleise und kamen an eine schmale Gracht. Für einen Moment verbarg sich der Turm hinter den Häusern. Wir bogen links ab, gelangten an eine andere Gracht, wo bereits ein paar Menschen unterwegs waren. Ich schaute nach links und erblickte plötzlich den schiefen braunen Turm in seiner ganzen Größe. »Er fällt um«, dachte ich erschrocken, »er fällt um.«

»Hier biegen wir links ab«, sagte Anton, »das ist zwar ein kleiner Umweg, aber mein Vater will nicht an der katholischen Kirche vorbeigehen.«

Über eine kleine Brücke, durch eine schmale Gasse, um eine Ecke.

Als ich um diese Ecke ging, sah ich plötzlich und unerwartet den Turm wieder, jetzt auf der anderen Seite eines großes, leeren Platzes. Ich war nicht in der Lage, noch einen Schritt zu tun, ich stand einfach da, die Hände in den

Hosentaschen, schauend, aufschauend, blinzelnd und dann wieder wegschauend – ängstlich und verlegen beim Anblick des Turms, und mich zugleich nach ihm sehnend, wobei ich jedoch nicht wußte, was ich tun sollte, wie ich dieser Sehnsucht Ausdruck hätte geben können. Schließlich konnte ich ja nicht einfach zu dem Turm hinrennen und ihn umarmen.

Dort auf dem stillen, beinahe warmen Platz wußte ich ganz genau, daß ich so etwas noch nie gesehen hatte und daß ich dergleichen auch nie wieder sehen würde – einen solchen Platz mit solch einem Turm, solch einem unglaublichen Turm.

»Was ist, willst du dort Wurzeln schlagen?« rief Anton.

Ich versuchte zu atmen, versuchte, wieder zu gehen, doch das einzige, was geschah, war, daß ich in Tränen ausbrach.

»Was ist denn jetzt los«, fragte Anton, »man könnte meinen, du wärest verrückt geworden.«

Beinahe entrüstet ging er weiter, ebenso wie Job und die anderen. Dann drehte Hendrikje sich um. Eilig kam sie auf mich zu.

»Was ist mit dir?« fragte sie.

»Der Turm«, stotterte ich.

»Komm«, sagte sie, »komm mit mir. Hast du ein Taschentuch?«

»Nein«, sagte ich.

»Du kannst meins haben«, sagte sie.

Sie nahm meine Hand, zog mich hinter sich her. Wir gingen auf den Turm zu, und es war, als sei sie mit dem Turm identisch, als gehörte sie dazu, als sei sie ein Teil dieses Turms, als gelte das große Gefühl, das dieser riesige Turm in mir weckte, auch ihr.

»Ist gut jetzt«, sagte sie, und ich schämte mich, weil ich geweint hatte. Rasch wischte ich mir die letzten Tränen aus den Augen.

Sie legte einen Arm um mich, drückte mich kurz an sich

und ließ mich dann wieder los. Wir gingen an der Kirche vorbei, die ebenfalls riesengroß war, und kamen auf eine Gracht, die von der Rückseite der Nieuwe Kerk schräg wegführte.

»Jetzt sind wir gleich da«, sagte sie.

Man konnte das Gebäude kaum als Kirche bezeichnen. Es ähnelte vielmehr einem – ebenfalls schiefen – Lagerschuppen. Offenbar war in Delft alles schief, und auch der Giebel war nicht gerade, sondern rund. Drinnen war es ziemlich dunkel, und während ich dort zwischen Anton und Hendrikje saß, dachte ich die ganze Zeit: »Ich habe den Turm gesehen.«

Antons Vater saß vorn bei den Presbytern. Als der Gottesdienst anfing, schien es, als ließe die Zeit all ihre Eile fahren. Der Pfarrer trug keinen Talar, sondern einen merkwürdigen schwarzen Anzug mit einer Art Reithose. Minutenlang stand er regungslos unten an der Kanzel. Dann stieg er gewichtig, ehrfurchtgebietend hinauf, sagte einen anderen Spruch, als ich gewohnt war, und bat dann um Psalm 66, Vers 3.

»Mein Lieblingspsalm«, dachte ich erfreut. Als ich begeistert mit der Orgel einsetzte, merkte ich rasch, daß all die schwarz gekleideten Menschen unendlich viel langsamer sangen, als ich es aus unserer Gemeinde kannte. Am Ende jeder Zeile stand die Zeit still, jede Note wurde gehalten, bis allen die Luft ausging. Dann folgte, nach endlosem Psalmengesang, eine Predigt über Römer 7, Vers 14: »Denn wir wissen, daß das Gesetz geistlich ist; ich bin aber fleischlich, verkauft unter die Sünde.« Die Predigt beschäftigte sich in erster Linie mit dem Komma zwischen »fleischlich« und »verkauft«. Stünde das Komma dort nicht, dann hätten wir, nach Ansicht des Pfarrers, lesen dürfen: »Ich bin fleischlich verkauft unter die Sünde.« Da das Komma nun aber dort stehe, sei der Text sehr viel erschreckender. Er besagte schlichtweg: »Ich bin fleischlich.« Aus diesem einen Komma zauberte der Pfarrer nicht nur eine ungläubige und unbußfertige Welt hervor, sondern auch die Hure von Babylon (die katholische Kirche) und die vielen irrgläubigen Kirchen der Reformation. Dann forderte er uns auf, einen bestimmten Psalm zu singen. Ich dachte, der Gottesdienst sei nun, obwohl noch nicht Amen gesagt worden war, vorüber, doch es zeigte sich, daß der Psalm nur ein Zwischengesang war. Danach wiederholte der Pfarrer mit etwas anderen Worten das, was er vor dem Gesang gesagt hatte. Nie zuvor hatte ich eine solche Predigt gehört, eine Predigt über ein Komma. »Großvater wird Augen machen, wenn ich ihm das erzähle«, dachte ich.

Draußen war dann und wann das Schlagen einer Glocke zu hören, so daß ich den Überblick über die Zeit behielt und wußte, wann es zwölf Uhr war und wann eins. Um Viertel nach eins sagte der Pfarrer Amen und zehn Minuten später standen wir vor der Kirche.

»Laßt uns einen kleinen Spaziergang machen«, sagte Anton.

Mit Job, Hendrikje und Anton spazierte ich weiter an der Gracht entlang. Am liebsten wäre ich zurückgegangen, doch so war es schließlich auch gut oder besser sogar. Mich erneut an den Fuß des Turms zu stellen, das ging eigentlich nicht, das gehörte sich nicht, dafür war er zu gewaltig und ich zu nichtig. Nein, es war gut, einfach an der Gracht entlangzuspazieren und seine Eltern und seine Schwester Ruth zurückzulassen, es war gut, Job und Anton vorausgehen zu lassen, so daß ich neben Hendrikje hergehen konnte.

»Schrecklich lange, was«, sagte sie.

»Das kann man wohl sagen«, erwiderte ich, »mir kam der Gottesdienst schon lang vor, als wir mittendrin einen Psalm sangen, da dachte ich, nun ist es gleich vorbei.«

»Ja, es ist nicht auszuhalten«, sagte sie.

Wir gingen an der schmalen Gracht entlang. Es war so sonnig, so außergewöhnlich sonnig. Man hätte meinen können, es sei schon Frühling, es roch bereits nach Frühling; nein, der Geruch, den ich einatmete, war ihr Duft, der zugleich zarter und wärmer war als der Geruch von Raps.

Wir gelangten zu einem großen Tor. Zwei schlanke, spitze Türme. Über eine Zugbrücke gingen wir in einen neueren Stadtteil. Je weiter wir kamen, um so deutlicher wurde mir bewußt, daß wir immer herausfordernd, forschend und erstaunt angesehen wurden. Was hatten diese Leute bloß, oder besser gesagt: diese Jungen? Warum schauten sie so zu uns herüber? Erst auf der Brücke wurde mir klar, daß sie Hendrikje ansahen, daß sie es nicht lassen konnten, sie anzuschauen. Manche riefen auch etwas oder winkten oder gingen eine Weile hinter uns her. Mit jedem Schritt hatte ich das Gefühl, mich leichter fortzubewegen, mir war, als würde ich in die Höhe gehoben, als schwebte ich dicht über der Straße. Es war ein verwirrendes, merkwürdiges und dennoch wundersam glücklich machendes Gefühl – das jedesmal ein wenig stärker wurde, wenn Hendrikje, den Blick scheinbar zu Boden gerichtet, so ein kurzes stilles Lächeln hervorbrachte, so ein innigvergnügtes Lächeln, das ihr ohnehin schon wunderschönes Gesicht noch bezaubernder machte. Ich wäre ihr gern selbst entgegengekommen, hätte ihr zurufen oder ihr zuwinken wollen, doch dies war noch besser: wie selbstverständlich neben ihr herzugehen, zu ihr zu gehören.

Wir kamen an hohen Gebäuden vorüber. Hinter den Häusern lag ein großer Garten, ein Park beinahe. In einem davon abgeschirmten, kleineren Garten saßen eine Frau und ein Mädchen. Sie unterhielten sich in einer fremden Sprache, und Hendrikje sagte: »Das Mädchen hat einen Petticoat an«, und aus diesem Wort »Petticoat« klang so viel Traurigkeit, daß mir ein Schauer über den Rücken lief.

58

Wir bogen in Richtung Altstadt ab und gingen erneut an schmalen Grachten entlang. Merkwürdig, eine Stadt mit soviel Grachten, mit soviel Wasser, obwohl sie nicht mit dem Meer verbunden war. Grachten, immer wieder andere Grachten. Immer noch ging ich neben Hendrikje her, die ständig vor sich hin murmelte: »Sie hatte einen Petticoat an.« Erst an der Oude Delft, ebenfalls eine Gracht, auch wenn der Name etwas anderes vermuten ließ, verlangsamten Anton und Job das Tempo. Zu viert gingen wir nebeneinanderher, und ich sagte: »Eure Predigten dauern ganz schön lang! Wenn wir währenddessen doch nur blind Schach spielen könnten.«

»Das geht nicht«, sagte Anton, »wenn du deinem Nachbarn den nächsten Zug leise zuflüsterst, bekommst du einen Ellbogenstoß verpaßt.«

»Tja«, sagte ich, »wenn das so ist, geht es nicht.«

Wir gingen über eine kleine Brücke. Die ganze Zeit über hatte ich den schiefen Turm im Blick, und ich dachte: »Wenn wieder so eine Predigt kommt, dann lese ich einfach in meiner Taschenbibel.« In Gedanken sah ich sie bereits aufgeschlagen vor mir. »Dann werde ich im Buch der Könige lesen«, überlegte ich mir, »das kenne ich noch nicht besonders gut. Könige 2 oder Könige 3.«

»Jetzt weiß ich es«, rief ich über die Gracht.

»Was weißt du?« wollte Job wissen.

»Wie wir während der Predigt, ohne zu flüstern, Schach spielen können. Wenn du einen Zug machen willst, legst du einfach die Bibel vor dich auf die Bank und schlägst auf … Epheser 2 zum Beispiel, und dann blätterst du um nach Epheser 4. Das bedeutet e2–e4. Ja, so könnte man es machen, so könnte man es machen.«

»Wenn man einen Bauern zieht schon«, sagte Anton, »aber was ist, wenn du zum Beispiel ein Pferd von g2 nach h4 springen lassen willst, wie soll das gehen?«

»Tja, um die Figur anzugeben … Moment, ja, natürlich, um die Figuren anzugeben, nehmen wir das Alte Testament, wenn du also ein Pferd ziehen willst, Moment, welches Buch im Alten Testament beginnt mit einem P, ja, genau, dann schlägst du zuerst die Psalmen auf, das ist dann das P für Pferd, anschließend das erste Kapitel des Briefs an die Galater, und dann … welches Buch im Neuen Testament beginnt mit einem H?«

»Der Brief an die Hebräer«, sagte Job.

»Stimmt«, sagte ich, »also Hebräer, zweites Kapitel.«

»Das wird aber ganz schön kompliziert«, sagte Anton, »ständig muß man blättern und gleichzeitig auch noch auf die Bibel des anderen achten. Das gibt garantiert Ärger.«

»Aber wenn man ganz langsam, leise und vorsichtig blättert«, sagte ich.

»Das kann man leicht ausprobieren«, sagte Job, »aber dann müssen wir ganz genau festlegen, mit welchen Büchern der Bibel wir welche Figuren bezeichnen. Und wie ist das zum Beispiel mit der Rochade, wie zeigt man die an?«

»Mit dem Buch der Richter natürlich«, sagte ich.

»Gut, gut«, sagte er, »das wäre eine Möglichkeit. Aber wie zeigt man an, ob man eine kurze oder lange Rochade machen will? Wie soll man das machen?«

»Du schlägst das Buch der Richter auf«, sagte ich, »und wenn du darin zurückblätterst, machst du eine lange Rochade, und wenn du vorblätterst, machst du eine kurze.«

»Ein bißchen unlogisch«, sagte Job, »aber so könnte es gehen.«

Während wir an der Oude Delft entlanggingen, besprachen wir alle möglichen Züge. Schon nach kurzer Zeit stellten wir fest, daß es im Neuen Testament kein Buch gibt, das mit dem Buchstaben B anfängt. Das B ordneten wir schließlich der Offenbarung des Johannes zu. Auch das C war ein Problem, aber schließlich waren alle Schwierigkeiten aus dem Weg geräumt, und wir verfügten über einen Bibel-Code, mit dem wir alle Züge angeben konnten.

Während der sehr, sehr langen Nachmittagspredigt ergaben sich noch ein paar Probleme, die wir aber, obwohl Anton zweimal einen Stoß von seiner Mutter bekam, mit leisem Flüstern lösen konnten. Dank der Bibel gewann ich während der Predigt meine erste Blindpartie gegen Anton. Auf Hebräer 4 konnte ich seinen König schließlich matt setzen.

Weil wir mit langen Zwischenpausen blätterten – sonst wäre es zu sehr aufgefallen –, konnten wir nur eine einzige Partie spielen. Trotzdem waren Anton und Job sehr zufrieden, als wir in der Abenddämmerung nach Hause gingen.

»In Zukunft können wir jetzt immer während des Gottesdienstes miteinander Schach spielen«, sagte Job zu Anton.

»Komisch, daß wir nicht selbst auf die Idee gekommen sind«, sagte Anton.

»Tja, um sich so etwas auszudenken, muß man eben ein reformierter Luftikus sein«, sagte Job.

In Schipluiden warteten Antons Eltern auf uns. Sie waren die ganze Zeit vor uns hergegangen, doch nun wollte Antons Vater offenbar über die Predigt sprechen.

»Haben die Jungen auch aufmerksam zugehört?« fragte er Antons Mutter.

»Sie haben ziemlich viel in der Bibel herumgeblättert.«

»Stimmt«, sagte Anton, »ich fand die Predigt nämlich nicht besonders gut und habe mir gedacht: Da kann ich besser in der Heiligen Schrift lesen.«

»Gut so, mein Junge«, sagte der Vater, »das ist sehr löblich, denn schließlich war das überhaupt keine Predigt. Wie oft habe ich dem Pfarrer nicht schon gesagt, daß er die Verdammnis des Menschen nicht stark genug verkündigt! Sogar heute morgen, in seiner Predigt über das Komma, kam er noch auf das Angebot freier Gnade zu sprechen. Und das vor all diesen Strauchdieben, diesen Höllenkindern und Zerstörern Zions!«

Wir marschierten durch einen klaren, kalten Winterabend. Im Kanal neben dem Weg schimpften die Enten über den Frost.

»Habt ihr gehört, was er gesagt hat?« fragte Antons Vater. »Habt ihr das gehört? Er sagte: ›Wer glaubt, geht unbeschwerten Herzens zum Thron der Gnade und des ewigen Lebens, um dort zu gegebener Zeit Hilfe zu finden.‹ Wie kann er so etwas nur sagen? Man könnte meinen, wir wären in einem reformierten Gottesdienst gewesen!«

Plötzlich sah er mich scharf an und fragte: »Und du, du Lehrbube des Bundesjehova, hast du irgendeinen Unterschied zu dem gehört, was die Söldlinge in eurer Kirche verkünden?«

»Die Predigt dauerte viel länger«, sagte ich.

»War denn die Predigt anders?« fragte er streng.

»Nein«, sagte ich zögernd, »nicht sonderlich, sie handelte auch von der Bibel.«

»Da habt ihr's«, sagte er, »selbst ein unmündiges Kind, dem offenbart ist, was Weisen und Klugen verborgen bleibt, wie die Heilige Schrift sagt, selbst ein Kind hört keinen Unterschied.«

Mit geballten Fäusten und trotzig zusammengepreßten Lippen ging er einige Zeit weiter.

»Hast du aus der Predigt einen Aufruf zur Wiedergeburt herausgehört?« wollte er von mir wissen.

»Ach, laß das Kind doch in Frieden, der Junge ist zum ersten Mal mitgegangen …«, sagte Antons Mutter.

»Ja, darum, gerade darum! Warum ist er denn mitgegangen, wenn nicht der Geist in ihm, der von Hause aus verloren ist, weil er unter den Höllenkindern der reformierten Kirchen lebt, bereits das Verlangen nach den Quellen des

Heils geweckt hat? Deshalb bist du doch mitgegangen, Lehrbube? Deshalb wolltest du uns doch begleiten?«

Mein Mund war plötzlich staubtrocken. Ich hätte so gern gesagt: »Nein, deshalb nicht, sondern weil ich hoffte, Sie würden über Jan ...« Aber was genau erhoffte ich, was wollte ich überhaupt – ich wußte es selbst nicht und dachte nur: »Wenn sie über Jan reden würden, dann würde bestimmt alles gut werden.« Ich selbst konnte nicht anfangen, von ihm zu sprechen, das stand fest, das war ausgeschlossen. Vielleicht nicht für immer, aber jetzt schon, hier auf der Straße von Schipluiden nach Maasland. Es war außerdem zu dunkel, doch vielleicht spielte das keine Rolle, vielleicht mußte ich einfach warten, bis einer von ihnen sagte: »Ja, früher, als Jan noch mitging ...« Warum sagten sie dergleichen nie? Wieso sprachen sie nie von ihm?

»Darf ich auch einmal mit Adriaan in seine Kirche gehen?« fragte Anton.

»Zu diesen blinden Predigern des Gesetzes«, tönte sein Vater, »zu diesen Mietlingen, die ihr Haupt in Delilas Schoß gelegt haben? Sie sprechen von der Heilmachung, kennen aber Gottes Gerechtigkeit nicht.«

»Ach, komm, nur einmal«, bat Anton.

»Ach, Kind«, sagte sein Vater, »verstehst du denn nicht, daß der Herr Zebaoth seine Gnadensonne dort schon längst nicht mehr scheinen läßt.«

Im Wasser des Kanals schnatterten entrüstete Enten.

Wir gingen schweigend weiter; inzwischen war ich todmüde. In Maasland schien der Mond kurz zwischen den Wolken hindurch, und Job sagte leise:

> »Vlaardingen und Maassluis, ein Fest
> aber Maasland, das ist ein Rattennest.«

Sein Vater murmelte: »Ach, Herr, das bedrückte Zion ob Josephs Schaden.«

6

Pfarrer Klaarhamer wurde berufen. Innerhalb einer Woche entschied er sich zu kommen. Er übernahm das Amt des Pfarrers in unserer Gemeinde. Es stellte sich heraus, daß er ein kleiner, jovialer Fettwanst war. Seine Haare wuchsen nicht auf dem Kopf, sondern an den Seiten. Wenn er sprach, schien es, als müßte er am Ende eines jeden Satzes aufstoßen. Mit seinen kleinen, dicken Händen war er außerstande, eine Bibel so rasch hervorzuzaubern, wie Pfarrer Guldenarm das konnte. Als er das erste Mal predigte, kam es zu einem merkwürdigen Zwischenfall. Der diensthabende Presbyter führte Pfarrer Klaarhamer bis unten an die Kanzel, ergriff sein dickes Händchen, schüttelte es, und anschließend stieg das kleine Männlein zur Kanzel hinauf. Als er hinter der großen Bibel stand, zeigte sich, daß sein Kopf kaum über deren Goldschnitt hinausragte. Die Kirchenbesucher kicherten. Mein Vater eilte zur Kirche hinaus und kam bald darauf mit einem Brett für Hochwasserstege wieder. Nachdem er das in die Kanzel gelegt hatte und der Pfarrer darauf gestiegen war, ertönte auf der Galerie lautes Lachen.

Eine Woche später mußte er morgens eine Taufe vornehmen. Vor Beginn des Gottesdiensts schickte meine Mutter mich mit ihrer Gießkanne zum Taufbecken. Ich goß soviel Wasser hinein, daß der Boden gerade bedeckt war. Schließlich wurde nur ein einziges Kind getauft. Und außerdem: Wenn das Taufbecken bis zum Rand gefüllt war, spritzte der Pfarrer »rundherum sowieso alles nur naß«, wie meine Mutter immer sagte.

Eine Stunde später zeigte sich, daß die kleine Wasserlache nicht ausreichte. Nachdem er die Taufformel vorgelesen hatte, kam Klaarhamer von der Kanzel, um die Taufe zu vollziehen. Dabei stieg er zuerst von dem Brett, so daß es aussah, als tauche er in der Kanzel unter. Erneut wurde auf der Galerie gelacht. Klaarhamer ließ sich davon nicht beirren und kam, schwer keuchend, von der Kanzel herab. Die Mutter stand bereits mit dem schreienden Kind beim Taufbecken, als er mit wehendem Talar dort ankam. Der diensthabende Presbyter hob ehrfurchtsvoll den Deckel vom Taufbecken. Mit einer weitausholenden Geste schöpfte Klaarhamer Wasser aus dem Becken und sagte: »Ich taufe dich im Namen des Vaters ...« Er goß alles Wasser, welches sich in seiner hohlen Hand befand, über den Kopf des Babys, das nun einen Ton höher schrie. Erneut schöpfte Klaarhamer Wasser, und ich dachte: »So macht Pfarrer Guldenarm das aber nie.« Der Pfarrer sagte: »... und des Sohnes ...« Und wieder goß er einen kleinen Wasserschwall über das Köpfchen, der diesmal aber ein wenig tiefer landete, so daß das Baby zu prusten begann. »Ob er für den Heiligen Geist noch einmal Wasser nimmt?« fragte ich mich ängstlich. »Dafür ist keins mehr da.« Aber seine halbkugelförmige Hand senkte sich wieder ins Taufbecken. Symbolisch schöpften seine Finger ein paar Tropfen Wasser, die er auf das immer noch gurgelnde und nach Luft schnappende Baby fallen ließ. Feierlich dröhnte seine Stimme: »... und des Heiligen Geistes.«

Kaum hatte er ausgesprochen, neigten viele Kirchgänger einander die Köpfe zu. Von überall her war Flüstern zu hören, das erst aufhörte, als Klaarhamer sein Stegbrett wieder erstiegen hatte und mit der Danksagung anfing.

Pfarrer Klaarhamer predigte über Johannes, Kapitel 17, Vers 21: »Auf daß sie alle eins seien.« Er hielt ein engagiertes Plädoyer für die Ökumene. Zu Beginn schilderte er eine Ballonfahrt. »Liebe Gemeinde, angenommen, wir würden am Sonntagmorgen um neun oder halb zehn in dieser Stadt mit einem Ballon in die Lüfte steigen, was würden wir dann sehen? Wir würden das herzerwärmende Bild von Leuten auf dem Weg zur Kirche erblicken, unterwegs zum Haus Gottes, und fast ist es, als hörte man diese Menschen leise vor sich hinsummen: ›Ich bin erfreut, weckt man mich gottesfürchtig auf, siehe, wir sind bereit, zu Gottes Haus zu gehen.‹ Und da gehen sie, allein oder in kleinen Gruppen, Familien, Witwen, Jungen und Mädchen, Männer und Frauen, alte Menschen, auch wenn sie manchmal schlecht zu Fuß sind, Fabrikarbeiter, Zahnärzte …«

Er nannte fast alle Berufe. Merkwürdig, daß Pfarrer dies in ihren Predigten immer so machten, immer machten sie lange, lange Aufzählungen, obwohl man doch einfach sagen konnte: »Die Menschen gingen zur Kirche.« »Tja«, dachte ich, »dann ist die Predigt zu schnell vorbei.«

Ich achtete wieder auf das, was Klaarhamer sagte: »Was uns aber, liebe Gemeinde, zutiefst bedrückt, ist die Tatsache, daß nicht alle Christen auf dem Weg zum selben Tempel sind. Was sollten wir anderes erwarten, als daß sie alle zum selben Tabernakel strömen? Doch schaut nur, seht euch das an, o, da gehen sie, brennenden Herzens, sie sehnen sich nach Gottes Haus, und doch gehen sie alle zu einer anderen Kirche. Kalvinistisch-reformiert. Orthodox-kalvinistisch. Lutherisch. Römisch-katholisch.«

Wieder folgte eine Aufzählung von allen möglichen Glaubensgemeinschaften. Dann sagte er: »Es ist, als sähen wir einen Strom, der in alle Richtungen fließt. Aber so kann der Gottesstrom der Gnade doch nicht mehr fließen?«

Nach dem Gottesdienst sagte meine Mutter: »Ist das nun den Sabbat heiligen? Den Leuten erzählen, daß man in einem Ballon aufsteigt.«

»Ach, das war doch nur bildlich gemeint«, sagte mein Großvater. »Es war eine hübsche Vorstellung, ich hatte alles wunderbar vor Augen, allerdings wird es da oben um diese Jahreszeit ein wenig kalt und windig gewesen sein. Und die Zigarre wird einem garantiert auch ausgeblasen.«

»Aber wie fandest du den Rest seiner Predigt?«

»Tja, nichts als Ökumene, und das gibt garantiert Schwierigkeiten.«

»Das wäre sehr bedauernswert«, sagte mein Vater, »und was, wenn unsere Kirche sich tatsächlich mit der kalvinistisch-reformierten zusammentut? Bei denen herrscht am Sonntagmorgen gähnende Leere, da passen wir also bequem noch rein. Doch was geschieht dann mit unserer Kirche? Und was wird aus mir?«

»O, hier wird dann ein Kulturzentrum eingerichtet«, sagte mein Großvater, »und das darfst du dann bewirtschaften. Oder sie machen ein Jugendheim daraus. Das könnte durchaus eine gute Einnahmequelle werden.«

»Das schon, aber es bedeutet auch sehr viel mehr Arbeit«, sagte mein Vater, »und darauf habe ich keine große Lust. Bisher ging immer alles ganz gemächlich, genau so, wie ich mir das wünsche. Zwei Gottesdienste am Sonntag, hin und wieder eine Trauung und Dienstagabend die Sitzung des Kirchenvorstands.«

»Ach, mach dir mal keine Sorgen«, sagte mein Großvater. »Diese Ökumene, daraus wird nie und nimmer was. Soweit ich weiß, haben sich noch nie Kirchen vereinigt, abgesehen von den Kreuzgesinnten und den Ledeboerianern, die haben sich 1907 zu den Reformierten Gemeinden zusammengeschlossen. Aber auch damals machten – auf Tholen und anderenorts – immer noch jede Menge Gemeinden diesen Zusammenschluß nicht mit. Und außerdem: Die Reformierten Gemeinden haben sich 1953 wieder gespalten. Das war ein ziemliches Theater damals, vor allem in Gouda, wo Pfarrer Steenblok amtierte. Da mußte sogar die Polizei in die Kirche einrücken, um ein Handgemenge zu verhindern. Die Reformierten Lutheraner und die Lutheraner haben sich, wenn ich mich nicht irre, auch vereinigt. Aber was hat das schon zu bedeuten, nein, nein, vor der Ökumene brauchst du dich nicht zu fürchten.«

»Du vergißt, daß die Losgelösten und die Dolerenden sich 1892 auch vereinigt haben«, sagte mein Vater.

»Stimmt«, antwortete mein Großvater, »aber damals beteiligten sich sehr viele der Losgelösten Gemeinden nicht an dieser Vereinigung. Aus ihnen gingen, wie du weißt, die Christlich-Reformierten hervor. Außerdem gab es bei uns auch noch die A-Kirche und die B-Kirche. Viele A-Mitglieder sind 1944 der Freimachung gefolgt, doch bei den Freigemachten hat es inzwischen auch wieder gekracht, und sie haben sich gespalten.«

»Vor einiger Zeit habe ich mit Anton einen Gottesdienst ihrer Kirche in Delft besucht«, sagte ich, »in der Altreformierten Gemeinde. Ist das wieder eine andere Richtung?«

»Na und ob«, sagte mein Großvater.

»Wie kompliziert«, erwiderte ich, »da soll noch einer schlau draus werden.«

»Nun ja, so kompliziert ist es auch wieder nicht«, sagte er. »Du mußt bedenken, daß es im vorigen Jahrhundert in den Niederlanden nur eine Kirche gab, nämlich die Reformierte Kirche. 1834 haben viele Menschen diese Kirche verlassen, das waren die Losgelösten. Die Losgelösten bildeten überall verschiedenerlei Gemeinden und Grüppchen. Die Behörden legten ihnen Steine in den Weg, wo es nur ging. Nach einigen Jahren sagte die Regierung: Wenn ihr Anerkennung beantragt, hören wir auf, euch zu verfolgen. Daraufhin haben einige Losgelöste Anerkennung beantragt, andere aber weigerten sich. Erstere bildeten anschließend also einen lockeren Gemeindeverband, der sich 1892 zum Teil den Dolerenden anschloß. Diese bildeten die Christlich-reformierten Kirchen. Zum Teil schlossen die Losgelösten sich aber nicht den Dolerenden an, und diese Verweigerer nannten sich Kirchen unter dem Kreuz. So nannten sie sich, weil sie das Kreuz der Verfolgung trugen, verstehst du. Außerdem gab es noch die Ledeboerianer, das waren Anhänger des Pfarrers Ledeboer, eines reformierten Pfarrers aus Benthuizen, der sich auch abspaltete.«

»Ja, aber wo bleibt dann die Altreformierte Gemeinde?«

»Mal langsam mit den jungen Pferden«, sagte mein Großvater, »laß mich zu Ende erzählen. Schau, die Kreuzgesinnten und die Ledeboerianer bildeten überall kleine Gemeinden. 1907 verschmolzen viele dieser kleinen Gemeinden unter großen Schwierigkeiten zu den Reformierten Gemeinden. Aber Vorsicht, die darfst du nicht mit den Reformierten Kirchen verwechseln. Dennoch existierten auch nach 1907 noch überall winzige Kirchgemeinschaften, die nicht zu den Reformierten Gemeinden gehören wollten. All diese nicht organisierten Gemeinden, das war ein ziemliches Durcheinander. Es gab die Dordter Reformierten, die Altreformierten, dann waren da noch die Christlich-reformierten Gemeinden – die man wiederum nicht mit den Christlich-reformierten Kirchen in einen Topf werfen darf.«

»Mir wird von all den Namen ein wenig schwindelig im Kopf«, sagte ich.

»Das kann ich mir vorstellen«, sagte mein Großvater, »aber dennoch ist alles recht einfach. Du kannst das Ganze auch anders betrachten. Eigentlich gibt es drei große Gruppen: die Freisinnigen, zu denen die Remonstranten, die Taufgesinnten und ein Flügel der Reformierten Kirche gehören; dann gibt es die sehr große Gruppe der orthodoxen Kalvinisten. Zu denen gehören viele Kalvinistisch-Reformierte sowie unsere Reformierten Kirchen, und auch die Freigemachten gehören eigentlich dazu. Und schließlich gibt es noch die große Gruppe der Tieferen Reformation. Dahinein gehören all die sehr viel strengeren Gruppierungen und auch die Bündler in der Reformierten Kirche. Schau,

Ökumene ist Unsinn, aber ich gehe doch davon aus, daß die Leute von der Tieferen Reformation sich irgendwann zusammensetzen, und dann könnten sie durchaus zu einer sehr großen Gruppe werden, von der wir in den Niederlanden noch viel hören werden.«

»Nun laß mal gut sein«, sagte mein Vater, »jetzt wissen wir wieder Bescheid. Hast du übrigens gesehen, wie Klaarhamer getauft hat?«

»Darauf wollte ich gerade zu sprechen kommen«, sagte mein Großvater. »Seine Art zu taufen, merk dir meine Worte, das wird noch großen Ärger geben.«

Wütend zog er an seiner Zigarre. Er starrte eine Weile vor sich hin und sagte dann: »Was hat man denn überhaupt von einer solchen Predigt? Ein Text aus dem hohepriesterlichen Gebet. Ich hätte gern einmal erfahren, woher dieses Gebet kommt. Jesus steht kurz vor dem Beginn seines Leidens und spricht dann ein solch langes Gebet. Einverstanden, aber wer hat es gehört, und wer hat es sich gemerkt? Saß ein Stenograph neben ihm, als er dieses lange Gebet sprach?«

»Na, na«, sagte mein Vater.

»Tja«, erwiderte mein Großvater, »das sagst du so, aber stell dir doch einmal vor, ich spräche so ein langes Gebet. Während ich bete, hältst du die Augen geschlossen, und folglich kannst du es auch gar nicht mitschreiben. Das muß später passiert sein. Aber wer hat es aufgeschrieben? Johannes? War der zugegen und fähig, dieses Gebet an Ort und Stelle mitzuschreiben? Hinzu kommt noch, daß manche Forscher meinen, das Johannes-Evangelium sei erst einhundert Jahre nach Christus entstanden. Hat Johannes sich dieses Gebet siebzig Jahre lang gemerkt?«

»Du solltest dich nicht zu sehr in solche Fragen vertiefen«, sagte meine Mutter.

»Da magst du recht haben«, meinte mein Großvater,

»aber ich werde aus der ganzen Sache nicht schlau. Wenn ich darüber nachdenke, wird mir schwindelig. Das ist doch unmöglich. Wenn ich drei Sätze sage und ich bitte euch eine halbe Stunde später: Wiederholt diese drei Sätze mal, dann sagt jeder von euch dreien etwas anderes. Folglich hat Jesus dieses Gebet, so wie es dort steht, nie und nimmer in dieser Form gebetet.«

Wieder zog er wütend an seiner Zigarre. Er sagte: »Und wie bringt Klaarhamer seinen Text mit Matthäus 10, Vers 35 in Einklang?«

7

Mein Schlafzimmer lag neben dem Konsistorialzimmer. Dienstags abends konnte ich durch die Mauer hindurch, die nur einen Stein dick war, die Stimmen der Kirchenvorstandsmitglieder hören. Oft meinte ich sogar, ihre Hofnar- und Ritmeester-Zigarren zu riechen. Meist konnte ich nicht verstehen, was genau auf der anderen Seite der Mauer gesagt wurde. Außerdem schlief ich bei dem Stimmengemurmel meistens wunderbar ein. Doch wenn sich die Mitglieder stritten und die Stimmen erhoben, konnte ich immer deutlich verstehen, was gesagt wurde.

Am Dienstagabend nach der Predigt über die Ökumene schreckte mich die barsche Stimme des Presbyters Potuyt aus dem Schlaf: »Dreimal Wasser schöpfen ist nicht schriftgemäß«, rief er.

»Nirgendwo in der Bibel steht, wie getauft werden muß«, hörte ich eine andere Stimme bellen.

»O doch«, dröhnte Potuyt, »Matthäus 3, Vers 16 sagt: ›Und da Jesus getauft war, stieg er alsbald herauf aus dem Wasser.‹ Folglich wurde er nicht dreimal untergetaucht.«

»Als ob wir daraus ableiten könnten, wie wir die Taufe vollziehen müssen«, sagte Klaarhamer laut. »Wir tauchen ja schließlich nicht unter.«

»Gott verlangt von uns, daß wir nur einmal Wasser schöpfen.«

»Wie können Sie sich dessen so sicher sein?«

»Die Taufe ist bei uns an die Stelle der Beschneidung getreten. Wurde denn im Alten Testament ein Kind dreimal beschnitten?«

»Als hätten die beiden Dinge etwas miteinander zu tun.«

»Einmal Wasser auf den Kopf des Täuflings, das ist genug.«

»Ja, Herr Pfarrer, um ehrlich zu sein«, sagte eine andere Stimme, »mich hat es auch gestört, daß Sie dreimal Wasser genommen haben. Das entspricht nicht der Heiligen Schrift, wirklich nicht.«

»Brüder«, sagte Klaarhamer deutlich hörbar, »in Oudmirdum habe ich immer so getauft, und so gehört es sich auch. Wie könnte man sonst deutlich machen, daß man im Namen des dreieinigen Gottes tauft?«

»Indem man dreimal Wasser auf den Kopf sprenkelt? Herr Pfarrer, Herr Pfarrer, daß Sie so irren können! Dreieinig, einig also, ein einziger Gott, einmal Wasser.«

»Nein«, rief eine mir unbekannte Stimme, »nein, dreimal ist sehr viel ehrfürchtiger.«

Danach war nur noch streitendes Stimmengewirr zu hören. Ab und zu döste ich ein, doch der Wortwechsel drang auch im Schlaf noch zu mir durch. Mitten in der Nacht wachte ich auf, wie mir schien. Sie gingen nach Hause. Noch immer sehe ich ganz klar vor mir, wie ich aus dem Bett steige und ans Fenster trete. Vorsichtig schiebe ich den Vorhang beiseite. Ich schaue auf den Kirchplatz hinaus. Es ist nicht dunkel, denn am Himmel leuchtet der volle Mond. Doch wie merkwürdig, er scheint auf das Wasser, das bis kurz vor der Kirche steht. Offenbar ist Springflut. Man hat Flutbretter aufgestellt. Ich sehe, wie die Presbyter der Reihe nach das Haus verlassen. Sie gehen auf die Flutbretter zu. Bevor sie dort ankommen, müssen sie ihre Schuhe ausziehen und die Hosenbeine aufrollen, um durchs Wasser zu waten. Und selbst jetzt streiten sie sich noch. Zankend gehen sie zu den Flutbrettern. Das Wasser wird immer tiefer, und als sie die Bretter erreichen, sind sie fast ganz untergetaucht. Sie klettern über die Bretter, versuchen, sich gegenseitig wegzudrücken, wegzudrängeln. Auf der anderen Seite der Flutbretter bücken sie sich. Offenbar rollen sie ihre Hosenbeine wieder runter und ziehen die Schuhe wieder an.

Ich bin mir sicher, daß ich all das ganz genau gesehen habe. Und dennoch kann ich es nicht gesehen haben, denn unsere Kirche liegt weit vom Hafen entfernt. Selbst bei Springflut wird sie nie vom Wasser umspült. Ich muß das alles also geträumt haben. Nun, merkwürdig ist das nicht, kann alles sein, merkwürdig ist jedoch, daß an diesem Abend tatsächlich Springflut herrschte, daß die Hafenmauern einen halben Meter unter Wasser standen und daß die ganze Nacht über bei den Flutbrettern Wache gehalten wurde. Wie kann ich also etwas geträumt haben, was zum Teil auf Wahrheit beruhte und was ich doch nicht gesehen haben konnte? Ich verstehe das nicht. Immer noch habe ich ganz scharf das Bild von den spritzenden, zankenden, watenden Presbytern und dem breiten Streifen Mondlicht, der auf das Wasser fällt, vor Augen.

Was ich aber auf jeden Fall nicht geträumt habe, ist, daß sie sich von nun an jeden Dienstag erbitterter über die Taufe stritten. Ich habe auch nicht geträumt, daß Pfarrer Klaarhamer aus jeder Taufe eine Demonstration machte. Zwei volle Gießkannen reichten kaum aus, um seinen Bedarf an

Taufwasser zu decken. Er ersäufte seine Täuflinge beinah. Nach der Taufe mußte meine Mutter jedesmal ordentlich unter dem Taufbecken feudeln.

»Dieser elende Kleckerfritze«, sagte sie.

Folglich sah es so aus, als ergriffe sie die Partei von Pfarrer Guldenarm und seinen Anhängern. Mein Vater hielt sich ängstlich aus dem Streit heraus. Wenn ihn jemand fragte: »Bist du für Guldenarm oder für Joris Dreifachgießer?«, gab er die diplomatische Antwort: »Die Heilige Schrift sagt nicht, wie die Taufe vollzogen werden muß. Wir können frei entscheiden.«

Mein Großvater sagte immer: »Drei Dinge sind frei, aber ob das für die Taufe auch gilt?« Auch sagte er: »Ich habe bis jetzt zwei Kirchenspaltungen erlebt, eine 1926 und die andere 1944, und aller guten Dinge sind drei, also werde ich nun wohl noch eine erleben.«

»Du glaubst also, daß es zum Krach kommen wird?« fragte mein Vater.

»Worauf du dich verlassen kannst«, erwiderte mein Großvater, »Zweiparteienstreit, danach lechzen die Menschen, das ist ihre Lust und ihr Leben, streiten über Punkte und Kommata.«

»Schon wahr, aber über so etwas – ob einmal oder dreimal Wasser geschöpft werden muß?«

»1926 ging es um die Frage, ob die Schlange im Paradies gesprochen hat oder nicht. Ist das weniger verrückt?«

»Meiner Meinung nach schon.«

»Ach was, das war auch Idiotie. Pfarrer Vermaat in Makkum sagte damals: ›Schlangen halten manchmal ihren Kopf merkwürdig schief, und als sie ihren Kopf so merkwürdig schief hielt, schaute sie intensiv auf die verbotene Frucht, und dadurch kam Eva auf den Gedanken, sie zu pflücken.‹ Das hat Vermaat gesagt, und diese Worte haben damals einen Riesentumult ausgelöst, unglaublich.«

»Damals ging es um eine echte Streitfrage«, sagte mein Vater.

»Wohl wahr, so daß Pfarrer Van Leeuwen ›mit seinen Gefühlen bezüglich der Schlange nicht geduldet werden kann‹, wie ich von der Kanzel herab vorgelesen bekam. Und jetzt frage ich dich: Mit seinen Gefühlen bezüglich der Schlange nicht geduldet werden kann. Hast du schon einmal so was Bescheuertes gehört?«

»Nun hör mal«, sagte mein Vater, »die Schlange im Paradies ist doch etwas völlig anderes als die Form der Taufe, darüber muß es doch nicht zur Spalt ...«

»Worüber hat man sich vierundvierzig denn gestritten, wenn nicht über die Taufe? Bei neun von zehn Spaltungen ist ein Streit über die Taufe der Grund, bei der zehnten geht es ums Heilige Abendmahl. In Hilversum trat Pfarrer Van den Brink einzig und allein deshalb aus der Kirche aus, weil man beim Abendmahl dazu übergegangen war, eigene Becher zu benutzen.«

»Ich merke schon«, sagte mein Vater, »du siehst ziemlich schwarz.«

»Das kannst du ruhig laut sagen«, erwiderte mein Großvater. »Es muß schon ein Wunder passieren, damit es nicht zur Spaltung kommt.«

»Und was soll ich dann machen?«

»Wie meinst du das?«

»Nun, wenn ich jetzt Partei ergreife, kann es sein, daß ich mich der Gruppe anschließe, die am Ende die Kirche verläßt, und dann bin ich meine Stelle als Küster los.«

»Du mußt dich doch nicht zwischen den beiden Gruppen entscheiden«, sagte mein Großvater.

»Mach ich auch nicht«, sagte mein Vater, »aber wenn ich mich nicht entscheide, laufe ich Gefahr, von beiden Parteien ausgespuckt zu werden, und dann bin ich meine Stelle so oder so los.«

»Ja, das ist sehr gut möglich, Unparteilichkeit, das mögen die Leute nicht.«

»Wenn ich nur wüßte, wer am Ende austritt. Was glaubst du?«

»Das ist schwer zu sagen«, meinte mein Großvater, »ich weiß es wirklich nicht. Schau, meistens bleiben die orthodoxen Kirchenmitglieder, aber in diesem Fall weiß man ja noch nicht einmal, welche die orthodoxe und welche die weniger orthodoxe Partei ist. Allerdings habe ich den Eindruck, daß sich die Strenggläubigeren um Guldenarm scharen. Aber was heißt das schon. Nehmen wir einmal an, Klaarhamer tritt aus der Kirche aus, dann kann es sehr gut sein, daß er anschließend vor Gericht zieht. Meistens gewinnen die, die geblieben sind, doch in Amsterdam-Süd haben seinerzeit die Leute von der Schiefen Bahn – ja, ja, so nannte man damals die Mitglieder des Reformierten Bundes – den Kirchenbesitz zugesprochen bekommen, und in Gouda hat Steenblok nach sechs Jahren Prozessieren schließlich doch seine Kirche und sein Pastorat wiederbekommen. Man weiß also nie, wie es ausgeht.«

8

Nach meinem Ausflug nach Delft half Anton mir an den freien Mittwochnachmittagen beim Austragen des Gemeindeblatts. Es sah so aus, als wären wir tatsächlich Freunde geworden. Dennoch war ich noch nie bei ihm zu Hause gewesen. Warum wollte ich so gern auch diese letzte Hürde noch nehmen? Was bedeutete es für mich, ihn auch zu Hause zu besuchen? Was würde sich dadurch ändern? Wahrscheinlich nichts, und trotzdem verlangte ich danach, durch den Flur des Hauses in der Lange Boonestraat zu gehen.

Als wir uns eines Mittwochnachmittags wieder zusammen auf den Weg machten, um das Gemeindeblatt zu verteilen, sagte ich: »Gestern abend im Bett habe ich mir eine andere Route ausgedacht.«

»Warum?« wollte er wissen.

»Damit wir schneller fertig sind«, sagte ich. »Wenn wir nun beim Stort anfangen und von dort aus Richtung Mole gehen und dann über die Vlieten zurückkommen, dann sind wir ganz bestimmt eher fertig.«

»Ich kann es mir zwar nicht vorstellen«, sagte Anton, »aber mir ist es egal. Fangen wir also beim Stort an.«

Wir waren nicht schneller fertig als sonst. Aber darum ging es mir auch gar nicht. Meine Absicht war, mit den letzten Gemeindeblättern in der Nähe ihres Hauses anzukommen, so daß er dann vielleicht sagte: »He, wir sind ganz in der Nähe unseres Hauses. Kommst du noch kurz mit?«

Doch er sagte nichts, als wir auf dem Noordvliet unsere letzten Gemeindeblätter in die Briefkästen steckten. In der Woche darauf fragte er: »Willst du wieder beim Stort anfangen?«

»Ja«, sagte ich, »dann sind wir etwas schneller.«

»Blödsinn«, meinte er, »aber was soll's.«

Wieder gelangten wir am Ende auf den Noordvliet. Wieder standen wir mit ein paar übriggebliebenen Gemeindeblättern in der Hand im späten Nachmittagssonnenlicht, das, auf dem Wasser funkelnd, in Richtung Maasland schien. Da geschah das Wunder.

»Kommst du noch kurz mit zu mir nach Hause?« fragte er.

Antworten konnte ich nicht, ich konnte nur denken: »Ja, ja, ja.«

Mein Schweigen faßte er als Zögern auf. Er sagte: »Jetzt geht das, ich fürchte jetzt nicht mehr so sehr, dich zu verlieren, und außerdem warst du schon mit uns in Delft, also geht es jetzt.«

»In Ordnung«, sagte ich.

Im Hausflur roch ich den Duft von frischem Holz. Entlang der Fußleisten lagen Bretter. Auch im Wohnzimmer lagerte neues Holz. Es schien, als sollte der herrliche Holzduft verbergen, daß nirgendwo Blumen oder Pflanzen standen. An den Wänden hing kein Bild, kein Foto. Auf dem Kaminsims stand keine Vase oder irgendein anderer Gegenstand. Und ein Radio konnte ich auch nicht entdecken. Ein Tisch aus nacktem Holz stand da. Antons Eltern saßen auf hölzernen Stühlen. Hendrikje stand beim Kaminsims. Das Licht war noch nicht eingeschaltet. Es war totenstill. Trotz des fröhlichen Dufts von frischem Holz herrschte eine bedrückte Atmosphäre.

»Aber ich kann doch nichts dafür«, sagte Hendrikje.

»Du hättest es sicher verhindern können«, sagte ihr Vater, »du hättest weglaufen oder die Hände vors Gesicht halten müssen.«

»Ehe ich es bemerkte, war es bereits passiert«, sagte sie.

»Ach«, sagte ihr Vater, »und wie kommt es dann, daß du dein schönstes Lachen zeigst? Du siehst aus, als fändest du es phantastisch, fotografiert zu werden. Unter all den Aufnahmen im Schaufenster von Theunissen gibt es keine, auf der jemand so strahlend lacht. Du fällst gleich auf. Als ich an dem Laden vorbeiging, habe ich dich sofort gesehen.«

»Ich konnte es wirklich nicht verhindern«, sagte Hendrikje, »ich bin über den Markt gegangen, und Theunissen war dabei, alle Leute dort zu fotografieren.«

»Nein, nein, daß so was erlaubt ist«, sagte ihr Vater. »Dem Herrn sei geklagt, daß dieser Kerl all diese sündigen Produkte einfach so in seinem Schaufenster ausstellen darf, damit man, wenn man auch auf einem Foto drauf ist, die Aufnahme kauft.«

»Wirklich«, sagte Hendrikje, »ich konnte nichts dagegen tun.«

»Flehe den Herrn Zebaoth nachher in deinem Abendgebet um Vergebung an«, sagte ihr Vater.

»Ja«, seufzte Hendrikje, »das werde ich tun, aber trotzdem verstehe ich nicht, warum wir uns nicht fotografieren lassen dürfen.«

»Kind, Kind«, sagte ihr Vater, »es steht doch klar und deutlich in der Heiligen Schrift: ›Du sollst dir kein Bildnis noch irgendein Gleichnis machen, weder des, das oben im Himmel, noch des, das unten auf Erden, oder des, das im Wasser unter der Erde ist.‹ Es ist das zweite Gebot, das zweite Gebot, so wichtig ist es dem Herrn.«

»Aber sogar in Claras Familie werden Fotos gemacht, und die ist doch christlich-reformiert.«

»Daran kannst du sehen, wie weit sich alle, die lediglich noch seinen Namen im Munde führen, von seinen Wegen und Geboten bereits entfernt haben. Der Herr sagt es ganz deutlich: kein Bildnis noch irgendein Gleichnis, nichts, absolut nichts also, und trotzdem zeichnen die Menschen, sie fotografieren und modellieren, als wäre das ganz selbstverständlich, als gäbe es überhaupt kein zweites Gebot. Ja, wir übertreten sowieso tagtäglich Gottes Gebote, das wissen wir, und wir wissen auch, daß es viele Sünden gibt, bei denen uns nicht einmal bewußt ist, daß wir sie begehen, so verdammungswürdig sind wir, doch bei dieser Sünde kann jeder wissen, welch ein Greuel sie dem Herrn Zebaoth ist. Und dennoch ... du siehst, was für Christen all die anderen sind, für sie ist die Bibel ein Gemüseladen, sie nehmen nur das, was ihnen schmeckt, und was ihnen nicht paßt, das übersehen sie. Und das, obwohl die Heilige Schrift es so überaus deutlich sagt: kein Bildnis noch irgendein Gleichnis.«

»Warum müssen wir immer strenger sein als die anderen? Nirgendwo, nirgendwo sind die Leute so streng. Alle lachen uns aus«, sagte Hendrikje.

»Ach Kind, lerne doch die Verschmähungen um Christi Willen zu ertragen.«

Er stand auf, kam auf mich zu und sagte: »He, da ist ja auch der Lehrbube des Bundesjehova wieder. Was ist das für eine Zeitschrift?«

»Das ist unser Gemeindeblatt«, sagte ich.

»Laß mal sehen«, sagte er, »sogar die Spatzen pfeifen es vom Dach eurer Kirche, daß bei euch große Dinge geschehen.«

Er sah sich das Gemeindeblatt an.

»Es steht nichts über den Streit darin«, sagte er enttäuscht.

»Mein Vater hat Broschüren verteilt«, sagte ich.

»Vom neuen Pfarrer?« fragte er neugierig.

»Ja«, erwiderte ich, »aber auch ein Flugblatt von Pfarrer Guldenarm. Sie haben beide eine Seite über die Taufe geschrieben.«

»Sind davon noch ein paar Exemplare übrig?«

»Ja«, sagte ich, »meine Schwester hat sie vervielfältigt, und es liegen noch ein paar neben dem Umdrucker im Konsistorialzimmer.«

»Ach, mein Junge, könntest du mir einen großen Gefallen tun? Könntest du mir eine Broschüre des neuen Pfarrers und ein Flugblatt von Guldenarm besorgen? Würdest du das für mich tun? Wirklich, du bist ein Prachtkerl. Und könntest du mir auch genau erzählen, was los ist?«

»Natürlich«, sagte ich stolz, »Pfarrer Klaarhamer ist der Ansicht, daß man bei der Taufe dreimal Wasser schöpfen muß, so also ...« Ich machte es mit meiner rechten Hand vor. »Man nimmt ordentlich Wasser, gießt es über den Kopf des Babys und sagt: ›Ich taufe dich im Namen des Vaters ...‹, dann nimmt man wieder Wasser, schüttet es über den Kopf und sagt: ›... und des Sohnes ...‹, und dann schöpft man noch einmal Wasser, gießt es über den Kopf und sagt: ›... und des Heiligen Geistes‹. Pfarrer Guldenarm aber meint, man müsse nur ein einziges Mal Wasser nehmen, und dann könne man, während man es über das Baby sprenkelt, ohne eine Pause zu machen, sagen: ›Ich taufe dich im Namen des Vaters, des Sohnes und des Heiligen Geistes.‹«

»Wunderbar«, sagte Antons Vater, »so deutlich hat mir das bis jetzt noch keiner erklärt. Alle anderen, mit denen ich darüber gesprochen habe, erwähnen auch noch die neue Fassung der Psalmen, das neue Liederbuch, die Ökumene.«

»Das kommt daher, daß fast alle, die auf der Seite von Pfarrer Guldenarm stehen, gegen die neugereimten Psalme und gegen das neue Liederbuch sind.«

»Tja«, sagte er, »das neue Liederbuch, Papistenkost, serviert in Geusenschüsseln. Ach Herr, ach Herr, dein Gold wird verdunkelt, und die Steine deines Heiligtums liegen auf allen Gassen verstreut.«

Nach dem Abendessen brachte ich ihm beide Broschüren. Noch regnete es nicht, doch um die Straßenlampen hing ein Trauerflor. Trotzdem war ich sehr glücklich. Endlich konnte ich etwas für Jans Vater tun. Schnell rannte ich durch die dunklen, nebligen, verlassenen Straßen.

Er saß im Wohnzimmer am Tisch und schrieb. Als ich die Blätter vor ihm hinlegte, schaute er kaum auf. Er sagte: »Vielen Dank.«

Er mußte mir aber auch keine größere Dankbarkeit bezeugen. Ich hatte noch so viel gutzumachen. Ich ging durch die wie ausgestorben daliegenden Straßen. Meine Last war leichter geworden, mein Joch weniger schwer. Ich sah die Straßen, die Häuser, die Gassen, das glitzernde, sich kräuselnde Wasser des Kanals; ich hörte den traurig verwehenden Schlag der Turmuhr, ich spürte den Geruch der Stadt,

ein Geruch nach Mehl und Teer und Tauen. Alles war fühl-
barer, handhabbarer, greifbarer geworden. Alles war wirklich, wirklicher und echter als der mit Großbuchstaben ge-
schriebene Titel auf dem Blatt, das vor Antons Vater auf
dem Tisch gelegen hatte:

EINE NOTWOHNUNG FÜR GOTT

Zwei Tage später lag ein sauber bedrucktes Blatt Papier
auf der Matte unter unserem Briefkasten. Es handelte sich
um einen Aufruf, unterschrieben von Johannes Ruygveen.
Noch am selben Abend kam Pfarrer Guldenarm zu uns.
Bevor meine Eltern ihm auch nur einen Stuhl anbieten
konnten, fragte er meinen Vater: »Bruder Vroklage, wissen
Sie, wie es möglich ist, daß all unsere Gemeindemitglieder
solch einen Notwohnungszettel in ihrem Briefkasten gefunden haben?«

»Ich habe keine Ahnung, Herr Pfarrer«, antwortete mein
Vater.

»Ruygveen weiß aber offenbar sehr genau, wo unsere
Gemeindemitglieder wohnen. Heute nacht muß er etwa
achthundert Adressen abgeklappert haben.«

»Das Ganze ist mir ein Rätsel«, sagte mein Vater.

»Kennen Sie diesen Ruygveen?«

»Sicher«, sagte mein Vater, »schließlich ist vorigen Sommer sein Sohn ertrunken, Sie erinnern sich bestimmt daran,
denn Sie waren damals hier, um ... wie dem auch sei, reden
wir lieber nicht mehr darüber. Aber ich kannte Ruygveen
davor auch schon sehr gut. Er ist ein ganz exzellenter Hand-
werker, ein Zimmermann, wie man ihn heute nirgendwo
mehr findet. Seine Eltern gehörten noch unserer Kirche an,
doch ihm war es bei uns nicht streng genug. Zunächst war
er christlich-reformiert und später, seiner Frau zuliebe, sogar orthodox-kalvinistisch. Doch das war ihm alles nicht

streng genug. Heute geht er in Delft zur Kirche, bei der Alt-reformierten Gemeinde.«

»Und nun will er offenbar versuchen, auch hier eine solche Gemeinde zu gründen.«

»Ja, so sieht es aus, wenn man seinen Aufruf liest«, erwiderte mein Vater.

»Dennoch ist es merkwürdig, daß er die Adressen unserer Gemeindemitglieder so gut kennt. Haben Sie eine Vorstellung, wie er ...?«

»Nein, Herr Pfarrer, ganz bestimmt nicht, wir haben damit nichts zu tun.«

»Und wie ist das mit Ihrem Sohn?«

»Mein Sohn?«

»Ja, ich habe gehört, daß er mit einem Sohn von Ruygveen befreundet ist.«

»Ja, die beiden gehen zusammen in eine Klasse, da liegt das doch nahe.«

»Hast du vielleicht die Adressen weitergegeben?« wollte der Pfarrer von mir wissen.

»Nein, Herr Pfarrer«, sagte ich schuldbewußt, weil mir sofort klar gewesen war, daß Anton seinem Vater geholfen hatte. Etliche Male hatte Anton am Mittwochnachmittag das Gemeindeblatt zusammen mit mir ausgetragen. Er konnte sich beim Schach mühelos zehn Blindpartien merken. Wieviel schwieriger war das im Vergleich zu achthundert Adressen. Aber wie mochte er gegangen sein, erst zum Stort oder genau die andere Route? Und wie lange hatten sie dafür gebraucht?

»Nun, wir müssen eben abwarten, was daraus wird«, sagte Guldenarm, »aber ich kann nicht glauben, daß Ruygveen ohne die Hilfe Ihres Sohnes in unserem Revier gewildert hat.«

Mein Vater sah mich an und sagte dann: »Nein, Herr Pfarrer, Adriaan hat damit ganz bestimmt nichts zu tun.«

Später am Abend – ich lag bereits im Bett – kam auch Pfarrer Klaarhamer. Im Wohnzimmer tönte seine Stimme, aber leider konnte ich nicht verstehen, was gesagt wurde.

Schuldbewußt und dennoch stolz und glücklich murmelte ich unter der warmen Decke die Sätze des Pamphlets, das ich mindestens zwanzigmal gelesen hatte:

Jeremia 10, Vers 21

EINE NOTWOHNUNG FÜR GOTT

Mitglieder der orthodox-kalvinistischen Kirche am Ort! Zion wurde in Stücke gerissen. Eure Prediger, Pfarrer Guldenarm und Pfarrer Klaarhamer, predigen Bruderzwist. Der Körper Jesu Christi, die einzig vollkommene Taube, liegt im Staub. Am Rande des Grabes werden seine Gebeine verstreut. Der ewige Sohn des Vaters wird geknebelt. Doch er ruft zur Umkehr. Laßt ab von Euren Predigern, die sagen: Friede, Friede, keine Angst, wir werden unseren Platz im Himmel finden. Sie sind ein einziges Babel des Hochmuts, sie jagen die Wölfe und Füchse nicht mehr aus dem Weinberg des Herrn.

Mitglieder der orthodox-kalvinistischen Kirche! Kehrt zurück zur Lehre der Väter, so wie sie niedergelegt ist in den Drei Schreiben der Einheit. Wenn Ihr von Herzen begehrt, den Schrecken des Herrn zu erfahren, dann kommt am nächsten Mittwoch zum Fenacoliusplein, um für Gott eine Notwohnung zu schaffen.

9

Am Mittwochabend ging ich gleich nach dem Abendessen zum Fenacoliusplein. Nicht, weil ich von Herzen den Schrekken des Herrn begehrte, sondern aus reiner Neugierde. Es dämmerte. Obwohl es noch winterlich war, konnte ich, wenn ich tief durch die Nase einatmete, den Frühling bereits riechen. Das Gras, das den Musikpavillon umgab, grünte schon. Es war gerade erst halb sieben, und dennoch hatten sich beim Standbild des Fenacolius bereits Leute eingefunden, die in Gruppen zusammenstanden und sich unterhielten. Ob ich noch rasch zur Mole hinübergehen sollte? Ich eilte die Fenacoliusstraat entlang, überquerte die Gleise und ging am Hafen entlang. Auf dem Waterweg fuhr ein dunkles Schiff mit grünen und roten Lampen vorüber. Auf Rozenburg wurde im Licht riesiger Scheinwerfer noch schwer gearbeitet. Das verwehte Geräusch von Niethämmern klang von der Insel her übers Wasser. Immer wieder drang das dumpfe, beinah schmerzhafte Schlagen des Rammklotzes an mein Ohr. Sogar das darauf folgende Zischen des entweichenden Dampfes wurde vom Südwind über den Fluß getragen. Die *Hoofdingenieur Van Elzelingen* legte am höchsten Pier an. Es war Flut. Wenn ich jetzt hinüberführe? Jetzt zu Klaskes Garten liefe? Nein, das war unmöglich geworden, das ging jetzt nicht mehr. Wieder sah ich den Garten im Sommerlicht vor mir. Ich hatte das Gefühl, als erfüllte die Sehnsucht danach mich von Kopf bis Fuß. Um diesen Schmerz zu unterdrücken, rannte ich ganz dicht am Wasser entlang zurück zu dem Platz. Immer wieder versuchte ich, den Duft des Frühlings aufzusaugen, doch er wich mir aus, und ich roch nur geteerte Ankerketten. Erst beim Standbild des Fenacolius war der Duft wieder da, obwohl sich dort bereits die Leute drängelten. Eilig überquerte ich die Straße. In der Nähe des Hauses *Sursum*

Corda suchte ich mir ein Plätzchen. Ich wollte nicht den Anschein erwecken, an der Versammlung teilnehmen zu wollen. Als ich den Bürgersteig vor dem Haus betrat, hörte ich eine Stimme sagen: »So, du bist also auch hier.«

Ich roch seine Zigarre, bevor ich ihn sah.

»Was machst du hier?« wollte er wissen.

»Ich wollte nur kurz schauen, ob überhaupt jemand zu der Versammlung kommt«, antwortete ich.

»Junge, Junge«, sagte er, »wir sind fünfundvierzig Jahre auseinander, und trotzdem stehe ich aus demselben Grund hier. Ich habe aber bereits einen Zettel bekommen, und du noch nicht.«

»Werden schon Zettel verteilt?« fragte ich.

»Ja«, antwortete er, »aber nicht etwa Flugblätter von Ruygveen, nein, es sind Zettel der Pfingstgemeinde. Diese Aasgeier hoffen darauf, daß bei dem Ganzen auch ein Batzen für sie abfällt.«

»Wie soll Antons Vater zu all diesen Menschen sprechen?« fragte ich ihn.

»Er muß sich mit einem Sprachrohr in den Musikpavillon stellen. Dann finden die Leute in dem kleinen Park bequem einen Platz, und alle können verstehen, was er sagt.«

»Wirst du auch zu seiner Gemeinde übertreten?«

»Nein, nein, auf keinen Fall, nein, Gott bewahre, ich bin aus reiner Neugierde hier. Anno sechsundzwanzig habe ich von der Spaltung kaum etwas bemerkt. Auf Rozenburg gab es niemanden, der auch nur eine Sekunde geglaubt hat, die Schlange könnte nicht gesprochen haben. Nun ja, das kann man den Leuten auch nicht verargen, sie verließen die Insel nicht, und der nächstgelegene Ort, an dem es Schlangen gab, war Blijdorp, und die hatten die Rozenburger noch nie gesehen. Woher sollten sie also wissen, wie Schlangen aussehen? Darum fiel es ihnen auch leicht zu glauben, daß solch ein Tier ab und zu ein deutliches Wort spricht. Deshalb ist die ganze Sache damals vollständig an uns vorbeigegangen. Vierundvierzig war ich untergetaucht, und auch da habe ich von der Spaltung praktisch nichts mitbekommen. Aber jetzt werde ich nichts verpassen, ich werde dafür sorgen, daß ich alles genau mitbekomme.«

»Warum?«

»Weil eine Kirchenspaltung so lehrreich ist. Dabei lernst du die Menschen, ihre Überzeugungen und ihre Schlechtigkeit kennen. Und außerdem: Spaltungen sind der Beweis für einen lebendigen Glauben. Bereits im vierten Jahrhundert nach Christus schlugen sich die Leute gegenseitig wegen eines einzigen Buchstabens tot. Damals gab es die Homoousianer und die Homoiousianer; Christus ist Gottvater gleich oder gleichförmig. Wegen dieses einen i schlugen sie sich gegenseitig die Köpfe ab.« Er zog heftig an seiner Zigarre. »Und daran hat sich während der folgenden Jahrhunderte nichts geändert. Tja, es ist überall dasselbe: Wo Menschen sich für ein Ideal einsetzen, entstehen Parteien, da entsteht Streit und Zwietracht. Schau dir nur die Entwicklung des Sozialismus an. Das ist Kirchengeschichte im Kleinen. Erbitterter Streit darüber, was Marx gesagt hat. Sein Wort ist für manche bereits so heilig wie das Wort der Bibel. Es ist wirklich lustig, daß es immer wieder dasselbe ist, daß es überall Buchstabenknechte gibt. Deshalb braucht man nur eine Spaltung mitzuerleben, um zu wissen, wie es immer wieder zugeht. Darum stehe ich hier. O, ich glaube, da kommt Ruygveen, ich bin gespannt, was jetzt passiert.«

Antons Vater war aber noch nicht zu sehen. Es waren vielmehr die Mitglieder der Pfingstgemeinde, die sich nun mitten auf der Straße versammelten und Gitarren aus blaßgrauen Hüllen zum Vorschein holten. Auf einmal fingen sie fröhlich zu singen an:

> Ich geh im Licht mit Jesus
> und lausche seinem teuren Wort
> und nichts kann je von ihm mich trennen
> geh ich mit ihm im Lichte dort.

»Was für ein bescheuerter Text«, sagte mein Großvater.
Doch die Pfingstler sangen munter weiter.

> Ich geh im Licht mit Jesus,
> das finst're Tal hab ich durchquert
> In seiner Liebe geh ich fest.
> Er ist mein Freund, gut, treu und wert.

»Wie wenig Respekt diese Leute doch vor Jesus haben«, sagte mein Großvater. »Sie denken, er sei einfach so jedermanns Freund. Und von Geographie haben sie auch keine Ahnung. Ein finsteres Tal! In der Provinz Südholland!«

Während die verstimmten Gitarren ihre simplen Akkorde friedlich über den Fenacoliusplatz klingen ließen, wurde im Musikpavillon ein Mikrophon aufgebaut. Zwei Männer hängten einen Lautsprecher an den Fahnenmast der *Minister de Visser-Schule*.

»Na, da schau her«, sagte mein Großvater, »da kann man mal sehen, wie pfiffig dieser Ruygveen doch ist. Mir fällt nur ein Sprachrohr ein, da kommt er schon mit einem Lautsprecher. Daß er das so schnell hingekriegt hat. Ob er das Ding bei Hees & Co. gemietet hat? Ruygveen weiß jedenfalls, wie man eine Versammlung organisiert.«

Wieder blies er große Rauchwolken in den Abendhimmel.

Dann trat Antons Vater an das Mikrophon. Die Gitarren entfernten sich. Recht viele Leute folgten den Sängern.

Mein Großvater flüsterte: »Allmächtiger, da geht ja auch Immetje Plug. Sie ist wirklich eine so liebe und nette

Witwe. Wenn die sich mal bloß nicht der Pfingstgemeinde anschließt.«

»Was soll's, dann tritt du doch auch einfach den Pfingstlern bei«, sagte ich, um ihn zu necken.

»Nur über meine Leiche«, sagte mein Großvater, »dann müßte ich mich ja im Schiedamer Hallenbad noch einmal taufen lassen. Komplett unter Wasser in einem blauen Kleid. Nein, das wäre mein Tod. All das viele Wasser! Und wie man hört, haben sie auch wieder die Fußwaschung eingeführt, genau wie zu Athanasius' Zeiten.« Erneut zog er kurz an seiner Zigarre, dann flüsterte er rasch: »Lustig, nicht, in der Bibel steht klar und deutlich, daß Jesus die Füße seiner Jünger wäscht, aber daraus hat man wohlweislich kein Sakrament gemacht, obwohl doch die Fußwaschung in der Bibel eine ähnliche Bedeutung hat wie Taufe und Abendmahl. Stell dir vor, wir hätten durch die Jahrhunderte hindurch in der Kirche einander die Füße gewaschen.«

»Leise jetzt«, sagte ich.

»Brüder und Schwestern«, hob Ruygveen an, »ich bin zutiefst darüber erfreut, daß Ihr meinem Aufruf so zahlreich Folge geleistet habt. Gibt es also doch noch das Volk Ephraims und den Samen Judas? Ich schlage vor, wir lesen gemeinsam aus der Bibel das Buch Zephanja.«

Nie werde ich vergessen, wie dort in freier Luft, die bereits vage das Versprechen, den Duft des Frühlings in sich trug, diese Stimme erklang. Auch werde ich nicht vergessen, wie all diese Menschen mucksmäuschenstill der alles andere als weittragenden, aber doch seltsam aufrechten Stimme lauschten. Und auch nicht, daß diese Stimme an einer ganz anderen Stelle ertönte als dort, wo Ruygveen stand, weil man einen Lautsprecher benutzte. Es war, als läse Gott selbst sein eigenes Wort vor.

»Daß darin sich lagern werden allerlei Tiere bei Haufen;

auch Rohrdommeln und Eulen werden wohnen in ihren Säulenknäufen, und Vögel werden in den Fenstern singen.«

So wie er diese Stelle las, dort unter dem dunklen Februarhimmel! Es schien, als sänge die Stimme bereits aus dem Fenster. Dabei las er nur vor, ruhig und nicht mit feierlichem Hall in seiner Stimme, sondern beinahe zurückhaltend, fast so, als hielte er sich für zu nichtig, um solche Worte vorzulesen.

Nachdem er schon einige Zeit gelesen hatte, machte er plötzlich eine Pause. Er sah uns an. Es schien, als sähe er der Reihe nach jedem von uns in die Augen. Das war nicht mehr Antons Vater, der dort stand. Dann, nach dieser unerträglich langen Pause, las er fast flüsternd weiter: »Ich will in dir lassen übrigbleiben ein armes, geringes Volk; die werden auf des Herrn Namen trauen.«

Wieder machte er eine Pause. Wieder sah er uns der Reihe nach an. Mein Großvater versteckte sich hinter riesigen Rauchwolken.

Später, als er mit Zephanja fertig war, kam er auf jenen Text zurück. Stets wiederholte er, daß es noch möglich sei, eine Kirche zu stiften, in der man die Lehre der Vorväter wieder vernehmen könne.

»Seht doch«, sagte er, »wie sich die Kirche unserer Väter mit Rom einläßt. Seht doch, daß in der Reformierten Kirche die Verdammnis des Menschen nicht mehr gepredigt wird und daß eure Lehrer und Prediger den freien Willen verkünden. Kehr um, Gemeinde, kehr um. Klaarhamer ist nie wiedergeboren worden. Euer Prediger Guldenarm wurde nie bekehrt. Predigen sie noch vom Menschen weg und auf Gott zu? Führen sie euch noch Eure Schuld vor Augen? Ach, ihr kennt die Antwort bereits. Kehr um, Gemeinde, kehr um. Hört doch, wie in euren Kreisen bereits davon gesprochen wird, daß Schwestern öffentliche Gebete leiten sollen! Hört doch, wie eure Synode sich nicht mehr darum schert, daß alle sich vom Herrn abwenden. Die Kirche der Reformation ist ein ausgestoßener Haufen geworden, der entblößt daliegt. Ach, dürften wir doch das Erscheinen des Mittlers wieder erleben. Ach, würden wir doch wieder als Fackel aus dem Feuer gerissen werden. Ach, gäbe der Herr uns doch wieder das Verlangen, nach seinen Geboten zu leben. Herr, Herr, fessele uns! Lehr uns wieder jammern, seufzen, klagen. Züchtige uns doch, o Herr, züchtige uns doch! Muß denn der Abfall von dir vollkommen und das Sündenmaß voll sein, ehe Zion wieder errichtet werden wird?«

Erneut schwieg er einige Zeit. Er ballte seine Fäuste und reckte sie in die Höhe. Dann erklang seine Stimme wie eine Posaune: »Doch sein Arm wird nicht zerbrechen! Darum schlage ich vor, daß wir am kommenden Sonntag in der großen Fischlagerhalle am Hafen, die ihr alle kennt, Zion wiederaufbauen. Für Sitzplätze wird gesorgt werden. In diesem Gebäude muß in den nächsten Tagen noch sehr viel in Ordnung gebracht und umgebaut werden. Das will ich gern machen, denn Gottes Wort sprach zu mir aus dem Buch des Propheten Haggai: ›Holet Holz und bauet das Haus‹, aber ich brauche dafür Steine, Mörtel und Farbe, und darum möchte ich euch, die ihr hier seid, um ein Opfer für den Herrn Zebaoth bitten.«

»Natürlich«, sagte mein Großvater, »das hätte ich mir denken können.«

»Ich glaube schon«, sagte Ruygveen, »daß ich die Lagerhalle bis Sonntag zu einer Notwohnung für den Herrn Zebaoth herrichten kann, und ich habe auch bereits Pastor Makenschijn aus Scharnegoutum dafür gewinnen können, um zehn Uhr morgens und um drei Uhr nachmittags dort zu predigen.«

»Donnerwetter«, flüsterte mein Großvater, »was für ein Bursche. Er hat schon alles organisiert, alles ist bereits geregelt, noch vier Tage, und hier wird eine ganz neue Gemeinde aus dem Boden gestampft.«

Antons Vater sprang über die Balustrade des Musikpavillons und ging mit einer schwarzen Schachtel herum.

»Weg hier«, sagte mein Großvater, »abhauen, bevor er in unsere Richtung kommt.«

Wir gingen durch die Fenacoliusstraat und dann am Hafen entlang. Mein Großvater sagte: »Phantastisch, das Buch des Propheten Zephanja. Welch eine Sprache! Mir wurde ganz anders, als Ruygveen an die Stelle kam, wo es heißt: ›Weh denen, so am Meer hinab wohnen, ich will dich umbringen, daß niemand mehr da wohnen soll.‹ Als würde er von Rozenburg sprechen. Zum Glück aber kommt etwas später die Passage mit der Rohrdommel und der Eule, die in dem verwüsteten Land leben werden. Das fand ich sehr tröstlich, auch wenn es für Zephanja eine beängstigende Aussicht war. Stell dir doch bloß einmal vor: überall Rohrdommeln. Wenn man jetzt weiß, wo auch nur eine einzige lebt, dann fährt man zur Not drei Wochen lang mit dem Ruderboot ins Schilf und legt sich auf die Lauer, um sie zu sehen; und wenn man sie gesehen hat, vergißt man das sein Leben lang nicht. Ich finde es auch so rührend, daß die alten Übersetzer nicht wußten, welcher Vogel danach genannt wird. Sie haben einfach eine Eule daraus gemacht. In der neuen Übersetzung steht Pelikan, aber Eule ist viel schöner, viel geheimnisvoller. Ob es wohl stimmt? Würden wirklich Rohrdommeln und Eulen auf Rozenburg leben?« Er zog an seiner Zigarre, murmelte: »Wenn es stimmt, dann werden wir es sowieso nicht mehr erleben.«

Eine Zeitlang gingen wir schweigend nebeneinander her. Als wir bei der Segelmacherei Wakker ankamen, sagte er: »Aber das mit Immetje Plug ist wirklich schade.«

»Würdest du denn wieder heiraten wollen?« fragte ich ihn.

»Ach«, meinte er, »das vielleicht nicht, doch eine etwas nähere Bekanntschaft mit einer so netten Witwe kann nicht schaden, aber heiraten? Tja, dann muß man sich womöglich wieder jede Woche waschen und frisch machen. Dann gibt es wieder jeden Tag irgendwelches Trara. Heiraten? Ach, ich weiß nicht, die Ehe ist wie ein Pfadfindermesser, es ist alles mögliche dran, aber nichts funktioniert wirklich gut.«

Über das Hafenbecken strich eine frische Brise. Wir schauten aufs Wasser hinaus. Es spiegelten sich so viele gelbe Lämpchen darin, daß es aussah, als wäre das ganze Hafenbecken eine einzige große, wogende Laterne.

»Das sind wahrhaft beeindruckende Kerle«, sagte mein Großvater, »all diese besonders strenggläubigen Männer. Vor ihnen ziehe ich wirklich den Hut. Sie machen wenigstens Ernst mit dem Glauben, sie feilschen nicht, sie singen keine fröhlichen Lieder. Ihr Geist ist der Geist jener unvergeßlichen Männer, die auf Nova Zembla überwinterten. Und dann diese Traute, einfach ein ganzes Buch aus der Bibel vorzulesen! Aber, ist dir das aufgefallen, der ganze Platz war mucksmäuschenstill. Die Propheten des Alten Testaments, das waren noch Kerle. Wie blaß und unterkühlt ist das Neue Testament im Vergleich. Ja, der Geist, die mächtige Stimme der Tieferen Reformation ... Auch Rohrdommeln und Eulen werden wohnen in ihren Säulenknäufen, und Vögel werden in den Fenstern singen, und auf der Schwelle wird Verwüstung sein ...«

»Aber wenn du diese Männer doch so bewunderst, warum schließt du dich dann nicht einer ihrer Kirchen an?« fragte ich. »Warum wirst du nicht altreformiert?«

»Weil ich ihnen, obwohl ich sie gleichzeitig bewundere, auch ein wenig mißtraue. Es gibt da so eine Geschichte über Pfarrer C. van den Oever, Pfarrer Kees, wie man ihn nennt, einer der großen Donnerprediger dieser Kirchen.

Der sprach einmal über den Erdenpfuhl, und er predigte seinen Zuhörern, man müsse sich von jedwedem irdischen Tand trennen. Auf einen Mann machte die Predigt einen solchen Eindruck, daß er anschließend mit seiner goldenen Uhr zu Van den Oever kam und fragte: ›Muß ich die hier jetzt auch weggeben?‹ ›Ja‹, erwiderte Van den Oever, ›fort damit, gib sie nur meinem Sohn, der ist sowieso noch nicht bekehrt.‹«

Wir standen noch eine Weile da. Manchmal war mir wieder so, als könnte ich den Frühling riechen. Das Hafenbecken war eine große, glitzernde, lichtgelbe Laterne. Durch die Taanstraat gingen eifrig diskutierende Gläubige.

»Die werden am Sonntag zu Makenschijn in den Gottesdienst gehen«, sagte mein Großvater, »aber das kennst du ja: Rotterdam, Schiedam, Vlaardingen, Maassluis, immer geradeaus, rechts rum, Treppe runter, Irrenhaus.«

10

Am darauffolgenden Sonntag wurde in unserer Kirche das Heilige Abendmahl gefeiert. Am Samstag hatte Bäcker Eysberg vierzig Weißbrote gebracht. Meine Mutter hatte den ganzen Samstagabend damit verbracht, sie zu schneiden. Bora und ich stellten am Sonntag in der Früh die Stühle um den Abendmahltisch. Wir trugen das Brot in die Kirche. Wir stellten es auf die langen Tische und bedeckten es mit weißen Servietten. Beklommenen Herzens sah ich schon vor mir, wie all die Kirchgänger mit Trauermiene an den Tischen Platz nahmen und wie sie vollkommen geräuschlos und leichenblaß mit langsamen Bewegungen ein Stück Weißbrot kauten und wie der Abendmahlkelch von Hand zu Hand weitergereicht wurde. Mein Vater hatte den namen-

losen französischen Landwein in Karaffen gefüllt. Daß der
»Tod des Herrn« auf diese Weise verkündigt werden mußte!
In der Nacht von Samstag auf Sonntag hatte ich geträumt,
daß das Brot plötzlich verschimmelt war und daß die
Abendmahlkelche umfielen. Sämtliche weißen Tischdecken
waren blutrot gefärbt.

Nachdem alle Vorbereitungen getroffen waren, lief ich
zur Kirche hinaus. Da kamen bereits die ersten Kirchgänger. Niemand würde mich vermissen. In der Nacht hatte es
gefroren. Die Sonne schien prächtig auf die bereiften Dä-
cher und ließ die weißen Bäume erglühen. Langsam schlen-
derte ich aus dem Hafen, dem sonnigen Hafen, in dem totenstille Binnenschiffe lagen. In der Nähe der Kippenbrug
spazierten sechs schwarze Gestalten. Aus der Distanz waren
sie kaum von ihren Schatten zu unterscheiden. Dennoch sah
ich sogleich, daß dort die ganze Familie Ruygveen unterwegs war, und ich dachte: »Die müßten doch jetzt im Oostgaag sein.« Ich rannte über den stillen Kai; Anton hörte
mich, sah mich und wartete kurz, bis ich bei ihm war.

»Müßt ihr heute nicht nach Delft?« rief ich.

»Nein, natürlich nicht«, erwiderte er, »ab heute haben
wir doch eine eigene Kirche.«

Wir gingen über die Kippenbrug. Ich spähte zur Mole
hinüber, zu der Stelle, an der sein Bruder ums Leben gekommen war. Dort hatte ein Lotsenboot festgemacht. Andächtig betrachtete ich all das leuchtende, glitzernde Licht,
und Anton folgte meinem Blick. Er sagte nichts, ging etwas
schneller, schloß wieder zu seinen Angehörigen auf. Ich
trabte hinter ihm her, er fragte leise: »Kommst du mit?«

»Wenn ihr einverstanden seid«, sagte ich, »gerne; bei uns
wird heute Abendmahl gefeiert.«

»Dann werden viele sich selbst ihr Urteil essen und trinken«, sagte Antons Vater.

In dem umgebauten Fischlagerhaus waren alle Plätze besetzt. Die Sonne schien schräg in das Gebäude, so daß die weißen Mauern aussahen, als seien sie gelb angestrichen. Ein merkwürdiger, unergründlicher Geruch hing in dem Raum. Es roch nicht nach Fisch, sondern vielmehr nach frischem Holz und Farbe; und dazu kam dann noch ein anderer Duft, der an den Geruch von echtem Kalmus erinnerte. Doch wenn ich versuchte, diesen Geruch zu erhaschen, roch ich nur den Duft von Hendrikje.

Nachdem wir einige Zeit auf unseren einzeln hingestellten Stühlen gesessen hatten, kam von hinten ein klapperdürrer Riese zum Vorschein. Lange verharrte er unter der Kanzel – die übrigens große Ähnlichkeit mit einem zurechtgezimmerten Waschbottich hatte. Als er hinaufstieg, konnte ich sehen, daß er gestreifte Hosen trug, von denen man beim besten Willen nicht behaupten konnte, daß sie bis auf seine Schuhe reichten. Es sah so aus, als habe er seine Hosenbeine wegen Hochwasser aufgerollt. Er war kaum oben auf der seltsamen, provisorischen Kanzel angekommen, als Anton seine Bibel vor mir aufschlug. Er blätterte vom zweiten Kapitel des Briefs an die Epheser zum vierten. Weil ich keine Bibel dabei hatte, wartete ich eine kleine Weile. Dann nahm ich vorsichtig seine Bibel und antwortete mit Epheser fünf und Epheser sieben.

Der Gottesdienst dauerte drei komplette Blindpartien, die ich alle verlor. Nach dem letzten Segensgruß blieb Antons Vater mit den »männlichen Mitgliedern« zurück, »um eine neue Kirche zu konstituieren«, wie Makenschijn es ausdrückte. Frauen und Kinder mußten gehen. Draußen schien noch immer die fast sommerliche Sonne auf den winterlichen Hafen, und Anton sagte zutiefst vergnügt: »Nun müssen wir nie wieder am Sonntag nach Delft gehen, jetzt haben wir hier unsere eigene Kirche.«

»Da bin ich mir gar nicht so sicher«, sagte seine Mutter. »Dein Vater ist nie zufrieden, es wurden nicht die gereimten Psalmbearbeitungen von Petrus Dathenus gesungen, und der Pfarrer sprach davon, daß Christus sich in seiner aufopfernden Hingabe erklärt hat. Auch unsere Verdammnis hat er nur ganz kurz erwähnt. Und ob er mit dem, was er über die Heiligung gesagt hat, ganz richtig lag, weiß ich auch nicht.«

»Er hat doch kein gutes Haar an uns Menschen gelassen«, sagte Ruth. »Wir wurden nicht einfach so in die Arche Christi aufgenommen.«

»Das stimmt«, erwiderte ihre Mutter, »aber er hat Psalm 89, Vers 1 singen lassen: ›Ich will singen von der Gnade des Herrn ewiglich‹, und diesen Psalm darf ein Pfarrer nach Ansicht deines Vaters nicht anstimmen lassen, weil nur die Auserwählten ihn singen dürfen.«

»Aber er hat doch immer wieder betont, wie elendig und verdammt wir sind, weil unser Stammvater von Gott abgefallen ist.«

»Ich warte jedenfalls lieber erst einmal ab«, seufzte ihre Mutter, »ich trau der Sache nicht. Der Pfarrer hat auch über die beschämende Gnade auf der letzten Stufe gepredigt, und damit darf man eurem Vater auf gar keinen Fall kommen.«

»Aber er hat ganz wunderbar über die Erwählung gepredigt«, sagte eine alte Frau, die dem Gespräch zugehört hatte, »und was er sagte, konnte wirklich niemanden beruhigen. Er hat sehr deutlich gemacht, daß wir nicht vor dem Vorhang stehen können, indem wir uns selbst kasteien. Seit Jahren habe ich das nicht so gut formuliert gehört. Er hat die teure Kreuzesration wirklich nicht an alle verteilt.«

Die Turmuhr der großen Kirche schlug halb eins. Es war Flut, das Wasser reichte genau bis an die Oberkante der Kaimauer, so daß es im schräg einfallenden Licht der Sonne so aussah, als bildeten Kai und Wasser eine einzige große Fläche.

»Ich muß schnell nach Hause«, sagte ich, »wir essen heute pünktlich, weil mein Großvater zum Essen kommt.«

Über den Deich und durch die Hoogstraat rannte ich schnell zu den breiten Treppen. Aber ich hätte mich nicht beeilen müssen. Zu Hause saß man noch beim Kaffee, und meine Mutter sagte zu meinem Großvater: »Es ist fürchterlich viel Abendmahlbrot übriggeblieben.«

»Kein Wunder«, erwiderte er, »eine ganze Menge Gemeindemitglieder haben heute den Gottesdienst von Makenschijn besucht.«

»Es war gerammelt voll«, keuchte ich.

»Ach, du bist dagewesen?« fragte er. »Und, wie war's?«

»Ich habe drei Partien gegen Anton verloren«, sagte ich.

Mein Großvater sagte: »Tja, der Junge ist ein Naturtalent, er wird es noch weit bringen.«

»Es ist furchtbar viel Brot übriggeblieben«, wiederholte meine Mutter.

»Ja, und?« meinte mein Großvater.

»Verstehst du denn nicht«, sagte sie, »was soll ich denn mit all dem Brot machen?«

»Aufessen«, erwiderte mein Großvater.

»Bah, nein«, sagte sie, »es hat bereits auf dem Tisch gestanden, der Pfarrer hat von dem Brot gesagt, daß es die Gemeinschaft mit dem Leib Christi ist, nein, das kann man dann nicht mehr essen, es ist ...«

»Beschmutzt?« fragte mein Großvater.

»Nein, nein«, sagte sie, »nein, das nicht, ich suche das richtige Wort, es ist, es ist ...«

»Verseucht?« fragte mein Großvater.

»So in etwa könnte man sagen, ja«, erwiderte meine Mutter.

»Früher hattet ihr doch bestimmt auch schon mal Brot übrig?« fragte mein Großvater.

»Ja, aber nie so viel, immer nur eine ganz kleine Menge.«

»Ob Ruygveen den Gottesdienst absichtlich heute in dieser Schlämmkreidekapelle abgehalten hat, weil bei uns das Heilige Abendmahl gefeiert wurde? Um so noch mehr Menschen anzulocken? Er weiß natürlich ebenso gut wie alle anderen, daß wir wenig Lust zu diesem Abendmahl haben. Mensch, was für ein schlauer Fuchs dieser Ruygveen doch ist«, sagte mein Großvater.

»Und was soll ich jetzt mit all dem Brot machen?« hörte meine Mutter nicht auf zu klagen.

»Früher hast du es doch in einen Karton getan, und dann kam Schelleboom vorbei und holte es ab.«

»Stimmt, aber der verdient sein Geld nicht mehr mit dem Abholen von Küchenabfällen. Er ist dauerhaft krankgeschrieben, genau wie du.«

»Was? Hat er aufgehört zu arbeiten?«

»Leider ja, es war so bequem, daß er immer vorbeikam. Und er war ebenso kirchenfreundlich wie Stalin, und darum machte es ihm auch nichts aus, das Abendmahlbrot abzuholen. Ich ließ es immer einfach auf dem Abendmahltisch liegen. Dann kam er montags mit einem Kartoffelsack in die Kirche, und wenn man die Augen zumachte und ›Herr, segne diese Speise, Amen‹ sagte, war es anschließend verschwunden. Aber was nun? Man kann derartiges Brot doch nicht einfach in den Müll werfen, oder?«

»Warum denn nicht?«

»Aber das ist doch Abendmahlbrot, es wurden Gebete darüber gesprochen. Warum steht nirgendwo in der Bibel, was man mit solchem Brot tun muß? Was all diese normalen, praktischen Dinge angeht, da hilft einem die Bibel nicht weiter. Da steht auch nicht drin, wie man einen verstopften Abfluß wieder freibekommt. Im täglichen Leben hilft einem die Bibel keinen Schritt weiter. Den Wein kann man einfach bis zum nächsten Mal aufbewahren, aber das Brot ... das macht mich noch wahnsinnig.«

»Kopf hoch«, sagte mein Großvater, »vielleicht kommen ja heute nachmittag noch eine ganze Reihe der Leute, die heute morgen bei Makenschijn oder bei der Pfingstgemeinde gewesen sind.«

»Bei der Pfingstgemeinde?« fragte mein Vater.

»Ja«, antwortete mein Großvater, »die haben vorigen Mittwochabend beim Musikpavillon auch ordentlich Reklame gemacht.«

»Ja, aber damit ist doch nicht gesagt, daß sie heute ...«

»Es waren aber viele Leute aus unserer Gemeinde dort.«

»Woher weißt du das?« wollte mein Vater wissen.

»Ach, ich selbst bin eben auch hingegangen. Eigentlich wollte ich den Gottesdienst von Makenschijn besuchen, aber gestern abend kam mir am Hafen so ein langer Lulatsch entgegen, und ich dachte: Das ist Makenschijn. Er gefiel mir überhaupt nicht, er war viel zu vertikal, er hatte so scharfe, vertikale Falten im Gesicht, die einfach nach unten weiterliefen, bis auf seine gestreifte Hose.«

»Woher wußtest du, daß dieser Mann Pfarrer Makenschijn war?« fragte ich ihn.

»Sieht er denn so aus?«

»Ja«, sagte ich, »aber du wußtest doch nicht ...«

»O, doch, ich sah es aus dreihundert Meter Entfernung, und ein Irrtum war ausgeschlossen. Der Mann war nicht aus unserer Stadt, er kam von woanders, er trug bereits am Samstagabend eine gestreifte Hose und schaute drein, als wollte er einem das ganze Geld stehlen.«

»Und wie war es in der Pfingstgemeinde?« fragte meine Mutter.

»Eine lustige Angelegenheit«, sagte mein Großvater, »nichts als in die Hände klatschen und Halleluja rufen. Mitten im Gottesdienst stand eine Gläubige auf und fing an zu singen oder singend zu sprechen. Man konnte nichts verstehen. Man sagte mir, das sei Zungenreden. Es klang wie ein hübscher Singsang, so ähnlich wie Schwedisch. Tja, Zungenreden, das steht in der Bibel, da kommt man nicht drumherum, aber trotzdem erinnert es noch am ehesten an das Lallen eines Besoffenen. Als die Frau fertig war, stand eine andere Gläubige auf und übersetzte das Ganze: Im Buch Maleachi stehe, wir müßten zehn Prozent unseres Einkommens abgeben, hatte sie auf Schwedisch gesagt. Tja, ein lehrreicher Morgen, und Barend Fijnebuik war der Vorbeter; der hat früher einmal mit der Frau des Lumpensammlers unter dem Küchentisch gelegen.«

»Daß du da hingegangen bist, das kann ich nicht begreifen«, sagte mein Vater. »Die Pfingstler, das ist doch überhaupt nichts für dich, ich sehe dich eher bei den Pietisten.«

Es lag mir auf der Zunge zu sagen: »Er ist wegen Immetje Plug hingegangen«, aber mein Großvater schaute mir in diesem Moment in die Augen. Es war etwas Fröhliches und Schelmisches in seinem Blick, etwas, das mich davon abhielt, diesen Namen zu nennen. »Hauptsache, er heiratet sie nicht«, dachte ich. Dann würde ich nicht mehr zu jeder Tageszeit zu ihm gehen können. Nie wieder würde ich mich dann mit ihm unterhalten können wie mit einem älteren Bruder. Immer würde eine Fremde dabeisein, ein kleines, mit allen Wassern gewaschenes hexenartiges Wesen, das draußen immer einen Hut trug, dessen genaue Farbe kein Mensch auf der Welt mehr bestimmen konnte.

11

Um zwölf Uhr stand mein Großvater vor der Schule und wartete auf mich. Es war sonnig, aber kalt, er hatte einen großen, roten Schal um und trug eine Strickmütze. Als ich aus dem Gebäude kam, sagte er: »Es hat heute nacht Stein und Bein gefroren. Eine gute Gelegenheit, deine Mutter von dem Brot zu befreien, denn sie weiß nicht, was sie damit tun soll.«

»Was willst du denn damit machen?«

»Wir beide schaffen es zusammen fort«, sagte er, »wir gehen ins Vlietland und verfüttern es an die Wasservögel.«

»Ja, aber dann kann ich doch niemals um zwei Uhr wieder hier sein.«

»Das mußt du auch nicht.«

»Aber ich muß heute nachmittag in die Schule gehen.«

»Ach, was«, sagte mein Großvater, »du kannst ruhig mal schwänzen. Es wäre doch schade, bei dem herrlichen Wetter drinnen zu sitzen: richtig schön kalt und wunderbar sonnig. Was will man mehr?«

»Ich schwänze nicht«, sagte ich.

»Mannomann«, sagte er, »bist du aber brav, wie soll das bloß mit dir weitergehen, auf die Art wird aus dir nie etwas werden. Aber meinetwegen, dann warten wir kurz auf deinen Lehrer, ich frage ihn, ob du eisfrei haben kannst.«

»Das erlaubt der nie«, warf ich ein.

»Nie?« sagte mein Großvater, »nie, sagst du? Nun, dann warte mal ab, ich kenne diesen Splunter noch von früher her, es würde mich doch sehr wundern, wenn er mir diesen Gefallen nicht täte.«

Splunter trat auf den Schulhof, und mein Großvater sprach ihn sofort an.

»Ich möchte heute nachmittag zusammen mit meinem Enkel in den Polder gehen«, sagte er, »und ich dachte, du könntest ihm dafür eisfrei geben. Es kann unmöglich sein, daß er bei dir etwas lernt.«

»Darüber habe ich nicht zu entscheiden«, sagte Splunter, »für solche Fragen ist Westerhof zuständig.«

»Nein«, sagte mein Großvater, »das ist nicht nötig. Westerhof muß überhaupt nichts davon erfahren, daß mein Enkel am Nachmittag nicht anwesend ist. Es ist ganz einfach: Adriaan kommt heute nachmittag nicht zur Schule, er muß mir helfen.«

»Ja, aber …«, sagte Splunter.

»Kein ja, aber«, erwiderte mein Großvater, »es ist zwar schon lange her, daß du und ich zusammen zur Schule gegangen sind, aber erinnere dich ruhig einmal daran und schweige ansonsten lieber.«

»Ich weiß von nichts«, sagte Splunter, »tu nur, was du nicht lassen kannst.«

Mit dem Fahrrad meines Großvaters fuhren wir zur Stadt hinaus. Am Lenker baumelten zwei große Taschen voller Abendmahlbrot, eine dritte lag auf meinem Schoß. Es war nicht einfach, sie mit nur einer Hand festzuhalten. Mit der anderen Hand klammerte ich mich an den Sattel. Bei den Großmarkthallen überquerten wir die hohe Brücke, die zum Treidelpfad führt.

»Was ist denn damals passiert, als du mit Splunter zur Schule gegangen bist?« fragte ich.

»Darüber will ich lieber nicht reden«, erwiderte mein Großvater. »Nur soviel will ich dazu sagen: Was unter Schulkameraden passiert, prägt einen fürs ganze Leben.«

Wir fuhren den Treidelpfad entlang. Die Kälte biß sich in meinen Ohren, meinen Händen und meinen Füßen fest.

»Für uns habe ich auch etwas Brot mitgenommen«, sagte mein Großvater, »ehrliches Roggenbrot mit viel Butter drauf und dicken Scheiben Schinken dazwischen. Nur ungern würde ich von dem Abendmahlbrot essen.«

»Warum?« wollte ich wissen.

»Keine Ahnung«, sagte er, »irgendwie ist mir doch so, als sei etwas damit passiert.«

Je länger wir fuhren, um so kälter schien es zu werden.

»Du darfst nachher rudern, damit dir wieder warm wird«, sagte mein Großvater. »Kannst du es noch eine Weile aushalten?«

»Das geht schon«, rief ich.

»Nein«, erwiderte er, »es geht nicht, du versuchst tapfer zu sein, du sitzt nicht gut, weil du die Tasche festhalten mußt, und außerdem: Nirgendwo kühlt man so schnell aus, wie hinten auf einem Fahrrad.«

Am Anfang des Kwakelwegs stellte mein Großvater sein Benzo-Rad an eine Pappel. Wir gingen zum Ufer, wo mein Großvater einen Pfiff ausstieß. Ein alter Mann kam aus dem *Jagdhaus* auf der gegenüberliegenden Seite. Er ruderte zu uns herüber, wir stiegen ein, und er sagte: »Prima Wetter!«

»Ja, und das, obwohl der Februar noch nicht einmal halb um ist«, sagte mein Großvater.

»Werden die Tage länger, sind die Fröste strenger«, sagte der alte Mann.

»Bis in den Juni hinein?« fragte mein Großvater.

»Anno neunundzwanzig wäre das beinah passiert«, sagte er.

Wir legten beim *Jagdhaus* an. Es waren keine Gäste da. Mein Großvater bestellte einen Kaffee. Wir aßen die Roggenbrote, die er mitgebracht hatte. Dann mieteten wir ein Ruderboot und fuhren los. Auf den Fleeten war kein Mensch zu sehen. Das Eis war noch so dünn, daß wir es mit dem Boot einfach zerbrechen konnten. Solange wir ruderten, war ein dünnes, hohes, perlendes, bizarres Klirren zu hören.

»Es sieht so aus, als würde es weiter hinten eine ganze Menge Vögel geben«, sagte mein Großvater, »wir müssen noch ein ordentliches Stück rudern. Du sagst Bescheid, wenn du müde bist, dann löse ich dich ab.«

»Müde«, sagte ich ärgerlich, »müde?«

»Was für eine Laus ist dir denn auf einmal über die Leber gelaufen?« fragte er. »Bist du jetzt etwa beleidigt?«

Ich antwortete nicht. Ruhig ruderte ich das Eis kaputt. Als könnte man im Winter jemals vom Rudern müde werden. Im Sommer ermüdete man im übrigen auch nicht, aber dann lief einem schon nach hundert Metern der Schweiß über den Rücken und es wurde einem kalt. Im Winter wurde einem beim Rudern nur warm, und man brauchte keine Angst vor dem nassen, kalten Schweiß zu haben. Und müde wurde man eben auch nicht.

»Ich bin froh, daß du mich gestern nicht verraten hast«, sagte mein Großvater.

Noch sagte ich nichts, denn schließlich ruderte ich. Außerdem ließ die dünne Eisschicht unaufhörlich ihre ätherische Musik erklingen.

»Warum bist du plötzlich böse auf mich?«

»Ich bin nicht böse«, erwiderte ich scharf.

»Nein, bloß nicht«, sagte mein Großvater. »Soll ich ein Stück rudern?«

»Nein«, sagte ich.

»Na, hör mal«, erwiderte er, »ich bin ungefähr fünfmal so alt wie du. Da werde ich doch wohl mal ein Stück rudern dürfen.«

»Du bist wegen deines Rückens krankgeschrieben«, sagte ich, »du darfst nicht rudern.«

»Nun, dann rudere eben, mir soll's recht sein, rudere ruhig, rudere dir all deine Griesgrämigkeit aus dem Leib. Was ist bloß los? Was habe ich getan, daß ...«

»Sie trägt so komische Hüte«, sagte ich.

»O«, sagte er, »da liegt der Hase im Pfeffer. Tja, diese Hüte ... nichts nimmt man so einfach ab wie einen Hut.«

»Sie hat so einen fiesen, stechenden Blick«, sagte ich.

»Na, warte nur, bis du mal so weit bist«, erwiderte er, »dann reden wir genauer über die Sache.«

Mit einer schnellen Bewegung des Ruders spritzte ich ihm eiskaltes Wasser ins Gesicht.

»Herrlich«, sagte er, »das ist wunderbar erfrischend, wenn man die ganze Zeit mit dem Gesicht in der Sonne gesessen hat.«

Er wischte sich nicht einmal die Tropfen von der Stirn. Seelenruhig saß er da und sah mich mit seinen fröhlichen, stahlblauen Augen an. Er fragte: »Fandest du noch nie in deinem Leben ein Mädchen nett?«

»Nein«, sagte ich, »das sind alles lästige Dinger, sie wollen einen immer nur bemuttern.«

»Ja«, sagte er, »das kannst du ruhig laut sagen. Keine Frau der Welt kann einen Mann so nehmen, wie er ist. Immer müssen sie etwas an ihm verändern. Wenn sie an deinem Schal ziehen, damit die beiden Enden gleichlang über die Schulter herunterhängen, weißt du, daß sie ein Auge auf dich geworfen haben, auch wenn sie das oft selbst noch nicht ahnen. Aber ist das denn so schlimm? Wenn der Herrgott sie doch so geschaffen hat? Und jetzt sag mal ehrlich: Bist du noch nie einem Mädchen begegnet, das dir gefallen hätte? Die Töchter von Ruygveen zum Beispiel?«

»Bah«, rief ich, »Ruth erinnert mich immer an eine alte Frau, sie redet so komisch und geht auch so merkwürdig. Man könnte meinen, daß sie älter als ihre Mutter ist.«

»Soso, und was ist mit dem anderen Mädchen?«

Um das Boot wieder auf Kurs zu bringen, zog ich kräftiger am linken Ruder.

»Und?« fragte er. »Wie findest du die andere Tochter?«

Wir fuhren an sehr hohem Schilf vorüber, durch das der Wind pfiff. Mein Großvater setzte sich anders hin und sagte: »Die findest du also schon nett. Nun, da bist du nicht der einzige. Leider gehe ich so langsam auf die Sechzig zu, sonst würde ich mir ihretwegen liebend gern die Hacken ablaufen.«

»Sie ist viel älter als ich«, erwiderte ich mürrisch.

»Trotzdem hat es dich ziemlich erwischt«, sagte er. »Aber das ist keine Schande. Weißt du, du bist genau so stark wie ich früher. Soll ich dir mal einen guten Rat geben? Benutze deine Kraft – heb sie einmal hoch, wenn es sich gerade ergibt.«

»Sie hochheben?« fragte ich erstaunt.

»Ja«, sagte er, »es klingt vielleicht verrückt, aber ich weiß aus Erfahrung, daß, wenn man ein Mädchen für sich gewinnen will, nichts so gut wirkt, wie es hochzuheben. Du darfst es natürlich nicht wie einen Sack Kartoffeln hochheben. Du mußt es mit Schwung tun. Schau dir nur Mütter an. Nichts tun sie lieber, als ihre Kinder kurz hochzuheben und mit ihnen zu schmusen. Genau so mußt du auch ein Mädchen hochheben. Es ist erstaunlich, wie das wirkt, wenn man es im richtigen Moment und auf die richtige Weise tut.«

»Und was, wenn man das Mädchen hochgehoben hat?« wollte ich wissen.

»Dann setzt du sie wieder auf den Boden«, lachte mein Großvater, »tja, hochheben – erzähle es aber niemandem weiter, behalte es für dich, und ich garantiere dir, damit kriegst du jede rum. Nicht umsonst trägt man die Braut über die Schwelle ihres neuen Hauses. Nicht umsonst heben Tänzer ihre Partnerinnen in die Luft.«

»Nun gut«, sagte ich, »aber was ist, wenn man ein Mädchen nur ganz kurz hochgehoben hat ... zum Beispiel, um ihr von einem Zaun herunterzuhelfen?«

»Willst du mich veräppeln?« fragte er. »Es gibt auf der ganzen Welt kein Mädchen, das nicht selbst von einem Zaun herunterspringen könnte. Wenn sie so tut, als könnte sie es nicht, und dich bittet, sie herunterzuheben, dann nur, weil du sie für einen kleinen Moment zwischen Himmel und Erde schweben läßt.«

»Aber es kann doch gut sein, daß sie sich fürchtet«, beharrte ich.

»O, natürlich ... ja, Himmel sackerment, wie kann man nur so blind sein. Welches Mädchen hast du, Adriaan Vroklage, von einem Zaun gehoben? Hendrikje etwa?«

»Nein, nicht Hendrikje«, sagte ich, »aber schon sehr viele andere Mädchen.«

»Lügner«, sagte er, »ich glaube dir kein Wort, das kann gar nicht sein, komm, mir kannst du es doch sagen, ich bin nicht dein Vater, ich bin nicht deine Mutter, und deine Schwester bin ich auch nicht. Solange wir uns kennen, haben wir niemals Geheimnisse voreinander gehabt, also, raus damit. Wem hast du vom Zaun heruntergeholfen? Hendrikje also nicht, aber das kommt schon noch. Doch wem dann?«

»Ich habe noch nie einem Mädchen vom Zaun geholfen«, sagte ich, »nur ein einziges Mal habe ich ein Mädchen über eine große Pfütze gehoben, über die es wirklich nicht selbst ...«

»Eine Pfütze, über die es nicht selbst springen konnte? Und herumgehen konnte sie auch nicht?«

»Sie hatte neue Schuhe an«, sagte ich, »die nicht naß werden durften.«

»Schon wieder eine Lüge«, sagte er, »entweder von dir oder von dem Mädchen. Sie haben immer wieder irgendeine Ausrede, um einen dazu zu bringen, daß man sie hochhebt. Nun sag, wer war das Mädchen?«

»Klaske Kooistra«, sagte ich.

Hörte er ihren Namen nicht? Waren wir schon zu nah bei den schnatternden Bläßgänsen, den wütend quakenden Enten und den ruhelos umherschwimmenden Bläßhühnern. Er schaute sich um und sagte: »Ich glaube, es sind auch

Weißwangengänse dabei, und tatsächlich, da, Krickenten und Gänsesäger. Und schau mal dorthin, gleich hinter der Gänseschar: zwei Schellenten. Und dort, unglaublich, dort, siehst du sie auch? Eine Pfeifente! Wir haben sogar viel zu wenig Abendmahlbrot.«

Als wir das Brot verstreuten, kamen die Lachmöwen angeflogen. Die Luft war erfüllt von ihrem Gekreische.

»Wo kommen die so schnell her?« sagte mein Großvater. »Man könnte fast meinen, daß sie sich gegenseitig über große Entfernungen per Funk benachrichtigen. Wenn Moses mit dem Volk Israel aus den Niederlanden hätte fortziehen müssen, dann hätte Gott bestimmt Lachmöwen statt Heuschrecken geschickt.«

Das Ruder schwenkend, versuchte er, die Lachmöwen zu verjagen.

»Haut ab, verschwindet, ihr Baalssöhne«, rief er, »das Brot ist weder für die, die fliegen, noch für die, die kreischen, sondern für jene, die tauchen. Kratzt ihr euch euer Fressen woanders zusammen, faule Teufelsbrut.«

Er hielt kurz inne und sagte: »Du streust das Brot aus, und ich verjage die Möwen. Sorge vor allem dafür, daß die Pfeifente und die beiden Schellenten etwas bekommen.«

Es sah fast so aus, als wollte mein Großvater sich mit dem Ruder in den Himmel hinaufpullen. Man konnte meinen, die von Minute zu Minute größer werdenden Heerscharen seien Himmelswogen, die er durchpflügen mußte. Währenddessen lehnte ich mich mit dem Oberkörper weit zum Boot hinaus und warf das zu praktischen, kleinen Stücken geschnittene Weißbrot zwischen die Wasservögel. Trotz allem trugen die Möwen den Sieg davon. Die Wasservögel waren noch scheu, sie waren noch nicht hungrig genug. Nur die Pfeifente hatte offenbar eine weite Reise hinter sich. Sie wagte sich ganz nahe heran und schlug sich den Bauch voll.

»Wir wären besser ein wenig später gekommen«, sagte mein Großvater, »dann wäre die himmlische Schlangenbrut bereits weggewesen. Meistens ziehen sie so um vier Leine.«

Noch immer schwenkte er das Ruder hin und her; sogar noch, als das Brot bereits alle war. Er kämpfte mit den Möwen und rief: »Der Herr wird streiten wider Amalek von Kind zu Kindeskind.«

»Das Brot ist alle«, sagte ich.

Es schien, als hörte er mich nicht. Er machte keinerlei Anstalten, mit dem Ruderschwingen aufhören zu wollen. Ein paarmal traf er eine Möwe, die dann unter heftigem Protest in luftigere Höhen auswich. Erst als wir ins Schilf trieben und uns festfuhren, ließ er sich keuchend aufs Vorderdeck sinken.

»Elendes Viehzeug«, rief er.

Er schob uns mit seinem Kampfruder aus dem Schilf und sagte: »Komm, wir fahren zurück, es liegt noch eine ziemliche Strecke vor uns, und jetzt haben wir Gegenwind. Soll ich mal rudern?«

»Nein, du bist erschöpft.«

»In Ordnung«, sagte er, »dann rudere du zuerst.«

Keuchend beobachtete er mich. Ruhig ruderte ich gegen den Wind.

»Fandest du sie hübsch?« fragte er.

»Wen?«

»Na, das Mädchen, von dem du vorhin erzähltest, daß du sie hochgehoben hast.«

»Ziemlich«, sagte ich.

»Sah sie ihrer Mutter ähnlich?«

»Wie aus dem Gesicht geschnitten«, sagte ich.

»Jetzt laß mich mal rudern«, sagte er.

Wir wechselten die Plätze. Schweigend zog er an den Riemen.

»Du kommst kaum vorwärts«, sagte ich.

»Wie sollte ich auch, hier in diesem elenden Windloch.«

»Du bist ganz durcheinander«, sagte ich.

Er sagte nichts und ruderte wütend weiter.

»Vorhin hast du gesagt, wir hätten noch nie Geheimnisse voreinander gehabt«, sagte ich.

»Das ist kein Geheimnis«, sagte er schroff.

»Na, dann kannst du es mir ja ruhig erzählen«, erwiderte ich.

»Das versteht doch jeder«, sagte er.

»Nun, ich nicht.«

»Wir sind doch miteinander verwandt«, sagte er. »Ihr Großvater war mein Vater.«

»Wolltest du denn die Mutter von Klaske heira...?«

»Gott und alle Welt war dagegen«, sagte er. »Alle mischten sich ein. Wir seien verwandt miteinander, und darum sei es unmöglich. Wenn ich allein zu entscheiden gehabt hätte, ich hätte mich einen feuchten Kehricht darum gekümmert, aber sie ... Sie konnte sich nicht darüber hinwegsetzen. Und außerdem war sie auch noch Mitglied der B-Kirche. Ach, das ist alles schon so lange her.«

»Fandest du es schlimm, daß du sie nicht heiraten konntest?«

Das Boot drehte mit einem merkwürdigen Ruck nach rechts. Wir schossen ins Schilf. Das Eis zwischen den Rohrkolben brach.

Am nächsten Tag lief ich nach der Schule gleich hinaus auf die Mole. In der hellen, bereits warmen Sonne sah ich auf das Wasser hinaus. Warum ich dort stand, wußte ich nicht. Es war, als müßte ich wieder einmal dorthin zurückkehren, wo alles angefangen hatte, an den Ort, wo es passiert war. Während ich den bedrohlichen Geräuschen lauschte, die von Rozenburg herüberkamen, und zu der Stelle sah, an der Jan ertrunken war, sagte eine Stimme hinter mir: »Na, Bürschchen, was stehst du da und träumst? Willst du dir ein paar Cent verdienen? Kannst du uns vielleicht kurz beim Verladen von ein paar Kisten Rosenkohl helfen?«

Fast eine Stunde lang stellte ich Kisten auf Rollen. Die Kisten rollten anschließend zu einem Küstenmotorschiff hinab, wo sie in Empfang genommen und im Laderaum gestapelt wurden. Um fünf Uhr bekam ich einen Gulden fünfzig ausbezahlt. Mit dem Geld ging ich durch den Hafen. Ich mußte etwas damit tun, irgend etwas, was wichtig war, aber mir wollte nicht einfallen, was. Erst als ich zu der breiten Treppe kam und schon gar nicht mehr an das Geld dachte und nur zu dem dampfenden Noordvliet hinübersah, fiel es mir ein. Hastig rannte ich die breite Treppe hinab. Durch die Veerstraat lief ich hinüber zum Goudsteen. Im Schaufenster von Theunissen konnte ich die Fotos nicht mehr entdecken. Während ich noch vor dem Laden herumstand – voller Bedauern und doch auch erleichtert –, kam eine Frau aus dem Geschäft, die genau solch ein Foto in der Hand hatte wie die Porträts, die im Schaufenster gehangen hatten.

»Kann man die Fotos, die hier hingen, immer noch kaufen?« fragte ich sie.

»Ja«, sagte die Frau, »die Fotos, die noch übrig sind, hängen drinnen.«

Vorsichtig betrat ich das Geschäft. Noch bevor Frau Theunissen aus dem Hinterzimmer in den Laden gekommen war, hatte ich ihr Porträt entdeckt.

»Ich würde gern ein Foto kaufen«, sagte ich.

»Schau ruhig, ob du bei den restlichen noch dabei bist«, erwiderte sie.

»Nein, nein«, sagte ich, »es handelt sich nicht um ein Foto von mir. Das da hätte ich gerne.«

»Das macht einen Gulden und fünfzig«, sagte Frau Theunissen. »Ein schönes Foto, nicht? Ja, es ist mit Abstand die schönste Aufnahme, die mein Mann gemacht hat. Hat er das Mädchen nicht wunderbar getroffen? Wenn sie selbst auch ihr Foto haben möchte, bekommt sie eins von meinem Mann geschenkt. Ja, ich muß nicht einmal die Nummer des Negativs notieren, die kenne ich schon auswendig, weil mein Mann die Aufnahme schon ein paarmal nachgemacht hat. Aber ist das nicht merkwürdig, von der Familie war noch niemand hier, um das Bild zu kaufen. Oder gehörst du zur Verwandtschaft?«

»Nein«, sagte ich.

»Paß gut auf das Foto auf«, sagte Frau Theunissen, »eine solche Aufnahme macht mein Mann in hundert Jahren nur einmal.«

12

Gott begab sich in Winterschlaf. Auf Rozenburg schwiegen die Niethämmer. Schlechtwetter. Die Rammblöcke standen bewegungslos in der blattstillen Eiseskälte. Das Presbyterium hielt sich mit hitzigen Diskussionen warm. Beschuldigungen klangen lauter durch die Wand hindurch als Gebete. Guldenarm beschimpfte Klaarhamer und nannte ihn einen Spalter. Klaarhamer schrie, Guldenarm sei ein Schismatiker. Gleichzeitig gingen immer mehr Gemeindemitglieder sonntags in die mit Schlämmkreide gestrichene Kirche. Solange noch kein Pfarrer ernannt war, »übte« Antons Vater allwöchentlich in dem von ihm umgebauten Waschtrog. So wie er schreinerte, predigte er auch. Die Gläubigen waren der Ansicht, daß er gemäß Paragraph 8 Pfarrer werden sollte. Einzigartige Gaben. Doch immer, wenn man darauf anspielte, wurde er böse. »Mein Gnadenstand läßt das nicht zu«, sagte er, woraufhin man ihn fragte: »Wessen Gnadenstand dann?« »Das weiß ich nicht«, erwiderte er, »aber ich bin noch längst nicht der geringste der Brüder, und solange ich das nicht bin, kann ich nicht euer Hirte sein.«

Auch die Gemeinde der Pfingstler blühte aufgrund unseres Kirchenstreits auf. Im Hallenbad wurden jede Woche kleine Gruppen von Anhängern unserer Kirche umgetauft. In hellblauen Gewändern wurden sie vollständig untergetaucht.

Die Presbyter riefen eine höhere Instanz an. Bei der Versammlung des Kirchenrats in Schiedam stand unser Kirchenstreit auf der Tagesordnung. Aber man wollte nicht Partei ergreifen. Sowohl Guldenarm als auch Klaarhamer wurden »brüderlich ermahnt«, den Konflikt durch »feuriges Gebet« beizulegen. Die Folge war, daß sie verbittert wiederkamen. Bei der nächsten Sitzung des Kirchenrats war mir, als hörte ich Faustschläge. Am Sonntag darauf predigte Klaarhamer in der Kantine der Vereinigten Seilereien.

»Gott sei Dank«, sagte mein Vater an diesem Sonntag beim Kaffee nach dem Gottesdienst, »wir sind gut durch das Ganze hindurchgekommen. Ich bin froh, daß ich mit Guldenarm gut Freund bleiben konnte.«

»Zum Glück ist dieser Kleckerfritze verschwunden«, fügte meine Mutter hinzu.

»Freu dich nicht zu früh«, sagte mein dampfender Großvater, »du hast Guldenarm nie gesagt, daß du gegen Klaarhamer bist.«

»Nein, natürlich nicht«, sagte mein Vater, »auch mit ihm bin ich, so gut es ging, Freund geblieben, denn ich konnte ja nicht vorhersehen, wer weggehen würde.«

»Das wird noch böse Folgen haben«, meinte mein Großvater, »wenn du mit zwei Menschen gut Freund bleiben willst, die untereinander verfeindet sind, dann kommt unausweichlich der Moment, in dem sie einander die Hand reichen, um dich zu vernichten.«

»Unsinn«, meinte mein Vater, »die beiden gönnen einander nicht die Butter auf dem Brot. Warum sollten sie gemeinsam gegen mich vorgehen?«

»Wenn sie nicht vollkommen verrückt sind, werden sie erkennen, daß sie mit ihren Possen nur Ruygveen und der Pfingstgemeinde in die Hände spielen, und dann werden sie sich gegenseitig um den Hals fallen und dir den Laufpaß geben. Du wirst schon sehen.«

»Eher werden sie dich beim Schlafittchen nehmen! Jede Woche zur Pfingstgemeinde!«

Das einzige, was geschah, war, daß Pfarrer Klaarhamer und seine Gemeindemitglieder versuchten, eine einstweilige Verfügung gegen die Gemeinde von Guldenarm zu erwirken. Klaarhamer und die Seinen waren der Ansicht, sie seien die rechtmäßigen Nachfolger der synodal-reformierten Gemeinde, und als solche hätten sie Anspruch auf deren Eigentum. Der Amtsrichter in Schiedam gab ihnen Recht. Guldenarm legte zwar Berufung ein, mußte aber, bis über die Berufung entschieden war, sofort das kirchliche Eigentum Klaarhamer überlassen.

An einem milden Frühlingsabend teilte der Zwerg uns mit, mein Vater könne nicht länger Küster bleiben.

»Aber ich habe mich doch nie gegen Sie gestellt, Herr Pfarrer«, sagte mein Vater.

»Nicht? Und warum hatte ich immer zuwenig Wasser, wenn ich die heilige Taufe spendete?«

»Tja, Herr Pfarrer, dafür kann ich nichts, mein Sohn füllt immer das Taufbecken, darum kümmere ich mich nicht, das überlasse ich immer ihm.«

»Wie feige von Ihnen, sich hinter Ihrem Sohn zu verstecken«, sagte Klaarhamer, »aber das ändert nichts an der Sache, denn Sie selbst haben mich bei meinem ersten Gottesdienst mit dem Stegbrett zum Gespött gemacht. Das hätten Sie problemlos auch vorher in die Kanzel legen können.«

»Woher sollte ich wissen, daß Sie kaum über die Bibel hinwegschauen würden?«

»Ach, Sie konnten nicht sehen, daß ich ziemlich klein bin? Sie ahnten nicht, daß ich möglicherweise ein solches Brett benötigen könnte?«

»Aber, Herr Pfarrer, wenn wir jetzt über solche Dinge ...«

»Nun gut, all das will ich vergeben und vergessen, aber da wäre dann immer noch die Tatsache, daß Sie nicht mit uns in die Seilerei gegangen sind. Wäre die einstweilige Verfügung nicht ergangen, dann wären Sie auch unter Guldenarm fröhlich Küster geblieben.«

»Aber nicht doch, Herr Pfarrer, ich wollte nur nicht, daß Gottes Haus in die Hände irgendeines Schaumschlägers fällt. Wirklich, meine Frau und ich haben gebetet, daß Sie die einstweilige Verfügung bekommen. Fragen Sie sie ruhig, fragen Sie meinen Sohn, fragen Sie meine Tochter.«

»Sie hängen Ihr Mäntelchen immer in den Wind«, sagte Klaarhamer, »aber wie dem auch sei, es gibt Dutzende von Gemeindemitgliedern, die nur darauf warten, Ihre Arbeit zu übernehmen.«

»Sie können mich doch nicht einfach so vor die Tür setzen, Herr Pfarrer.«

»Doch, das kann ich. Ich wüßte nicht, warum das nicht möglich sein sollte. Sie haben hier immer kostenlos gewohnt, Sie bezahlen keine Miete, und darum genießen Sie auch keinen Mieterschutz.«

»Herr Pfarrer, wir hängen an diesem Haus und an dieser Kirche, ich bin hier fünfzehn Jahre lang Küster gewesen.«

»Sie hängen an diesem Haus? Sie hängen so sehr daran, daß Sie die Stimme des Herrn nicht hörten, als er uns für eine Zeit aus diesem Gebetshaus führte, weil Guldenarm meinte, sich der Hand Gottes widersetzen zu können. Wenn

Sie mit uns gegangen wären, dann wäre ich der erste, der beim Kirchenrat ein gutes Wort für Sie einlegen würde. Doch so, wie die Dinge nun liegen, müssen Sie gehen. Sie haben mir von Anfang an Steine in den Weg gelegt. Sogar die Adressen unserer Gemeindemitglieder haben Sie an Ruygveen weitergegeben.«

»Das stimmt nicht, Herr Pfarrer«, sagte mein Vater.

»Das stimmt nicht? Ihr Sohn geht bei der Familie ein und aus! Kurzum, Sie sind entlassen.«

Wir zogen in eine Mietwohnung in der Laan 1940–45 im Sluispolder. Am Abend vor unserem Umzug ging ich, während die anderen packten, zum letzten Mal in die Kirche. Gewiß, ich würde noch oft genug hingehen können, aber nie wieder am Samstagabend. Nie wieder würde ich im Dunkeln auf die Kanzel klettern können, um von dort oben in das Kirchenschiff zu schauen. Ich ging durch die Kirche und spürte, daß ich das Gebäude liebte. Stets war ich gedankenlos kurz in die Kirche gegangen und hatte die bemalten Fenster betrachtet, die an feuchten Winterabenden im Dunkeln so unwirklich leuchteten, weil sie von den nassen Straßenlaternen beschienen wurden. Immer war ich vom einen Fenster, auf dem Henoch zu sehen war, zum Fenster mit Moses gegangen, der vom Berg Horeb hinabstieg. Von dort ging ich zu dem großen Fenster, auf dem Elia abgebildet war, wie er mit einem feurigen Wagen und feurigen Rössern gen Himmel fuhr. Schließlich begab ich mich zu dem Fenster, das die Verklärung auf dem Berg zeigte, die Verklärung, von der mein Großvater einmal gesagt hatte: »Ich verstehe nicht, woher Petrus sofort wußte, daß Jesus dort mit Moses und Elia saß. Er hatte Moses und Elia doch nie zuvor gesehen. Und es gab damals doch auch noch keine Fotos oder dergleichen, und dennoch sagt Petrus: ›Willst du, so wollen wir hier drei Hütten machen: dir eine, Mose eine und Elia eine.‹«

Der gesamte Raum hatte mir in all den Jahren die ganze Woche über zu jeder Zeit zur Verfügung gestanden. Nur zweimal pro Woche hatte ich ihn der Gemeinde überlassen müssen. All die stille, kalte Luft hatte mir gehört. Und der Geruch von Eau de Cologne, Pfefferminz, Holz und Bohnerwachs, die einzeln alle sehr unangenehm rochen, die aber zusammen, vor allem gegen Ende der Woche, wenn sich die Gerüche offenbar mischten, fast so herrlich rochen wie der wunderbare Duft, der Hendrikje umgab. Er roch sogar besser als der Duft von Kalmus. Und außer Gerüchen hatte es auch noch Geräusche gegeben, Geräusche wegfahrender Autos, das donnernde, großartige Geräusch des auf das hohe Dach herabprasselnden Regens, das ferne Geräusch der Niethämmer auf der Schiffswerft *De Haas* und das, gerade dort, so gewaltige Geräusch der Gewitter, das immer gepaart war mit einem trügerischen Gefühl der Sicherheit. Nie wieder würde ich all das sehen, riechen, hören. An diesem letzten Abend schallte das Martinshorn eines Krankenwagens leise durch das Mittelschiff der Kirche. Auf einer Bank wartete ich, bis es ganz verklungen war. Dann verließ ich mit bleischwerem Herzen die Kirche und dachte: »Hierhin kehre ich nie wieder zurück, auch nicht zum Gottesdienst, vor allem nicht zum Gottesdienst, denn dann würde ich mich bestimmt unwohl fühlen, weil ich hier nie wieder samstags abends herumgehen kann.«

Durch Vermittlung meines Großvaters wurde mein Vater nach einigen Wochen Kantinenwirt in einer der großen, neuen, in aller Eile aus dem Boden gestampften Fabriken auf der halb verwüsteten Insel Rozenburg. Sehr bald schon war er mit seinem Schicksal versöhnt, auch wenn er in den ersten Monaten noch über Guldenarm und Klaarhamer schimpfte. Meine Mutter schimpfte überhaupt nicht. Wohl aber sagte sie immer wieder, wie schrecklich sie es fände, daß wir aus der Küsterwohnung hinausgeworfen worden waren, doch ich hörte sie sehr viel öfter Psalmen summen, als daß sie über unser altes Haus sprach. Sie mußte jetzt nicht mehr die riesige Kirche feudeln. Sie mußte keine hundert Kirchenbänke mehr bohnern. Sie mußte keine Abendmahltischdecken mehr waschen und bügeln. Sie mußte kein Abendmahlbrot mehr schneiden. Sie mußte keine Kirchentüren mehr mit einem feuchten Tuch abwischen. Sie mußte keinen Kaffee mehr für die Presbyter kochen, die einander nach dem Leben trachteten. Sie hatte fast die gesamte Küsterarbeit gemacht; mein Vater hatte nur zu spät Stegbretter herangeschafft.

Am ersten Sonntag nach unserem Umzug war sie sich dessen noch nicht bewußt. Um neun Uhr saßen wir in unserem Wohnzimmer und sahen hinaus auf die Straße.

»Und zu welchem Gottesdienst gehen wir jetzt?« fragte sie meinen Vater.

»Das ist eine gute Frage«, erwiderte er, »wohin sollen wir gehen?«

»Doch wohl nicht etwa zu Pfarrer Klaarhamer?« fragte Bora.

Ich wollte schon rufen: »Dann geh ich nicht mit«, als mein Vater bereits sagte: »Nein, das kommt überhaupt nicht in Frage. Stell dir doch bloß mal vor, wie das ist, wenn man den ganzen Gottesdienst über zu seinem alten Platz hinter den Bänken der Presbyter, auf dem nun Flikweert sitzt, hinüberschauen muß.«

»Der sitzt dort nicht lange«, sagte meine Mutter.

»Warum nicht?« fragte mein Vater.

»Ach, seine Frau ist eine fürchterliche Schlampe; innerhalb kürzester Zeit wird die Kirche wie ein Schweinestall aussehen. Dann können sie darüber streiten, statt über die Taufe. Ich wette, sie vergißt nach der Taufe zu feudeln.«

»Dein Wort in Gottes Ohr«, sagte mein Vater.

»Aber wohin sollen wir denn nun gehen?« wollte meine Mutter wissen.

»Zu Pfarrer Guldenarm«, schlug Bora vor.

»In die Kantine der Seilerei? Nein, da geh ich nicht hin«, sagte mein Vater, »das ist mir zu ärmlich. Da muß man ja auf gemieteten Klappstühlen sitzen!«

»Dazu habe ich auch keine Lust«, sagte meine Mutter.

»Ja, aber wir müssen doch zur Kirche gehen«, sagte Bora.

»Das ist wohl wahr«, erwiderte mein Vater, »aber es steht nirgendwo in der Bibel, daß man dazu verpflichtet ist, in eine Kantine zu gehen. Und von einem Fischlagerhaus steht in der Heiligen Schrift auch nichts, so daß diese Schlämmkreidekirche auch nicht in Frage kommt. Und zu Klaarhamer gehe ich für kein Geld der Welt, und in der kalvinistisch-reformierten Kirche mußt du die Gläubigen mit der Lupe suchen. Da sitzt kein Mensch. Was bleibt denn dann noch übrig?«

»Die Pfingstgemeinde«, sagte ich, »oder die christlich-reformierte Kirche, oder die lutherische Kirche, oder ...«

»Nun hör schon auf«, sagte mein Vater, »es gibt mindestens noch ein Dutzend.«

»Ich könnte mir vorstellen, zu Ruygveen zu gehen«, sagte meine Mutter, »die Leute sind voll des Lobes für ihn.«

»Nein«, sagte mein Vater, »solche Predigten kann ich auch selbst halten.«

Er stellte sich an den Heizkörper und sagte feierlich: »Liebe Gemeinde, so wie ihr dort vor mir sitzt, muß ich euch sagen: zwei oder drei wählt Er aus und führt sie zu Ihm, und alle anderen wird Er in ewige Verdammnis stürzen, die wird Er verschlingen in seinem Zorn, die wird Er zerschmettern und zerquetschen.«

»Das klingt nicht schlecht«, sagte meine Mutter, »aber

ich bin mir sicher, daß er niemals ›liebe Gemeinde‹ sagen würde.«

»Nein, da hast du recht«, sagte mein Vater, »nun denn: Brüder und Schwestern, das Wort des Herrn für diesen Morgen ist Jesaja 33, Vers 11: ›Mit Stroh gehet ihr schwanger, Stoppeln gebäret ihr.‹«

»Es gefällt mir nicht, daß du dich darüber lustig machst«, sagte meine Mutter. »Und wohin gehen wir jetzt?«

»Vielleicht gibt es ja einen guten Pfarrer im Radio«, sagte mein Vater.

Am ersten Sonntag nach unserem Umzug blieben wir zu Hause. Wir hörten eine Predigt von Pfarrer Klamer, und mein Vater sagte: »So, und schon fertig, nicht Klaarhamer, sondern Klamer, der Name ist kürzer und die Predigt auch. Allerdings gefällt mir sein Schlaue-Jungs-Evangelium nicht besonders.«

Auch am zweiten Sonntag hörten wir Radio. Am dritten Sonntag unternahm meine Mutter einen schwachen Versuch, meinen Vater doch noch dazu zu bewegen, zu Ruygveen zu gehen, doch der wußte zu berichten, daß Antons Vater am Sonntag zuvor eine derartige Donnerpredigt über Psalm 119, Vers 119a (»Du wirfst alle Gottlosen auf Erden weg wie Schlacken.«) gehalten hatte, daß viele Gemeindemitglieder die Kirche weinend verlassen hatten.

So kam es, daß wir fortan sonntags zu Hause blieben. Nach drei Monaten kam Pfarrer Klaarhamer und fragte, ob mein Vater seinen Posten wiederhaben wolle (»Denn Flikweert, Bruder Vroklage, hat sich leider als totaler Mißgriff erwiesen.«), aber mein Vater hatte sich an das viel höhere Einkommen eines Kantinenwirts gewöhnt und sagte folglich: »Nein, Herr Pfarrer, ich denke nicht daran, fünfzehn Jahre lang habe ich jeden Sonntag wie ein Ackergaul geschuftet. Jetzt will auch ich den Tag des Herrn heiligen.«

»Aber Sie kommen gar nicht mehr zum Gottesdienst«, sagte Klaarhamer.

»Wir hören uns jetzt jeden Sonntag einen Gottesdienst im Radio an«, sagte mein Vater. »Das ist sehr angenehm und schön abwechslungsreich, und doch kommt zugleich der Odem des Evangeliums über uns.«

»Aber so haben Sie keinen Anteil an der Gemeinschaft der Heiligen.«

»Na, das müssen ausgerechnet Sie sagen, Herr Pfarrer. Bevor Sie kamen, hatten wir hier eine blühende Gemeinde. Jetzt besuchen vierzig Prozent unserer Gläubigen den Gottesdienst von Ruygveen. Eine ganze Menge junger Leute hat sich in Schiedam untertauchen lassen. Der Rest ist in zwei Gruppen gespalten. Aber ich bin Ihnen dennoch dankbar. Wenn Sie nicht gekommen wären, würde ich immer noch für einen Hungerlohn den Küster spielen, während ich jetzt auf Rozenburg nach einem hervorragenden Tarif bezahlt werde.«

»Ja, Herr Pfarrer, auch ich bin Ihnen dankbar«, mischte sich meine Mutter in das Gespräch, »immer hatte ich aufgescheuerte Knie, und nun habe ich zumindest Zeit für meine Familie.«

»Wir leben wohl in einer Zeit der geistlichen Ebbe«, sagte Klaarhamer.

»Ach«, meinte mein Vater, »das sagen ausgerechnet Sie. Und würden Sie mir denn dann auch sagen, wer die Schleusen geöffnet hat?«

»Ich habe nur das getan, was Gott von mir verlangt hat«, sagte Klaarhamer.

»Das behauptet Guldenarm auch«, sagte mein Vater, »und die Losgelösten sagen dasselbe. Das sagen immer alle Spalter. Es war immer ein Werk des Herrgotts, darüber sind sich alle Parteien immer herzlich einig. Merkwürdig, nicht?«

Ohne ein weiteres Wort zu sagen, verließ Pfarrer Klaarhamer unsere Wohnung. Kurz darauf nahm er einen Ruf
nach Heinekenszand an. Guldenarm und die Seinen ge-
wannen den Prozeß in der nächsthöheren Instanz. Die An-
hängerschaft von Klaarhamer wurde wieder in die Kantine
verbannt. Weil es der Gruppe an einem Hirten mangelte,
wurde sie rasch immer kleiner, und die meisten liefen zu
Ruygveen über. Manche kehrten zu Guldenarm zurück.
Und auch er kam fragen, ob mein Vater wieder Küster werden wolle; doch auch er zog nach längerer Diskussion un-
verrichteter Dinge ab.

13

Während wir, ohne es selbst zu bemerken, kirchenlos wurden, redete man unablässig auf Antons Vater ein, doch Pfarrer zu werden. Monatelang blieb er dabei, sein Gnadenstand lasse das nicht zu. Doch dann bekam er, wie Anton
mir an einem Sommernachmittag nach der Schule erzählte,
»drei Zeichen«. Als er ein paar kleinere Schreinerarbeiten
bei Dirkzwagers Schiffsagentur erledigte, flog plötzlich der
Kopf des Hammers vom Stiel. »Obwohl ich damals noch
taub und blind für Seinen Befehl war, so ließ mich auf diese
Weise der Herrgott doch wissen, daß ich nicht länger
schreinern durfte«, hatte Antons Vater später gesagt. Kurz
danach hatte er an einem Sonntagnachmittag die Bibel
aufgeschlagen, und dabei war sein Blick auf diesen Vers
gefallen: »Und die Unvorsichtigen werden Klugheit lernen, und der Stammelnden Zunge wird fertig und reinlich
reden.« Da war ihm klar geworden, daß Gott ihn rief.
Aber immer noch hatte er sich widersetzt. Als man ihn
erneut bat, Pfarrer zu werden, da hatte er gesagt: »Ich bin

Kot, ich bin Kot«, worauf ein älterer Bruder erwidert hatte: »Ja, aber hat nicht Christus mit Kot die Augen der Blinden geöffnet?« Dies war das dritte, entscheidende Zeichen gewesen.

Antons Vater wurde von der Kreissynode der Altreformierten Gemeinden in Tholen examiniert. Wieder kam Pfarrer Makenschijn aus Scharnegoutum, diesmal um Bruder Ruygveen die Hände aufzulegen. Auf diese Weise wurde er in seinem Amt bestätigt. In seiner Predigt wies Pfarrer Makenschijn darauf hin, daß Christus zunächst auch Zimmermann gewesen war.

»Aber Ruygveen ist meines Wissens nie Fischer gewesen«, sagte mein Großvater, »Fischen ist ein urchristlicher Sport. Was würdest du dazu sagen, wenn wir auch einmal fischen gingen?«

»Fischen? Wir fischen?«

»Ja, warum nicht?«

»Ich habe keine Angel«, wandte ich ein.

»Ich habe zwei«, sagte mein Großvater, »und außerdem auch einen Angelschein. Soweit ich weiß, brauchst du noch keinen Angelschein, und ich darf mit zwei Ruten angeln, so daß uns niemand am Zeug flicken kann.«

Mißtrauisch radelte ich nachmittags mit meinem Großvater zum Bommeer. Wir hatten noch nie zusammen geangelt. Das Ganze hatte irgend etwas zu bedeuten. Aber was?

Als wir am Kwakelweg entlangruderten, rief ein Angler, der vom Ufer aus fischte: »He, Kahlkopf, an deiner Stelle würde ich mir den Schädel ordentlich mit Sonnenöl einreiben. Sonst hast du heute abend ein Problem.«

Erstaunt sah ich meinen Großvater an. Es war, als bemerkte ich zum ersten Mal, daß er kahl war.

»Was ist?« fragte er. »Warum findest du es so merkwürdig, daß mich jemand wegen meines Kahlkopfs verspottet?«

»Ich habe noch nie ...«

»Ach, das passiert so oft. Die Leute sind neidisch, weil kein Haar im Weg ist, wenn Gott auf mich herabschaut. Das war zu Elias Zeiten schon so, aber hierzulande kann man keine Bären auf die Leute jagen. Ich könnte es mit einem Teichhuhn versuchen, aber, ach, was soll's. Ich finde es außerdem ziemlich drastisch, wenn zweiundvierzig Kinder von Bären verschlungen werden, nur weil ein paar Jungs ›Kahlkopf‹ gerufen haben. Aber so ist das nun mal in der Bibel, nicht? Wenn König David einen Mann im Krieg mit Absicht dort postiert, wo der arme Kerl fallen muß, und David sich anschließend an seine Witwe heranmacht, dann wird er zwar ermahnt, aber er bleibt doch ein Mann nach Gottes Herz. Rufen aber ein paar Burschen ›Kahlkopf‹, dann werden zweiundvierzig Kinder verschlungen. Ach, ich gehe wohl besser davon aus, daß die Geschichte erfunden ist. Zwei Bären können an einem einzigen Tag unmöglich zweiundvierzig Kinder reißen.«

»Vielleicht schon, wenn sie von Gott geschickt wurden«, sagte ich.

»Mag sein«, meinte mein Großvater, »aber was soll man dann von Gott halten?«

Wir ruderten einige Zeit schweigend weiter. An einem Holzpfahl legten wir an.

»So, so«, sagte er, nachdem er seine Angel ausgeworfen hatte, »du gehst also auf die Handwerksschule.«

»Ja«, sagte ich.

»Dergleichen war bei uns früher nicht drin«, sagte er. »Wenn man die Volksschule abgeschlossen hatte, ging man gleich danach bei einem Bauern oder einem Gärtner arbeiten. Ihr seid heute wirklich privilegiert.«

»Ja«, sagte ich.

»Du sagst das so, als meintest du eigentlich ›nein‹«, sagte er. »Wärst du auch lieber arbeiten gegangen?«

»Nein«, sagte ich, »aber ich will auch nicht zur Handwerksschule gehen.«

»Und warum gehst du dann hin?«

»Was soll ich sonst tun? Für die weiterführenden Schulen bin ich zu dumm, weil ich immer so komische Fehler beim Schreiben mache.«

»Auf der Handwerksschule ist es bestimmt schön. Dort machen sie einen Fachmann aus dir.«

»Fachmann? Maschinenschlosser? Zimmermann? Maurer? Klempner?«

»Na, ist doch toll, oder?«

»Nicht, wenn man das nicht will.«

»Was willst du denn sonst werden?«

Ich schaute auf meine Pose und antwortete nicht.

»Wenn ich dir diese Frage gestellt habe, als du sechs oder so warst«, sagte er, »dann hast du immer gesagt, du wolltest Taucher werden. Willst du das noch immer?«

»Nein, nein«, sagte ich erschaudernd, »nein, nein.«

»Adriaan, mein Junge, was sehe ich da? Tränen? Sehe ich Tränen? Das ist doch nicht nötig, du hast doch noch alle Möglichkeiten, die Welt steht dir offen.«

»Die Welt? Diese Welt? Tja, ich verstehe die Welt nicht, ganz und gar nicht. Sie ist ein einziges großes Irrenhaus.«

»Komm, komm, so schlimm ist es wirklich nicht.«

»Nach der Versammlung auf dem Fenacoliusplatz hast du genau dasselbe gesagt: Rotterdam, Schiedam, Vlaardingen, Maassluis, immer geradeaus, rechts rum, Treppe runter, Irrenhaus.«

»Ach, das war doch nur so etwas wie eine Redensart.«

»Nun, mich erinnert das Ganze aber sehr an ein Irrenhaus. Allein schon diese Kirchenspaltung! Was für ein Wahnsinn! Und wie es bei Anton zu Hause zugeht! Und du ... du gehst ständig zu dieser blöden Pfingstgemeinde, obwohl dort Zungenreden praktiziert wird und ...«

»Ja, gut, gut, natürlich, du hast ja durchaus recht, das alles ist ziemlich verrückt, da stimme ich dir zu, aber gerade deshalb muß man zusehen, daß man für sich selbst das Beste daraus macht.«

»Und warum rennst du dann ständig hinter Immetje Plug her?«

»Ach, Junge, nun hör mir mal zu, ich werde immer älter. Ich bin nun schon seit fünf Jahren Witwer, und ich brauch jemanden, der sich ein wenig um mich kümmert, vor allem wenn ich vielleicht bettlägerig werde. Und die langen, langen Abende fallen mir sehr schwer.«

»Aber warum ausgerechnet Immetje Plug?«

»Ach, im Grunde ist es beinahe egal, wen man heiratet«, sagte er, »diese oder jene, man muß sich so oder so aneinander gewöhnen, außer vielleicht, wenn man sich schon von Kindesbeinen an kennt und zusammen aufgewachsen ist so wie … ach, das gehört nicht hierher. Ganz bestimmt, Immetje Plug ist so übel nicht. Sie sitzt in einem warmen Nest, sie hat keine Kinder oder Enkel, die einem ständig die Bude stürmen, sie ist ordentlich, sauber und ein wenig herrisch. Das ist genau das, was ich brauche, sonst verkomme ich unweigerlich.«

»Du wirst sie also heiraten?«

»Du bist der erste, dem ich es erzähle.«

»Ach, darum wolltest du mit mir angeln gehen?«

»Genau.«

»Und trittst du dann auch der Pfingstgemeinde bei?«

»Tja, das war immer das Problem. Ich mag diese Leute nicht. Sie sind durch und durch schlecht. Aber das sieht Immetje nicht, die ist hin und weg von diesen Menschen. Also habe ich diesen Kerlen gegenüber einmal verstohlen fallen lassen, daß sie ordentlich was auf der hohen Kante hat. Jetzt bearbeiten diese Burschen sie permanent, damit sie zehn Prozent ihres Geldes rausrückt, denn bei Maleachi steht nun einmal: ›Bringt mir den Zehnten ganz in mein Kornhaus‹, ein Satz, der in den Kirchen schon seit Jahren übersehen wird, weil sonst alle ungläubig werden würden, aber wie dem auch sei, die Pfingstburschen haben diesen Text wiederentdeckt, und nun wollen sie also zehn Prozent von Immetje haben. Aber die wird sie ihnen niemals geben, dafür ist sie viel zu sparsam, und deshalb bin ich guter Hoffnung, daß sie diesen Burschen sehr bald den Laufpaß gibt. Sie hat sich bis jetzt auch nicht umtaufen lassen. Nein, nein, das kommt schon in Ordnung. Das Problem ist nur: Wohin gehen wir anschließend? Neulich hörte ich, daß sich in der Schans auf einem Trockenboden für Zwiebeln bereits seit Jahren eine nette kleine Gruppe in aller Stille trifft. Sie nennt sich Versammlung der Gläubigen. Dort wird dies und das gesungen, sie lesen einen Text aus der Heiligen Schrift, jemand spricht ein erbauliches Wort. Und das kann jeder tun, denn einen festen Pfarrer haben sie nicht. Das ist möglicherweise genau das richtige für sie.«

»Und für dich auch?«

»Mir ist das ziemlich egal«, sagte er, »Hauptsache, es ist nicht die Pfingstgemeinde oder die John Maasbach Wereldzending oder sonstwas Amerikanisches. Dergleichen kann ich überhaupt nicht leiden! In Amerika werden diese Leute immer einflußreicher, und in den südamerikanischen Staaten evangelisieren sie auf Teufel komm raus. Sie schrecken dabei vor nichts zurück. Wenn es sein muß, schlagen sie zwei Menschen tot, um einen zu bekehren. Es ist nur noch eine Frage der Zeit, bis sie hier genauso vorgehen. Du mußt nur den evangelischen Rundfunk hören, um einen Vorgeschmack zu bekommen. Nein, da bevorzuge ich doch lieber das Zwiebeltrockenbodengrüppchen. Vielleicht lache ich dort ja hin und wieder im stillen in mich hinein, aber das ist besser, als sich zu ärgern. Wenn ich darüber lachen kann, dann kann ich es bestimmt ertragen. Man sollte lernen, über alles zu lachen. Das ist die einzige Methode, das Leben einigermaßen erträglich zu gestalten.«

»Ich möchte nicht über alles lachen«, sagte ich, »ich möchte mich gerne für irgend etwas engagieren, ich will für etwas arbeiten, das die Mühe lohnt.«

»Jetzt schon? Du bist doch längst noch nicht sechzehn. Wo soll das enden? Die meisten wollen erst an der Erdachse rütteln, wenn sie sechzehn oder siebzehn sind. Tja, geh deinen Weg, such dir etwas, das deinem Leben Inhalt gibt. Gern würde ich dir dabei helfen, aber ich weiß nichts. Ich hoffe, du findest etwas, und dann kannst du mir ... halt, da beißt einer an, alle Wetter, das muß ein großer Fisch sein.«

Er hatte eine goldglänzende Brasse an der Leine. Kaum war sie über der Wasseroberfläche, löste sie sich vom Haken.

»Siehst du«, sagte mein Großvater, »genau das meine ich. Immer wird man betrogen. Aber das ist nicht schlimm, denn jetzt ist Sommer, und die Sonne scheint, und wenn du tief durch die Nase einatmest, dann kannst du den Herbst schon riechen. Nicht mehr lange, dann fliegen die Zugvögel wieder über uns hinweg, und es wird Winter. Dann gibt es die schönsten Sonnenuntergänge des Jahres, und man kann vielleicht Schlittschuh laufen. Und anschließend kommt der Frühling wieder. Du wirst sehen: Je älter du wirst, um so mehr wird dir bewußt werden, daß dies das einzige ist, worauf es ankommt: daß es Frühling wird und daß der Weißdorn wieder blüht, erst der weiße und dann der rote. Ach, hast du den Weißdorn auf Rozenburg gesehen?«

»Ja«, sagte ich.

»Ob er schon weg ist?«

»Ich weiß es nicht«, antwortete ich.

»Ich auch nicht«, sagte mein Großvater, »und ich traue mich auch nicht nachzuschauen. Stell dir vor, daß die Bauarbeiter ihn bereits gefällt haben.«

»Ja, und auch die beiden Platanen«, sagte ich.

»Ich wünschte, ich wäre unsichtbar«, sagte mein Großvater, »dann würde ich die Leute, die sich das ausgedacht
haben, der Reihe nach erdolchen. Hauptsache, sie machen
De Beer nicht kaputt. Bete bitte jeden Abend dafür, daß sie
De Beer nicht zerstören.«

Teil 2

Eine Feldmark von Rohrdommeln

I

Vier Jahre meines Lebens verplemperte ich auf der Handwerksschule. Vier Jahre lang hatte es den Anschein, als verkehrte ich in einem Tempel des Genusses. Alles dort drehte sich um Lust. Auch im wörtlichen Sinn. Wer Kondome haben wollte, mußte Mitglied des Niederländischen Verbands für Sexualreform sein, doch offenbar kannten einige Jungs auch andere Quellen. Sie kauften Präservative und verkauften sie anschließend auf dem Schulhof wieder. Oder wenn wir an der Drehbank standen. Es schien, als sei dies das einzige, was dort zählte. Man kaufte, verkaufte und tauschte. Nach der Schule verließen die ältesten, die Sechzehnjährigen, auf ihren knatternden Yamahas den Schulhof und fuhren Richtung Hauswirtschaftsschule.

Und doch hätte mich das alles nicht gestört, wenn ich mich nicht eines Mittags – ich besuchte damals selbst schon die vierte Klasse der Handwerksschule, ich war sechzehn, und außer Anton und mir hatten alle unsere Klassenkameraden ein Moped –, gemütlich am Schraubstock vor mich hin arbeitend, an einer Kontermutter verletzt hätte. Mit blutendem Daumen ging ich zum Hausmeister, der für die Erste Hilfe zuständig war. Während er mich verband, konnte ich in einem Spiegel der Garderobe, die neben seinem Kabuff lag, den großen Raum sehen, in dem ich soeben noch mein Werkstück hatte festklemmen wollen. Weil das Licht hell in den Saal fiel, hatte ich einen wunderbaren Blick auf Antons Drehbank. Der legte einen Putzlappen beiseite und nickte Bram Ontijt zu. Bram stellte seine Maschine auf halbe Geschwindigkeit und ging rasch zu Antons Drehbank hinüber. Blitzschnell überreichte er Anton ein Päckchen Kondome; er erhielt ein paar Gulden und eilte wieder zurück an seine Maschine. Das alles ging so schnell, daß man hätte meinen können, es sei nichts geschehen. Außerdem beobachtete ich das Ganze in einem Spiegel, so daß es noch unwirklicher schien. Als ich mich umdrehte, war bereits nichts mehr zu sehen. Anton beugte sich vor und schnitt ein Gewinde in eine lange Achse. Bram rauchte eine Zigarette und klemmte seinen Meißel in den Stahlhalter.

Am meisten erstaunte mich, daß sie mit ihrem Geschäft offenbar gewartet hatten, bis ich kurz aus dem Raum gegangen war. Warum durfte ich nicht wissen, daß Anton Kondome kaufte? Warum hielt er mich aus der Sache heraus? Das sah aus wie Verrat, das schien das Ende einer Freundschaft zu sein, die, was mich anging, immer noch auf etwas basierte, über das wir nie miteinander gesprochen hatten. Gerade dadurch hatte ich das Gefühl, als rückte diese rasche Transaktion meine Freundschaft – was immer sie auch wert sein mochte – ins rechte Licht. Sie ging von mir aus, immer war alles von mir gekommen. Anton hatte es nur dankbar angenommen und geduldet. Für ihn war ich nur ein Freund aus Mangel an anderen Freunden, ein dämlicher Kerl, der nicht mit Kondomen handeln konnte, ein schüchternes Bürschchen, das man besser nicht zum Sportplatz hinter der Haushaltsschule mitnahm.

Diese blitzschnelle Transaktion! Wenn ich nach der Schule den Heimweg nicht mit ihm zusammen antrat, sah ich vor mir, wie er zur Haushaltsschule ging. Und brachen wir gemeinsam auf, dann brannte mir die Frage auf den Lippen, die ich ihm niemals zu stellen wagte: »Wozu brauchst du diese Dinger?«

Wenn er nach der Schule nicht auf mich wartete, sondern rasch verschwand, ging ich zum Sportplatz hinter der Haushaltsschule. Dort sah ich ihn allerdings nie. Dort lie-

fen nur die anderen Jungs aus meiner Klasse mit aufge-
knöpftem Hemd neben kichernden, widerlich geschminkten
Mädchen her, die auf ihren hohen Absätzen so oft stolper-
ten, daß sie flehentlich darum zu bitten schienen, festgehalten zu werden.

So konnte ich das Rätsel nicht lösen. Drei Monate nach
der ersten geschäftlichen Transaktion verließ ich den Ar-
beitsraum, um zur Toilette zu gehen. Weil alle Toiletten
besetzt waren, ging ich zurück, denn ich wußte aus Erfahrung, daß ich es noch eine Weile aushalten würde. So
kam es, daß ich völlig unerwartet bei Antons Portalfräse
auftauchte. Er versuchte noch schnell, das Kondompäck-
chen hinter der Drehspindel zu verstecken, und Bram
Ontijt polierte schon wieder pfeifend vor sich hin. Anton
bemerkte, daß ich die Kondome im letzten Moment noch
hatte verschwinden sehen, und sofort war da wieder derselbe, mißtrauische Blick, den ich noch vom Beginn unserer
Freundschaft auf dem Schulhof her kannte. Der Blick, mit
dem er mich angesehen hatte, nachdem ich zu ihm gesagt
hatte: »Du bist früh dran.«

Er errötete nicht, ich aber. Mein Gesicht färbte sich
tiefrot, wie ich in der spiegelnden Fensterscheibe sehen
konnte. Ich begann zu glühen, und der Schweiß brach mir
aus. Mir war, als ginge ich wieder mit meinem Großvater
angeln und hörte mich selbst sagen: Die Welt ist ein Irrenhaus.

»Wäre sie doch nur ein Irrenhaus«, dachte ich. Es hatte
sich gezeigt, daß alles unendlich viel schlimmer war. Diese
Kirchenspaltung, ach, die hatte ich miterlebt, ohne daß es
mich weiter berührte. Ich bedauerte nur, daß mir meine
kühlen, duftenden Samstagabende in der Kirche genommen worden waren. Und daß mein Großvater tatsächlich
Immetje Plug geheiratet hatte und sogar in ihren Alters-
wohnsitz auf dem Kerkeiland gezogen war, ach, das hatte

sich als gar nicht so schlimm erwiesen. Wenn mein Großvater und ich etwas zu besprechen hatten, drehten wir
einfach eine Runde über das Kerkeiland, und das machten wir auch, wenn wir nichts zu besprechen hatten. Diese
Spaziergänge waren das reinste Vergnügen, vor allem bei
feucht-nebligem Wetter, wenn die Gaslampen auf der Werft
schluchzten. Ja, sogar bei Anton daheim schien sich das
Leben einigermaßen normalisiert zu haben, nachdem sein
Vater Pfarrer geworden war und all seine Zeit darauf verwandte, anderen Menschen »die Tiefe ihrer Schuld vor Augen zu führen«, so daß er zu Hause nicht mehr dazu kam,
seinen Kindern ihr »Elend« bewußt zu machen.

Nein, damals beim Angeln hatte ich nicht gewußt, wie
die Welt wirklich war, ich hatte nicht gewußt, wieviel mir
die Freundschaft mit Anton bedeutete, auch wenn diese
Freundschaft für mich vielleicht nichts anderes war als
Buße, ich hatte nicht gewußt, daß auch ich mir wünschen
würde, solch eine schwere Yamaha zu fahren und in einer
schwarzen Lederjacke neben so einer bemalten Büglerin von
der Haushaltsschule zu gehen, obwohl – und das machte alles so schwierig – ich mich zugleich wegen dieser Wünsche
verachtete. Daß sich das Leben als so elendig verzwickt, als
so hoffnungslos kompliziert erweisen würde. Vor allem
auch, weil ich über die Lederjacke und die Büglerin nicht
mit meinem Großvater reden konnte.

Doch es sollte sich zeigen, daß es noch schwerere Prüfungen gab. Nach der Schule wartete Anton auf mich. Wir
gingen zusammen die Laan 1940–45 entlang. Eine ganze
Weile sagte er kein Wort. Die Espen zitterten. Kurz bevor
wir bei mir zu Hause ankamen, sagte er: »Soll ich dir eins
geben?«

»Nein«, sagte ich, »was soll ich damit machen?«

»Das, was jeder damit macht«, erwiderte er.

»Ja, aber mit wem denn?« fragte ich verbittert.

»O«, sagte er, »tja ... ähm ...«

»Du hast doch bestimmt eine Freundin«, sagte ich.

»Neinnein«, sagte er.

»Mit wem machst du es denn?«

Wieder erschien dieser wachsame, mißtrauische und zugleich unschuldige Blick wie zu Beginn in seinen Augen. Dann lachte er scheinbar sorglos und gab mir einen freundschaftlichen Klaps auf die Schulter.

»Aber du mußt doch ein bißchen üben«, sagte er.

»Mit wem denn?« fragte ich verzweifelt.

»Nun ... wenn du es niemandem weitererzählst ...«

»Ich wüßte nicht, wem?«

»Das ist auch gut so, denn ich erzähle es dir auch nur, weil du sonst denken könntest ... weil du sonst schlecht von mir denken könntest, und das will ich nicht. Ich kaufe die Dinger für Job, verstehst du.«

An seiner Stimme konnte ich hören, daß er mich anlog. Dennoch war mir, als nähme er eine große Last von meinen Schultern.

»Und mit wem macht dein Bruder es?«

»Ach, der übt ein wenig mit ... nun ja ... mit Hendrikje.«

Welchen Namen ich dort auf der sonnigen Laan 1940–45 auf der Höhe unseres Hauses auch erwartet hätte – den auf gar keinen Fall. Und was ich auch tat, um das eisige Kältegefühl in meinem Innersten zu bekämpfen – so begierig wie möglich den Radfahrern auf der Straße und den Fußgängern auf dem Gehweg hinterher sehen, die spärlichen, duftenden Rapspflanzen auf dem Grünstreifen betrachten und dem vertrauten Rasseln von Ankerketten in der Ferne lauschen –, nichts half.

»Du hast doch auch eine Schwester«, meinte Anton.

Daß er auch dies noch sagen mußte! Dabei war mir schon längst klar, daß er selbst auch »ein wenig mit Hendrikje übte«. In meiner Verzweiflung fiel mir nur die aller-dümmste Frage ein: »Weiß dein Vater davon?«

»Nein, natürlich nicht«, sagte Anton, »bist du total be-scheuert?«

»Aber deine Familie ist doch so streng«, sagte ich, »ihr dürft nichts, nicht einmal Fotografieren ist erlaubt, und dann ...«

»Wir sind noch nicht bekehrt«, sagte Anton, »und so-lange man noch nicht bekehrt ist, ist man ein Sünder.«

»Ich weiß«, sagte ich, »aber das heißt doch nicht, daß du mit deiner Schwester ...?«

»Mein Vater paßt Tag und Nacht auf uns auf«, sagte An-ton, »wir können keinen Schritt tun, ohne daß er davon weiß. Die Jungs aus unserer Klasse können mit den hüb-schesten Mädchen zum Maasufer, ins Kino, zum Sport-platz oder zum Treidelpfad bei Maasland, aber wir ... alles wird beobachtet, alles wird berichtet, weil mein Vater jetzt Pfarrer ist. Und die Augen der Gemeindemitglieder sind überall, weil die Kirche jeden Sonntag vor Verrätern nur so überquillt.«

»Aber bei euch zu Hause sieht er doch selbst, was pas-siert?«

»Er ist doch immer unterwegs! Jeden Abend! Und wenn er zu Hause ist, schläft er. Und meine Mutter ist auch im-mer weg; die wacht bei Kranken und Alten, sie betreut zwei Bibelgemeinschaften und alles mögliche sonst noch.«

»Nun gut«, sagte ich, »aber auch wenn du noch nicht be-kehrt bist, dann mußt du doch nicht ... solche Sachen ... nein, nein ...«

Ich ging weiter. Anton blieb stehen. Ich schaute mich um. Auf seinem Gesicht sah ich einen schelmischen, spöttischen Ausdruck. Er sagte: »Es ist aber wirklich schön! Soll ich Hendrikje mal fragen, ob sie mit dir ...«

Ich antwortete nicht. Plötzlich war er wieder neben mir,

er sagte: »Ja, du hast recht, es ist eine schreckliche Sünde, aber mein Vater sagt immer, daß man ein sehr großer Sünder gewesen sein muß, ehe man sich bekehrt. Ruth ist bereits bekehrt, darum macht sie solche Sachen auch nicht. Aber selbst wenn man bekehrt ist, spielt es doch auch keine Rolle. Gott hat vor Ewigkeiten bestimmt, ob man auserwählt ist oder nicht. Seinen Entschluß kann man nicht ändern. Wenn man also auserwählt ist, kann man sich blöd vögeln und kommt dennoch in den Himmel. Wenn man nicht auserwählt ist, kann man noch so artig sein, noch artiger sogar als du es bist, und man kommt trotzdem in die Hölle. Vor Hundertmillionen von Jahren und noch früher hat Gott entschieden, ob du selig wirst oder nicht. Also, was soll's?«

»So steht es aber nicht in der Bibel«, sagte ich.

»Nach Ansicht meines Vater schon«, sagte Anton. »Im Konfirmandenunterricht erklärt er es uns haargenau, und zu Hause auch. Er sagt immer: ›Kinder, wenn ihr die Lehre von der Prädestination versteht, dann habt ihr hinter den Vorhang des Heiligen des Heiligsten geschaut.‹ Du verstehst das nicht, du gehst ja auch nicht mehr in die Kirche.«

»Das muß ich auch nicht«, erwiderte ich, »entweder ist man auserwählt oder nicht, also ist es auch egal, ob ich zur Kirche gehe oder nicht.«

»Das stimmt«, sagte Anton, »du verstehst das Ganze besser, als ich dachte. Soll ich Hendrikje nicht doch mal fragen, ob sie es mit dir tun will? Dann könntest du Bora fragen, ob ich mit ihr ein bißchen rumschäkern darf.«

Ich lief los. Zunächst wußte ich noch nicht, wohin ich überhaupt rannte. Die Laan 1940–45 war lang. Bei der Mühle rannte ich den Deich hinauf. Dort lief ich weiter bis hinter die Hoogstraat. Dann bog ich Richtung Schansbrug ab. Offenbar war ich auf dem Weg zum Kerkeiland, zu meinem Großvater. Hinter den Gardinen des Häuschens, wo er mit Immetje Plug wohnte, erblickte ich undeutlich ihre strickende Gestalt. Nein, es hatte keinen Sinn zu klingeln. Ich rannte weiter. Auf der Schiffswerft *De Haas* wurde ein Kutter zu Wasser gelassen, der so gleißend angestrichen war, daß man davon geblendet wurde. Eine Champagnerflasche zerschellte an der Bordwand. Fröhliches Jubeln erklang. Alles ging wie gewohnt weiter, auf der Govert van Wijnkade, auch in der Maschinenfabrik von Van der Bend, auch in der Schiffsagentur Dirkzwager. Der Waterweg glitzerte still in der Nachmittagssonne. Die Lelykade entlang ging ich zur Hafenmole. Ich sah nach Rozenburg hinüber, das sich in das Licht der tiefstehenden Sonne schmiegte. Viel Licht, lange Schatten. Möwen, die heimkehrten. Flußuferläufer, die wieder ein Wettrennen veranstalteten. Auf dem Fluß herrschte rege Betriebsamkeit: Küstenmotorschiffe, ein Tanker, kleine Schlepper, eine zusätzliche Fähre, um die *Hoofdingenieur Van Elzelingen* zu entlasten. Binnenschiffe fuhren Richtung Rotterdam. Es herrschte Ebbe, bald würde die Flut wieder kommen, der Mond stand, beinahe unsichtbar, schon über dem Fluß, um die Gezeiten zu regeln. Alles schien unverändert, und ich konnte dort, an derselben Stelle, ins Wasser gehen, und alles würde aufhören, alles würde vorbei sein. Es würde schnell gehen, denn schließlich konnte ich nicht schwimmen. Konnte er eigentlich schwimmen? Ach, was spielte das noch für eine Rolle? Das war jetzt sowieso vorbei, das war Vergangenheit, das hatte ich hinter mir gelassen, nein, das hatte Anton durch sein Geschacher mit Verhütungsmitteln ausgelöscht. Nun war ich befreit, jetzt drückte mich keine Last mehr. Doch warum hatte ich das Gefühl, daß meine Seele in einer Schraubzwinge festgeklemmt war? Erneut war mir, als ginge ich auf Rozenburg spazieren, an jenem Nachmittag, dem einzigen Nachmittag, der zählte, abgesehen von dem anderen Nachmittag. Oder war das noch am Morgen gewesen, ein Morgen in Delft? Nein, die Glocke hatte damals zwölf Uhr geschlagen, die Glocke in dem gewaltigen Turm, ich war neben Hendrikje gegangen, ich hatte ihren Duft gerochen, den Duft, der alle anderen übertraf, sogar den Duft von Kalmus und Raps.

2

Nach der Schule wartete ich nicht mehr auf ihn. In den Pausen ging ich ihm aus dem Weg. Manchmal sah ich sein trauriges und zugleich listiges Lächeln. Hin und wieder schaute er von seiner Drehbank auf, und unsere Blicke trafen sich. Dann grinste er bedauernd. Dennoch machte er nie einen Schritt auf mich zu. Es schien, als verstünde er meine Haltung, als verstünde er sie besser als ich selbst, ja, als respektiere er sie. Erst nach einem Monat unternahm er einen Annäherungsversuch. Auf meiner Drehbank fand ich einen zusammengefalteten Zettel. Als ich ihn auseinandergefaltet hatte, las ich: »Lots Frau schaut sich um und erstarrt zur Salzsäule; Lot selbst liegt bei seinen zwei Töchtern, und nichts geschieht.«

Lange nachdem ich den Zettel weggesteckt hatte, spürte ich noch den salzigen Geschmack in meinem Mund. Er hatte recht. Lots bedauernswerte Frau. Sie hatte sich kurz umgeschaut. Wie verständlich, wie menschlich. Sie wurde zur Salzsäule. Der Witwer hatte sich anschließend an seinen beiden Töchtern vergriffen. Beide Töchter bekamen einen Sohn, und beide Söhne wurden – so ging das nun mal in der Bibel – Stammväter eines großen Volks. Offenbar war es weniger schlimm, sich vollaufen zu lassen und anschließend seine beiden Töchter zu bumsen als zurückzuschauen. Wer verwüstete denn auch zwei Städte, um einen Mann und seine beiden Töchter daraus entkommen zu lassen, die dann solche Dinge taten? Zuvor schon hatte Er alle ersäuft, außer Noah, diesem Trunkenbold. Offenbar liebte Gott Säufer. Sein Sohn hatte Wasser in Wein verwandelt, hatte beim Letzten Abendmahl Wein ausgeschenkt und von sich selbst gesagt: »Ich bin der rechte Weinstock.« Darum waren die Kalvinisten so wild auf einen Schnaps. Darum also sagte mein Großvater immer: »Es ist schon merkwürdig, die Kalvinisten sind wirklich gegen alles, nichts ist erlaubt, doch ausgerechnet Schnaps, das beste Schmiermittel der Sünde, den lieben sie über alles. Ja, je größer die Pietät, je besser es um die Schnapsvorräte steht.«

Später am Tag schüttelte ich diesen unseligen Gedanken von mir ab. Der Zettel glühte aber dennoch in meiner Hosentasche. Jetzt war es noch schwieriger geworden, mit Anton wieder ins reine zu kommen.

Sechs Monate lang sprachen wir kein Wort miteinander. Während der ganzen Zeit sah ich ihn tagtäglich in der Schule, und er sah mich, und jedesmal, wenn er verstohlen zu mir aufblickte oder ich seinen Blick auf meinem Rücken spürte, haßte ich mich. Trotzdem konnte ich nicht anders.

Eines Tages, es war ein kühler Frühlingsmorgen, ging er ungewohnt entschlossenen Schritts auf seine Drehbank zu. Dort angekommen ging er ebenso entschlossen weiter bis zu meinem Platz. Er sah mir gerade in die Augen und sagte: »So, du kannst beruhigt sein, Hendrikje ist weggelaufen.«

Dann ging er mit demselben steifen, dröhnenden Schritt zu seiner Maschine zurück. Beim Fräsen mußte ich der Versuchung widerstehen, zu ihm hinzugehen und zu sagen: »Aber dafür kann ich doch nichts!«

Nach der Schule wartete er auf mich.

»Es war sehr kindisch von mir ...«, hob ich an.

»Macht nichts«, sagte er, »ich kann dich gut verstehen. Es ist so schon schwer genug für dich, mein Freund zu sein.

Niemand sonst hat das je geschafft. Mein Bruder hat nie Freunde gehabt. Ruth verlor all ihre Freundinnen, wenn sie auch nur einen Fuß in unsere Wohnung gesetzt hatten. Hendrikje hatte zunächst noch ein paar Freundinnen, aber nachdem unser Vater Pfarrer geworden war, hat sie die auch alle verloren.«

»Wo ist Hendrikje hin?« wollte ich wissen.

»Wenn wir das wüßten«, erwiderte Anton, »dann würden Job und ich auf der Stelle zu ihr hingehen.«

»Wann ist sie weggelaufen?«

»Gestern abend.«

»Und warum?«

»Sie kam gestern abend um neun Uhr nach Hause. Das tut sie sonst nie. Wir warteten schon gespannt auf sie. Es war großes Pech, daß mein Vater ausgerechnet an diesem Abend zu Hause war. Immer ist er unterwegs, aber ausgerechnet gestern mußte er unbedingt Smytegelt lesen.«

»Smytegelt?«

»Ja, irgend so'n Prediger von früher. Alter Kram. Daraus nimmt er die Hälfte seiner Predigten. Du hättest ihn mal sehen sollen, als sie reinkam. Ich dachte, er stirbt. Er wurde ganz bleich. Und wie schön sie war, ach, ich wünschte, du hättest sie gesehen. Vielleicht könntest du es ja dann ein wenig verstehen. Diese Geschichte mit Job und mir und Hendrikje, meine ich. Sie hatte gar nicht mal besonders viel von dem Zeug benutzt. Ein bißchen Lippenstift, ein bißchen Lidschatten, und ihre Wimpern waren ein wenig dunkler, und sie hatte einen ganz dünnen Strich um ihre Augen gezogen. Vielleicht hatte sie auch was auf den Wangen, das weiß ich nicht. Und ihr Haar! Nicht gelockt oder so, sondern auf eine ganz bestimmte Weise geschnitten – ich weiß es nicht. Sie war so schön, so wahnsinnig schön. Unsere Hendrikje! Job und mir fielen die Augen aus dem Kopf, und Ruth sagte: ›Schlampe.‹

Mein Vater sagte zuerst überhaupt nichts. Du hättest seine Hände sehen sollen. Leichenblaß. Er hätte beinah die Stuhllehne zerquetscht. Plötzlich fuhr er auf, ging auf sie zu und scheuerte ihr doch tatsächlich eine. Job und ich sprangen auf und hielten ihn fest. Eine Kraft hat der Bursche! Unglaublich! Schließlich hatten wir ihn aber doch niedergerungen. Job saß auf seinen Beinen, und ich hielt die Arme fest. Das Dumme war nur, daß ich keine Hand mehr frei hatte, um ihm den Mund zuzuhalten, denn er sagte ständig zu ihr: ›Isebel, Isebel.‹ Und Hendrikje sagte: ›Bestimmt willst du mich jetzt auch aus dem Fenster werfen.‹ Er sagte: ›Wenn diese beiden Absaloms mich loslassen, schlage ich dich tot.‹ ›Ach‹, sagte sie, ›es wäre mir egal, wenn du mich totschlagen würdest. Du hast mir sowieso schon meine ganze Jugend versaut, das ist sowieso nie wieder gutzumachen. Ja, ich bin eine Isebel; du hast eine Isebel aus mir gemacht.‹ Sie sagte immer ›du‹ zu ihm, heiliges Kanonenrohr, das hättest du mal hören sollen. Und mein Vater sagte: ›Die Hunde sollen Isebel fressen an der Mauer Jesreels.‹

›Ja, Elia‹, sagte sie, ›ich wünschte, die Hunde hätten mich schon als kleines Kind gefressen. Dann wäre mir ein Leben mit einem solchen Vater erspart geblieben.‹

›Verlasse mein Haus, Isebel!‹

›Jetzt gleich?‹ fragte sie.

›Ja‹, sagte er.

›Gut‹, sagte sie und rannte aus dem Zimmer.

Wir ließen ihn los. Er jagte hinter ihr her. Im Flur bekamen wir ihn wieder zu fassen. Er schlug Job die Nase blutig. Ich trat ihm mit aller Kraft gegen den Knöchel, bevor er mich treten konnte. Nach einer Weile ließen wir ihn laufen. Er rannte raus, aber Hendrikje war nirgendwo mehr zu sehen. Im Zimmer konnte man sie den ganzen Abend riechen. Mein Vater öffnete die Türen, er riß die Fenster auf, aber es nutzte nichts, man roch sie die ganze Zeit.«

»Habt ihr beiden nicht hinterher noch eine Abreibung bekommen?« fragte ich.

»Nein, nein, er hat kein Wort mehr über das Ganze verloren und hat in seinem Smytegelt gelesen.«

»Na«, sagte ich, »wenn ich meinen Vater getreten hätte, dann hätte ich eine fürchterliche Tracht Prügel bekommen.«

»Ach, er ist daran gewöhnt, daß wir ihn festhalten. In der Bibel steht doch, daß sich die Söhne gegen die Väter erheben werden, oder? Wenn wir das nicht täten, würde er meinen, wir seien krank.«

»Und was macht ihr jetzt?«

»Abwarten, ob sie wiederkommt«, sagte Anton.

Sie kam nicht wieder. Anton sagte fast täglich: »Job nimmt es sich ganz schrecklich zu Herzen, der ist fix und fertig. Ich wünschte, ich wüßte, wo sie ist. Dann würde ich zu ihr hingehen und ihr sagen, daß sie wegen Job zurückkommen muß.«

»Aber die Polizei wird sie doch bestimmt finden«, sagte ich.

»Mein Vater hat keine Vermißtenanzeige erstattet«, erwiderte Anton, »der will verheimlichen, daß sie weg ist, und erzählt überall, sie sei bei einer Tante. Wenn die Gemeinde erfährt, daß Hendrikje abgehauen ist, dann setzt sie ihn vielleicht ab.«

»Weil Hendrikje weggelaufen ist?«

»Jaja, das ist sehr gut möglich. Bei uns werden ständig Pfarrer abgesetzt. Neulich noch einer in Enkhuizen, weil sein Sohn am Sonntag bei Volendam geangelt hat.«

»Aber dein Vater kann doch nicht ewig behaupten, sie sei bei einer Tante?«

»Nein, irgendwann wird es bestimmt herauskommen, daß sie weg ist. Aber was kümmert mich das. Wenn ich doch bloß wüßte, wo sie ist. Wegen Job. Der ist sowieso immer so düster gestimmt, aber nun ist er vollkommen am Boden zerstört. Ich lasse ihn bei unseren Blindpartien jetzt immer gewinnen, aber das hilft auch nichts.«

Solange wir zusammen zur Handwerksschule gingen, hörten wir nichts von ihr. Wir bestanden beide unsere Prüfung zum Maschinenschlosser. Mein Großvater schenkte mir ein Rennrad. Mein Vater beschaffte mir eine Stelle bei *Wallramit*. Dort sollte ich als Universalschleifer arbeiten und durfte zunächst eine dreijährige Zusatzausbildung absolvieren. Anton fand eine Stelle bei *Verolme* und arbeitete nun auf Rozenburg. Manchmal trafen wir uns auf dem Weg zur Arbeit. Jedesmal fragte ich ihn: »Und? Hast du etwas von ihr gehört?«

Und jedesmal schüttelte er düster den Kopf.

Manchmal sah ich ihn auch abends, wenn ich auf meinem Rennrad eine Runde um Maasland herum drehte. Hin und wieder ging er zusammen mit Job die Weverskade entlang. Sie fuhren nie Rad, in der Bibel gab es schließlich auch keine Fahrräder.

Mit der Zeit machte ich an ruhigen Sommerabenden längere Radtouren. Oft fuhr ich über Schipluiden und Den Hoorn nach Delft. Jedesmal war vom Buitenwatersloot aus der Turm in seiner ganzen Größe zu sehen. Und wenn ich dann an seinem Fuß stand, war mir, als hätte ich mein Ziel erreicht und könne nun heimfahren. Über lange, totenstille Polderwege, die nur von Mückenschwärmen besucht wurden, fuhr ich über Kethel nach Vlaardingen und dann durch die Zuidbuurt zurück nach Maassluis.

Was, wenn ich nicht hätte radfahren können! Wenn ich mit dem Rad unterwegs war, vergaß ich alles. Dann verblaßte selbst *Wallramit*. Dann konnte ich sogar aufhören zu denken: »Muß ich da jetzt mein Leben lang arbeiten?« Unterwegs sah ich viele Pärchen, Jungen und Mädchen in meinem Alter, die in der Abenddämmerung glücklich zu sein schienen und die ich doch nicht beneidete. Die gewöhnlichen südholländischen Mädchen mit ihrem Wintermöhrengesicht, wie konnte man die nur begehren, wie konnte man sich in die bloß verlieben? Wenn ich überhaupt verliebt war, dann nur in einen Turm. Manchmal dachte ich daran, daß ich mit einem Mädchen radfahren könnte, und das war schön, bis mir einfiel: »Aber dann muß ich mich ja bremsen, dann kann ich nicht so schnell es geht fahren.« Mit dem Rad konnte ich alle einholen, vorausgesetzt ich blieb allein.

3

Um halb acht schob ich meine Karte in die Stempeluhr. Wenn ich mich ranhielt, konnte ich noch vor der ersten Pause ein Papiermesser schleifen. Aber ich hatte es mir abgewöhnt, mich zu beeilen, ich hatte es mir abgewöhnt, meine Maschine nicht sofort auszuschalten, wenn um Viertel nach neun die Sirene ertönte.

»Du Arschloch«, hatte Gerrit schon nach zwei Tagen gesagt, »wieso tanzt du aus der Reihe? Warum willst du unbedingt vor der Pause dein erstes Messer fertig haben?«

»Genau«, hatte Willem sich eingemischt, »merk dir, du Blödmann, daß wir ziemlich sauer werden, wenn irgend so ein Hornochse, der hier neu ist, schneller arbeitet, als wir es gewohnt sind. Muß der Scheißchef unbedingt mitkriegen, daß man das Tempo noch weiter anziehen kann? Nachher müssen wir uns noch mehr hetzen.«

»Und wenn du deine verdammte Maschine nicht um Punkt Viertel nach neun ausschaltest, dann schalten wir sie aus, verstanden?« hatte Tinus hinzugefügt.

Warum konnten sie nicht begreifen, daß ich meine Verzweiflung nur vergessen konnte, indem ich so hart wie möglich arbeitete. Nur das schenkte mir Befriedigung. Das erste Messer um Viertel nach neun fertig. Das zweite vor der Kaffeepause. Das dritte vor der Mittagspause. Wenn man absichtlich trödelte oder absichtlich die Maschine so schnell laufen ließ, daß sie heiß wurde und lange abkühlen mußte, wenn man in aller Seelenruhe zur Toilette ging oder jedes geschliffene Messer gemütlich wegbrachte, oder wenn man einfach nur ein wenig in der Gegend herumsah, während die Maschine lief, wurde man immer wieder nur daran erinnert, wie traurig es war, seine Tage in einer staubigen, kalten, stinkenden Halle verbringen zu müssen, in der siebzig Maschinen einen ohrenbetäubenden Lärm machten. Wenn Arbeiten nichts anderes bedeutete, als seinen Verstand dreißig, vierzig Jahre lang dazu zu benutzen, Sabotage zu begehen, wie sollte man da glücklich bleiben?

Genau um Viertel nach neun ertönte die Sirene. Innerhalb einer halben Minute waren alle Maschinen ausgeschaltet. Wir gingen in die Kantine und nahmen an Sechs-Personen-Tischen Platz. Der dampfende Tee stand schon bereit. Mir gegenüber ließ sich Gerrit mit seiner riesigen Gestalt bedächtig auf einen Stuhl sinken. Sobald er saß, goß er die Hälfte seines Tees auf die Untertasse. Er machte ein halbes Kreuzzeichen und kippte sich dann den Inhalt der Untertasse in den Mund. Er brach ein Stück von seinem Brot und warf es, den Kopf weit in den Nacken gelegt, in den noch nicht hinuntergeschluckten Tee. Seine Wangen blähten sich. Es klang, als würde er ertrinken. Er erinnerte mich an einen verschlammten Wassergraben, in dem an einem warmen Sommertag Gasblasen hochblubbern. Er erstickte beinah. Tinus klopfte ihm auf die Schulter. Dennoch schüttete er auch den restlichen Tee auf seine Untertasse.

Erneut wurde das Brot, mit klebrigem Apfelkraut bestrichen, der Teepfütze in seinem Mund anvertraut.

Niemand sagte etwas darüber. Vor langer Zeit, genauer gesagt, vor einem Monat – aber wie lang schien ein Monat in einer solchen Fabrik zu sein, er kam einem vor wie ein einziger, nicht enden wollender Tag – hatte ich erschrocken gefragt: »Bah, machst du das immer so?«

»Stört es dich, Rotznase?«

»Das ist ja vielleicht ein feiner Pinkel«, sagte Tinus.

»Ja, und immer so voreilig«, fügte Willem hinzu.

Seitdem hatte ich am Tisch so wenig wie möglich gesagt. Diesmal fragte Jaap: »Na, Willem, warst du am Sonntag wieder als Zeitnehmer unterwegs?«

»Ja, in Baarn.«

»Warst du auch dabei, Tinus?«

»Na, was glaubst du denn, da war das Bezirksschwimmfest.«

»Ihr habt vielleicht ein Glück, daß ihr jedes Wochenende irgendwo zum Stoppen eingeladen werdet.«

»Tja, wenn man sich einmal einen Namen gemacht hat«, sagte Willem.

»Und, gab's dort hübsche Schwimmerinnen, Tinus?«

»Hätte besser sein können, es gab eine mit einem schmalen Gesicht und Lovehandles.«

»Lovehandles?« fragte ich erstaunt.

»Weißt du nicht, was Lovehandles sind?« sagte Willem. »Tja, soviel will ich dir verraten: Du hast so was nicht, du Hosenscheißer.«

»Das kann man wohl sagen, daß die Mädels ziemlich enttäuschend waren, Tinus«, sagte Willem, »aber dir ist beim Anblick dieser Schmalgesichtigen doch ordentlich das Wasser im Munde zusammengelaufen.«

»Tja, was soll ich denn machen? Sechs Liter heißes, spanisches Blut«, erwiderte Tinus.

»Es ist allerdings ziemlich gefährlich, sich mit ihr einzulassen«, sagte Willem.

»Wieso?« wollte Jaap wissen.

»O, du mußt regelrecht zur Schnellfeuerkanone werden, du mußt permanent feuern. Das ist wie malochen auf einer Besamungsstation.«

»Hör dir den an! Als wäre er schon mal drübergerutscht.«

»Ach, du Sack, die geht so was von ran, die rennt dir zwischen den Augenbrauen hindurch in die Hosentasche.«

»Stimmt«, sagte Tinus, »die ist ein total scharfer Feger.«

»Ich habe genau gesehen«, sagte Willem, »wie du wieder gepeilt hast, ob dein Schwanz reinpaßt.«

»Ist Baarn eine hübsche Stadt?« fragte Gerrit ganz ruhig.

»Lauter Seitenstraßen mit Villen, aus denen kackende Afghanen Gassi geführt werden. Man schliddert praktisch durchs Dorf«, sagte Willem.

»Ja«, sagte Tinus, »da wohnen nur reiche Säcke mit dicken Autos.«

»Hinterher saßen wir draußen vor einer Kneipe«, sagte Willem, »ich bestelle eine Fleischkrokette. Der Ober bringt mir so einen panierten Pimmel. Ich schneide ihn auf: innen drin nur Schleim. Als der Ober kurze Zeit später wieder vorbeikommt, sage ich: ›Nimm die nur wieder mit zurück, Alter, die kannst du dir sonstwohin stecken.‹«

Drei Minuten vor halb zehn. Die Sirene gab uns drohend ein Zeichen.

»Gottverdammt«, sagte Jaap, »ist es schon wieder so weit.«

Wir standen auf. So langsam wie möglich schlenderten wir zu unseren Maschinen. Noch ehe wir unsere Plätze erreichten, ertönte die Halbzehn-Sirene.

»Lovehandles«, dachte ich, »was mag das bloß sein?«

Meine Schleifmaschine kam auf Touren. Ich legte die Klinge auf die Magnetplatte. Die Schleifscheibe rotierte. die Kühlflüssigkeit rauschte. Der Schleifschlitten legte fast zwei Meter zurück. Die Maschine hielt an. Ich schaltete den Magneten aus, der die Klinge fixierte. Mit zwei Händen hob ich das Messer von der Platte. Ich ging in den Kontrollraum, wobei ich das lange Ding weit von mir weghielt.

»In Deckung, Männer«, rief Jaap.

»Da kommt die fliegende Nonne wieder«, schrie Willem.

An allen Universal-Schleifmaschinen sprangen die Männer demonstrativ zur Seite. Willem duckte sich sogar hinter seiner Rundschleifmaschine.

»Geh doch nicht so schnell«, sagte Tinus, »es ist lebensgefährlich, mit solch einem Papiermesser zwischen den Maschinen hindurchzuflitzen.«

»Früher oder später wird mal einer, der ihm entgegenkommt, in zwei Teile gespalten«, sagte Gerrit.

Im Kontrollraum schlug der Fräser mit einer Fahrradklingel Alarm, die er auf seine Profilfräsmaschine montiert hatte. Zweimal klingeln bedeutete, daß ich mich näherte. Auf diese Weise wollte man verhindern, daß ich mit jemandem zusammenstieß, der aus dem Kontrollraum kam. Das Geräusch der Fahrradklingel munterte mich auf. Mein Feierabend rückte näher. Wenn mir auch meine Tage geraubt wurden, so gehörten die Abende doch mir. In der Dämmerung würde ich mit der kleinsten Übersetzung über die menschenleeren Polderwege fahren, und niemand würde mich dort als fliegende Nonne verspotten.

Warum machte ich an diesem Abend meine übliche Runde in umgekehrter Richtung? Fuhr ich, nachdem ich unsere Wohnung verlassen und mein Peugeot-Rennrad aus dem Keller geholt hatte, instinktiv auf die tiefstehende, feuerrote Sonne zu? Radelte ich anschließend ostwärts am Wasser entlang, um ihn die ganze Zeit sehen zu können? Oder wollte ich nach Rozenburg hinüberschauen, nach Rozenburg, das es nicht mehr gab, das nicht in Rauch aufgegangen war, sondern in Schornsteinen. Ich wußte es nicht, tja, man weiß so wenig über sich selbst. Und gar nichts über andere. Ich fuhr durch die Gegend, ohne Ziel, ohne Grund. Die Stadt Vlaardingen war bereits in Sicht. Auf dem Maassluiser Deich lustwandelten Pärchen. Am Vlaardinger Hafen flanierten einsame Jungen und Mädchen. Am späteren Abend würden einige von ihnen auch Pärchen bilden. Im Hof sah ich noch einzelne Schatten – Männer vielleicht, die in dem riesigen Park genauso wenig zu suchen hatten wie ich auf den stillen Polderwegen. Dann gelangte ich auf die unbeleuchtete Straße nach Kethel. Auf Polderwegen brauste ich an einsamen Bauernhöfen, an bellenden Hofhunden und mißmutig quakenden Enten vorbei. Manchmal überraschte ich Reiher, die in den Gräben standen und mich erst im letzten Moment bemerkten. Sie versuchten, rasch davonzufliegen. Meistens war ich an ihnen vorüber, bevor sie abheben konnten. Ein Reiher schwang sich aus dem Wasser empor, ehe ich an ihm vorbei war. In schnurgerader Linie flog er über dem Wassergraben an der Straße entlang. Bei jeder Brücke stieg er ein wenig höher, obwohl das nicht nötig gewesen wäre. Erst nach einiger Zeit bemerkte der Vogel, der aus Furcht vor mir aufgestiegen war, daß er auf gleicher Höhe mit mir flog. So jagten wir eine Weile Seite an Seite dahin, wobei er verzweifelt versuchte, mich abzuhängen, während ich immer schneller fuhr, um ihn nicht davonziehen zu lassen. Bei einem Bauernhof mit erleuchteten Fenstern stieß er einen Angstschrei aus und drehte ab. Einmal hörte ich ihn noch schrill kreischen. Ein Hund schlug an, weiter entfernt antwortete ein zweiter, der wiederum einen dritten alarmierte, und ich dachte: So geht

das immer weiter, über den ganzen europäischen Konti-
nent, bis hin zum Ural, über den Ural hinweg, durch ganz
Sibirien bis nach Wladiwostok.

Die erleuchteten Scheiben eines Zugs rasten in der Ferne
vorbei. Die Ordnung war wiederhergestellt. In Delft fuhr
ich an den Grachten entlang, am Wasser der Oude Delft.
Auf dem Marktplatz ruhte ich mich aus. Ich schaute zu
dem Turm hinauf, den ich hätte umarmen wollen, den ich
hätte mitnehmen wollen, der einfach nur dastand, der nicht
von der Stelle wich und nicht willens war, mir entgegen-
zukommen. Wie elegant doch der breite Unterbau sich zur
Spitze hin verjüngte. Als habe er sich selbst errichtet und
auf halbem Weg bemerkt, daß der Himmel schon näher
war, als er dachte. Es fiel mir schwer, Abschied von ihm zu
nehmen. Am nächsten Tag würde ich ihn wiedersehen, und
am Tag danach auch. Bis ans Ende meiner Tage würde ich
ihn betrachten können. Trotzdem war es schwierig, ihm
den Rücken zu kehren, um die Ecke zu biegen und den Weg
Richtung Den Hoorn einzuschlagen. Wie merkwürdig,
jetzt nach Den Hoorn zu fahren. Als laufe die Zeit in umge-
kehrte Richtung. Als würde ich die Sonne bald im Westen
aufgehen sehen.

Nachdem ich in Den Hoorn Richtung Schipluiden ab-
gebogen war, kam auf Höhe der Kistenfabrik ein Auto von
hinten näher und fuhr dann neben mir her. Die ersten fünfhundert Meter war ich mir kaum der Tatsache bewußt, daß
der Wagen genau neben mir fuhr. Und auch nach diesen
fünfhundert Metern, als ich auf die lange Gerade kam,
die dazu einlud, so schnell wie möglich zu fahren, war mir
nicht klar, daß der Wagen seine Geschwindigkeit meiner
anpaßte. Ich fühlte mich nur unwohl. Ich trat kräftiger in
die Pedale. Das Auto beschleunigte. Ich bremste plötzlich.
Das Auto bremste auch. Ich hob mich aus dem Sattel und
zog davon. Das Auto war bereits wieder neben mir. Dann

tauchte die katholische Kirche auf, deren Turm eingestürzt war. Im Lampenlicht der Zufahrtsstraße konnte ich die Autoinsassen recht gut erkennen. Vorn saßen zwei Jungs in meinem Alter. Hinten zwei Mädchen und ein Junge. Mit freudestrahlenden Gesichtern sahen die fünf mich an. Was wollten sie von mir? Ich fuhr noch ein wenig schneller. Der Fahrer lachte laut und deutete ein paarmal auf den Tachometer. Er sagte etwas zu seinem Beifahrer. Der lachte schallend. Vor der scharfen Kurve, die nach der langen Geraden überraschend auftaucht, mußten sie aber abbremsen. Ich bremste nicht, sondern flog durch die Kurve und war meine Verfolger für kurze Zeit los. Dort lag Schipluiden. Dort konnte ich über die Brücke fahren und den Radweg nach Maasland nehmen. Dort würde ich sie mühelos abschütteln können. Ehe ich die Straße verlassen konnte, hatten sie mich bereits wieder eingeholt. Kurz vor dem Ortsschild von Schipluiden versuchten sie, mir den Weg abzuschneiden. Hatte ich damit gerechnet? Hatte ich das vorausgeahnt? Jedenfalls lenkte ich mein Fahrrad genau im richtigen Moment ins Gras. Rumpelnd fuhr ich durch den Spitzwegerich an dem jetzt stehenden Auto vorbei. Die rechte Vordertür wurde geöffnet. Ein Arm langte nach draußen, eine Hand versuchte, mich zu fassen. Mit meinem linken Fuß versetzte ich der Tür einen Tritt. Sie knallte gegen den Arm. Ein Fluch war zu hören. Ich war bereits wieder auf der Straße und fuhr in den Ort hinein, als ich hörte, daß der Wagen wieder angelassen wurde und mich verfolgte. Nun kam es darauf an, bei der Brücke zu sein, bevor sie mich wieder eingeholt hatten. Wenn sie neben mir her fuhren, konnte ich nicht abbiegen. Es gelang mir nicht. Auf Höhe der Schmiede hatten sie mich schon eingeholt. Schipluiden lag wie ausgestorben da. Erneut schnitten sie mir den Weg ab. Diesmal konnte ich nicht übers Gras ausweichen. Ich konnte nur bremsen und, mich mit den Füßen zurückstoßend, schnell rückwärts fahren. Dann sprang ich von meinem Rad, wendete und fuhr wieder in Richtung Den Hoorn. Es würde wohl eine kleine Weile dauern, bis der Wagen auch gewendet hatte. Das verschaffte mir die Gelegenheit, darüber nachzudenken, was ich nun tun sollte. »Wenn sie jetzt wieder hinter mir her kommen«, dachte ich, »warte ich, bis sie ganz nah sind. Dann überquere ich die Straße und fahre äußerst links. Bestimmt werden sie es nicht wagen, auch links zu fahren. So können sie mir jedenfalls nicht den Weg abschneiden. Hinter der Kurve bremse ich, wende und flitze zurück nach Schipluiden. Dann müssen sie auch wenden. In der Zwischenzeit bin ich über die Brücke.« Während ich noch fuhr, kam mir ein anderer Gedanke: »Es ist besser, wenn ich auf sie warte. Wenn ich das Rad auf der anderen Straßenseite ins Gras lege und mich daneben verstecke, sehen sie mich vielleicht nicht. Und wenn sie dann vorbeifahren, springe ich blitzschnell aufs Rad und fahre zur Brücke.«

Ich überquerte die Straße, legte das Rad auf den abfallenden Grünstreifen und duckte mich daneben. Ich hörte, wie das Auto näher kam. Ich stand auf, bevor der Wagen vorbei war. Dumm, aber ich hatte Angst. Während der Fahrer heftig bremste, raste ich los. »Jetzt habe ich einen hübschen Vorsprung«, dachte ich. Ich hörte, wie der Wagen hinter mir wendete. Wie ruhig es gerade jetzt auf der Straße war. Wenn sie beim Wenden nur von einem einzigen entgegenkommenden Fahrzeug behindert worden wären, hätte ich es leicht bis zur Brücke geschafft. Jetzt hörte ich sie schon wieder näher kommen. Da war die Schmiede, da waren die ersten Häuser. Noch zweihundert Meter. Sie waren schon wieder hinter mir, mußten aber wegen des kurvigen Wegs vorsichtig sein. Da war die Kneipe, die neben der Brücke lag. Ich hörte Stimmen, sah erleuchtete Fenster. Eigentlich war es mehr als gefährlich abzubiegen, bevor der Wagen mich überholt hatte, aber dieser Wagen würde vielleicht nicht überholen, und darum ging ich das Risiko ein. Wenn der lachende Fahrer in diesem Moment Gas gegeben hätte, hätte er mich überfahren. Aber er stieg voll in die Bremsen.

»Idiot!« brüllte jemand, der gerade aus der Kneipe kam.

Auf der Brücke tippte sich ein alter Mann, der mein Manöver beobachtet hatte, an die Stirn. Ich machte mir nichts daraus. Jetzt auf dem Radweg nach Maasland hinüber.

Früher einmal, vor langer Zeit, war eine Dampflokomotive durch das Westland gefahren. Die Eisenbahnlinie gab es nicht mehr, und auf dem Bahndamm hatte man einen Radweg angelegt. Schon in Den Hoorn hätte ich auf ihn auffahren können, aber ich liebte die lange, gerade Strecke am Wasser entlang so sehr. Eines Sonntags war ich dort spazierengegangen.

In Schipluiden muß man als Radfahrer erst ein paar Neubauviertel durchqueren, bevor man zum Radweg gelangt. Zum Glück hatte ich den Radweg erreicht, bevor der Wagen mir hatte folgen können. In der Ferne erhob sich die hohe Bogenbrücke über die Vlaardinger Trekvaart. Auf der ehemaligen Eisenbahnbrücke angekommen, sah ich, daß meine Verfolger auf der normalen Straße nach Maasland fuhren. Zweifellos sahen sie mich auch. Hinter mir schien der zunehmende Mond, so daß meine Silhouette unangenehm deutlich zu sehen sein mußte. Wenn ich weiterfuhr, würden sie mich unweigerlich in Maasland erwischen. Obwohl es recht kalt war, schwitzte ich. Was hatten sie vor? Was wollten sie? Drei Jungs und zwei Mädchen. Studenten aus Delft? Vermutlich. Sie waren anständig gekleidet, mit strahlendem Gesicht hatten sie mich angesehen und lachend auf den Tachometer gezeigt. Hatten sie nur feststellen wollen, wie schnell ich fuhr? Aber warum hatten sie mir dann in Schipluiden den Weg abgeschnitten? Warum verfolgten sie mich dann jetzt am anderen Ufer der Gaag? War es nur ein Spiel, ein Scherz? Oder waren sie nun, nachdem ich einen von ihnen am Arm verletzt hatte, rachsüchtig geworden? Erschöpft radelte ich unter der gewaltigen Himmelskuppel dahin. Mir war, als machte ich meine letzte Fahrt. Ich hatte zu lange gelebt, seit dem Tag, an dem ich eigentlich hätte ertrinken müssen. Seitdem war alles schiefgegangen. Ich war im sechsten Schuljahr sitzengeblieben. Die Kirche hatte sich gespalten. Großvater hatte wieder geheiratet. Mein Vater war nicht mehr Küster. Hendrikje war weggelaufen. Ich machte eine Zusatzausbildung und arbeitete in der Hartmetallbranche. Universalschleifer. Sollte das meine Bestimmung sein?

Am anderen Ufer fuhren noch immer die Delfter Studenten. Sie würden nie mit Hartmetall arbeiten müssen. Sie würden studieren, bis sie Ingenieure waren, und wenn sie zufälligerweise doch in der Hartmetallbranche landeten, dann als Fabrikdirektor. Ich verspürte keinen Groll. Ob man nun an einer Schleifmaschine stand oder Direktor war, das war nicht von Bedeutung, sein Leben bekam man so oder so nicht in den Griff. Auf andere Weise vielleicht? Manchmal ja, wenn ich mit dem Rad unterwegs war. Aber dann nur, wenn ich nicht daran dachte, wenn ich nicht absichtlich den Geruch der schwelenden Müllhaufen in den Gärten hinter den Häusern wahrnahm. Auf halber Strecke zwischen Schipluiden und Maasland bemerkte ich den Geruch, ich roch meinen Schweiß, meine Angst, ich sah, nur durch einen schmalen, fast zugewachsenen Kanal von ihm getrennt, den Wagen meiner Quälgeister, die auf ihrem Tachometer sehen konnten, wie müde ich bei den Versuchen, ihnen zu entkommen, geworden war.

Sie fuhren am Likkebaartshoeve vorbei, überquerten eine Holzbrücke. Dann gab der Fahrer plötzlich Gas, und ich, möglicherweise zu erschöpft, zu wenig aufmerksam vielleicht, dachte nur, daß sie keine Lust mehr hatten, mich zu plagen. An der hohen Brücke beim Kwakelweg bogen sie links ab. An der Stelle, wo der Kwakelweg und der Radweg einander kreuzten, bremste der Fahrer genau in dem Moment abrupt ab, als ich ankam. Ich mußte scharf bremsen, um nicht mit dem Wagen zusammenzustoßen. Die Türen flogen auf. Mein erster Impuls war: umkehren. Bevor ich jedoch mein Rad hatte wenden können, war der erste bereits bei mir. Er packte das Vorderrad.

»Hände weg von meinem Rad«, rief ich.

Der Fahrer mußte um den Wagen herumgehen. Der dritte Junge war noch im Auto, weil er zwischen den Mädchen saß und erst warten mußte, bis eines von ihnen den Sitz nach vorn geklappt hatte und ausgestiegen war.

»Halt sein Rad fest«, rief der Fahrer.

Ich überlegte, was ich machen konnte. Drei gegen einen, das war zuviel. Wenn ich nun rasch handelte, konnte ich den ersten ausschalten, bevor der zweite oder gar der dritte sich einmischen konnte. Offenbar rechnete der erste nicht damit, daß ich sofort zum Angriff übergehen würde. Ich ließ mein Rad los und packte ihn. Er war nicht einmal so stark wie Herr Splunter. Außerdem schmerzte sein rechter Arm noch. Er trat nach mir, traf aber nicht. Ich warf ihn gegen den sich nähernden Fahrer, der gegen das Auto geschleudert wurde. Ich wartete nicht, bis der Bursche, den ich als Wurfgeschoß benutzt hatte, sich wieder aufgerappelt hatte. Aus halb liegender Position hob ich ihn in die Höhe und warf ihn von dem hohen Bahndamm hinunter. Der Fahrer richtete sich langsam auf. Meine geballte Faust traf ihn härter, als ich beabsichtigt hatte. Eines der Mädchen wollte gerade aussteigen und war schon halb in der Tür. Rasch warf ich die Autotür gegen sie. Der Fahrer kam wieder näher. Hinter mir hörte ich mein erstes Opfer die Böschung hinaufklettern. Jetzt kam es drauf an. Am effektivsten war es, dem Fahrer ein Bein zu stellen und ihn zugleich vom Bahndamm zu schubsen. Bei seinem Sturz würde er den heraufkletternden Kerl umreißen. Die Aktion gelang besser als gedacht. Die Böschung des Damms ist dort aber auch fürchterlich steil. Es war hübsch anzusehen, wie sie da den Bahndamm hinunterpurzelten. Mal war der eine oben, mal der andere.

Nun hatte ich alle Zeit der Welt, mein Rad aufzuheben. Ich ging damit am Wagen vorbei. Erneut versuchte eines der Mädchen auszusteigen. Wieder stellte ich sie kalt, indem ich die Autotür zuwarf. »Wenn es ein Viertürer gewesen wäre«, ging es mir durch den Kopf, »hätte ich kaum eine Chance gehabt.«

Im friedlichen Licht des Mondes fuhr ich so schnell wie möglich nach Maassluis. »Ob sie noch einmal hinter mir herfahren?« fragte ich mich. Als ich den Maaslandse Dam erreichte, hörte ich immer noch nichts. Ich versteckte mich hinter einer Umspannstation. Ein Stück weiter erhob sich ein Reiher mit schrillem Schrei aus dem Schilf. Ich wartete eine Viertelstunde, niemand kam. Ich trat hinter dem Häuschen hervor, bog in den Westgaag und dachte: »Jetzt weiß ich immer noch nicht, was sie vorhatten. Vielleicht hatten sie ja gar keine bösen Absichten.«

4

»Ein Tag vor dem Herrn ist wie tausend Jahre«, sagt die Heilige Schrift, »und tausend Jahre wie ein Tag.« Ob er auch bei *Wallramit* gearbeitet hat? All die Monate, die ich dort zubrachte, kommen mir im nachhinein vor wie ein einziger, endlos langer Tag, während gleichzeitig ein Tag dort tausend Jahre dauerte. An einem dieser endlos langen

Tage wartete nach Schichtende Anton am Fabriktor auf mich. Es war November und bereits dunkel; die Straßen glänzten feucht.

»Ich wollte kurz mit dir reden«, sagte er.

Wir gingen durch die Heldringstraat. Das Wasser der Geer roch nach Verwesung. Ein dicker Ölfilm spiegelte das Licht der Straßenlaternen wider.

»Stimmt es«, wollte Anton wissen, »daß du jetzt abends immer eine Radtour machst?«

»Das hast du bestimmt von den Gemeindemitgliedern deines Vaters gehört.«

»Ja«, sagte er. »Würdest du Job und mir vielleicht den Gefallen tun, einmal eine andere Strecke zu fahren?«

»Du weißt also auch, wo ich immer langfahre. Ich fass' es nicht! Aber gut, ich bin durchaus bereit ... aber wozu?«

»Na ja, Job und ich haben gehört, daß Hendrikje ...«

»Ist sie wieder aufgetaucht?« fragte ich neugierig.

»Vielleicht, vielleicht, wir haben erfahren, daß sie in Den Haag haust. Offenbar ist sie dort ...«

Er spuckte auf die sowieso schon feuchten Pflastersteine. Mit beiden Armen machte er eine verzweifelte Geste. Er schluckte, und ich sagte: »Na los, raus damit.«

»Nun gut, ja, offenbar ist sie dort im Milieu.«

»Im Milieu?« fragte ich erstaunt.

»Ja, im Milieu, das ist so ein Ausdruck. Kennst du den nicht?«

»Nein«, sagte ich.

»Na, dann muß ich dir den eben erklären.«

Er verlangsamte seinen Schritt. Er kratzte sich im struppigen Haar und legte dann beide Hände auf den Rücken, als führe er Schlittschuh.

»Wie soll ich dir das bloß erklären?«

Er rieb sich die Ohren, krümmte den Rücken und richtete sich dann wieder auf. Er schoß einen nur in seiner Phantasie existierenden Kieselstein weg, schüttelte den Kopf und schlug sich selbst auf die Brust.

»Es steht schon in der Bibel«, sagte er. »Tamar, Rahab und die Frau Hoseas.«

»Oh«, sagte ich.

»Verstehst du jetzt, was ich meine?«

»Ja«, sagte ich, »aber was soll ich tun?«

»Nur nachsehen, ob es stimmt.«

»Aber wie kann ich das denn sehen?«

»Man sagt ... Job hat man erzählt ...«

Sein Kopf schien in seinem Körper zu versinken. Er schlurfte hörbar und sagte: »Job ist fix und fertig, obwohl es in der Bibel eigentlich immer sehr nette Frauen sind. Jesus hat über sie gesagt, daß sie vorangehen ins himmlische Königreich.«

»Aber was hat man Job erzählt?«

»Daß sie auf einem hohen Stuhl in einem Fenster sitzt«, sagte er.

»Wer hat das erzählt?« wollte ich wissen.

»Ach, einer, den du nicht kennst, einer aus unserer Gemeinde. Ich kann es nicht glauben, trau mich aber nicht, selbst nachzusehen, und wenn du sowieso jeden Abend so weite Strecken radelst, dann kannst du vielleicht auch einmal nach Den Haag fahren.«

»Schon, aber Den Haag ist groß.«

»Es soll in der Nähe der lutherischen Kirche sein«, sagte er.

»Und wo liegt die lutherische Kirche?« fragte ich.

»Weiß ich nicht«, erwiderte er, »aber du kannst ja deinen Großvater fragen. Der weiß es bestimmt.«

»Wenn er mir sagen kann, wo die Kirche liegt, fahre ich heute abend hin«, sagte ich.

»Welchen Weg nimmst du dann?«

»Zuerst fahre ich nach Westerlee«, antwortete ich, »und dann über Naaldwijk nach Loosduinen.«

»Hast du etwas dagegen, wenn ich am Tol warte, bis du zurückkommst?«

»Nein«, sagte ich, »aber ich kann natürlich überhaupt nicht vorhersagen, wann ich wiederkommen werde.«

»Das macht nichts«, sagte er, »und wenn ich stundenlang dort herumstehen muß. Das ist mir egal. Wenn du sie siehst, mußt du ihr sagen, daß Job und ich Bescheid wissen und daß mein Vater es wohl auch bald erfahren wird.«

»Und dann?«

»Ich weiß nicht, was mein Vater tun wird. Bestimmt wird er versuchen, es zu verheimlichen. Aber einer aus unserer Gemeinde weiß es bereits, und vielleicht sieht sie demnächst noch ein anderer sie dort sitzen, auch wenn von unseren Leuten nicht so viele in Den Haag auf Fang gehen.«

»Auf Fang gehen?« fragte ich. »Was meinst du damit?«

»Dir muß man wirklich alles erklären«, sagte er geduldig, »unsere Leute gehen meistens in Katendrecht auf Fang.«

»In Katendrecht? Besuchen sie dort ...? Leute aus eurer Gemeinde?«

»Ja. Wußtest du das nicht? Wenn man vor aller Ewigkeit auserwählt wurde, kann man dort sozusagen jeden Tag hingehen und kommt trotzdem in den Himmel, und wenn man nicht auserwählt wurde, hat man nichts davon, wenn man nicht hingeht. Doch, doch, sehr viele Männer unserer Kirchen, vor allem der auf den Inseln, gehen dort auf Fang, das weiß jeder, das ist nichts Außergewöhnliches, aber ich finde es trotzdem schlimm, daß meine Schwester so was macht, und Job macht das regelrecht fertig.«

»Dein Vater würde es bestimmt auch ganz schrecklich finden«, sagte ich.

»Ach, das ist mir vollkommen gleichgültig«, sagte er,

»ihm gönne ich das von Herzen, und wenn die Gemeinde ihn entläßt, lache ich mich tot.«

»Und was soll er dann tun?«

»Wieder als Zimmermann arbeiten. Das fände ich gut. Dann könnte ich in seiner Firma anfangen. Dort auf Rozenburg gefällt es mir überhaupt nicht. Also, heute abend am Tol?«

»In Ordnung«, sagte ich.

Ich ging nicht sofort nach Hause, sondern machte einen Umweg über das Kerkeiland.

»Welchem Umstand haben wir es zu verdanken«, sagte mein Großvater, »daß du zu einer so ungewöhnlichen Zeit bei uns reinschaust?«

»Weißt du, wo die lutherische Kirche in Den Haag liegt?«

»Die lutherische Kirche? Wie sollte ich das nicht wissen! Mensch, Junge, dort hat im August vierundvierzig Klaas Schilder die Loslösungserklärung vorgelesen. Da war ich selbst dabei. Damals war ich in Poeldijk untergetaucht, und von Poeldijk aus bin ich über Loosduinen nach Den Haag gegangen. Aber was willst du dort?«

»Ich habe gehört, daß Hendrikje in der Nähe der Kirche wohnen soll.«

»Wohnen?« fragte er.

Wir sahen einander an. Wußte er, daß dort Frauen auf hohen Stühlen in Fenstern saßen? Ich traute mich nicht, ihn zu fragen.

»Ja, irgendwo dort soll sie wohnen«, sagte ich gleichgültig, »und nun möchte Anton gern wissen, wo die lutherische Kirche ist. Dann kann er sie in der Gegend suchen.«

»Die Kirche ist leicht zu finden«, sagte mein Großvater. »Wenn man aus Richtung Loosduinen nach Den Haag kommt, ist man schon auf der richtigen Straße, der Loos-

163

duinse Kade. Diese Straße mündet in die Prinsengracht, und über eine Seitenstraße, den Lutherse Burgwal, in der Nähe des Kaufhauses Bijenkorf, gelangt man zur Kirche.«

Der Abend war wie zum Fahrradfahren geschaffen. Das versöhnte mich ein wenig mit meinem Auftrag. Die Welt war zusammengeschrumpft. Es war neblig. Das Licht der Straßenlampen nieselte herab. Land, Luft und Wasser schienen ein einziges Element zu sein. Sogar die Geräusche im Westland klangen feucht. Eine Dreiviertelstunde nachdem ich losgeradelt war, fuhr ich, den ganzen Körper mit kleinen glänzenden Lichttropfen übersät, die Prinsengracht entlang. Nasse, gelbe Straßenbahnen kamen mir laut klingelnd entgegen. Es sah so aus, als wären sie unterwegs zu großen Friedhöfen. Bei jeder Seitenstraße hielt ich kurz an und sah nach, ob ich den Lutherse Burgwal erreicht hatte. Eine Straße, in der es keine Gracht gab, hieß Brouwersgracht. Eine schmale Gasse ohne Tiere trug den Namen Lange Beestenmarkt. Dann folgte die Boekhorststraat. Es schien, als gehe oder fahre dort niemand gern hindurch. Alle Menschen in dieser Straße rannten, als fürchteten sie um ihr Leben. Die nächste, kurvige Seitenstraße war der Lutherse Burgwal. Als ich in die Straße einbog, war mir, als wäre ich dort bereits früher einmal entlanggefahren. Von Frauen auf hohen Stühlen in Fenstern war jedoch keine Spur zu sehen. Es handelte sich nur um eine sehr verlassene, kurze, sich windende Straße, in der die Kirche ein wenig aus der Häuserflucht zurückwich, als müsse es trotz allem einen Kirchplatz geben. Ich fuhr durch die Straße, bog ab und durchkreuzte das Viertel. Dann entdeckte ich in einer Gasse, der Oog in 't Zeilstraat, rot beleuchtete Fenster. Meine Kehle wurde staubtrocken. So schnell wie möglich fuhr ich durch die Gasse hindurch. In den rot leuchtenden Fenstern saßen strickende Frauen auf Barhockern. Obwohl

sie alt und faltig waren, trugen die meisten einen Bade-
anzug oder einen Bikini. Daß es so was gab, daß es so was
wirklich gab! Es kam mir vor, als hätte man mich überall
außen vor gehalten, als würde ich jetzt erst ins Leben einge-
weiht. Alles, was hinter mir lag, mußte neu betrachtet werden, mußte anders verstanden werden. Und es gab noch
drei, vier derartige Gassen. In all diesen Gassen schlenderten oder standen schweigende, ernste, angespannte Männer. Es sah so aus, als müßten sie zum Zahnarzt. Ich war
der einzige, der mit dem Rad unterwegs war. Das machte
mich unantastbar. Solange ich fuhr, lief ich keine Gefahr.
Dennoch nahm ich ihr Foto aus der Innentasche und
dachte: »Wenn ich sie sehe, werde ich ihr das Foto geben,
darüber wird sie sich freuen.«

Ich fuhr durch all die Gäßchen. In keinem der Fenster
saß Hendrikje. Ein Mann betrat eines der Häuser. Ein
Mädchen in einem Bikini schloß mit einem heftigen Ruck
die Vorhänge. Vor vielen anderen Fenstern waren auch
die Vorhänge zugezogen. Vielleicht verbarg sich Hendrikje
hinter einem davon. Schon bald fiel mir auf, daß sich manche Vorhänge wieder öffneten. Dann trat ein Mann aus
dem Haus und hastete mit gesenktem Kopf davon, und das
Mädchen nahm wieder auf dem Barhocker Platz. Manche
Mädchen standen auch die ganze Zeit über. Nachdem ich
eine halbe Stunde umhergefahren war, öffnete sich in der
Doubletstraat ein Vorhang. Der Mann, der aus dem Haus
kam, rannte weg wie ein ängstliches Kaninchen. Ich wollte
bereits weiterfahren, als ich einen Schatten sah, eine Gestalt.
Ich hielt kurz an, fuhr wieder weiter und hörte dann jemanden an ein Fenster klopfen. Rasch wendete ich. Erneut
klopfte eine der Frauen ans Fenster. War das Hendrikje, die
mich erkannt hatte und deshalb ans Fenster klopfte? Langsam fuhr ich an dem roten Fenster vorüber. Immer noch
war ich mir nicht sicher, ob dort Hendrikje stand, denn das

Mädchen hinter der Scheibe trug auch einen Bikini, und ich hatte Hendrikje nie im Bikini gesehen. Außerdem war es stark geschminkt. Es hatte schwarz umrandete Augen und wirkte so fremd in dem merkwürdigen roten Licht. Wieder wendete ich, wieder fuhr ich an ihrem Fenster vorüber und sah das Mädchen mit dem Kopf nicken. Da wußte ich, daß Hendrikje dort stand, denn niemand sonst konnte so mit dem Kopf nicken. Sie klopfte noch einmal gegen die Scheibe. Offenbar erkannte sie mich. Ich wollte bereits absteigen, als sie mit ihrer rechten Hand die Bewegung machte. Es war, als verstünde mein Leib diese Geste eher als ich selbst. Mein ganzer Körper erstarrte, klemmte sich ans Fahrrad, preßte sich mit aller Kraft auf den Sattel. Hendrikje ließ auch ihre Zunge langsam über die Oberlippe gleiten. Vielleicht wäre ich darüber auch erschreckt gewesen, wenn sie die andere Geste nicht gemacht hätte. Doch diese Geste, diese träge, gleichmäßige Bewegung, mit der ihre rechte Hand ihre Scham rieb, streichelte, die erschreckte mich bis ins Tiefste meiner Seele. Obwohl ich wußte, daß sie diese Geste niemals gemacht hätte, wenn sie gewußt hätte, daß ich vor ihrem Fenster entlangfuhr, raste ich wie ein Irrer davon. Nach weniger als einer halben Stunde kam ich durch Naaldwijk. Immer noch machte ich auf meinem Sattel merkwürdige Verrenkungen, weil Hendrikjes Geste mein Glied immer noch steif in die Höhe ragen ließ, während gleichzeitig alle anderen Körperteile schmerzten. Es war, als wurde es nie wieder weggehen, der Schmerz nicht, die Erregung nicht und auch nicht all die unbezähmbare Trauer, die meinen Körper fortwährend zum Zittern und Beben brachte.

Am Tol stand Anton und schaute in die Luft.

»Genau wie damals auf dem Schulhof«, dachte ich.

Ich ließ die Fahrradklingel ertönen. Das machte mich ein wenig leichter, aber ich zitterte immer noch.

»Das ging aber schnell«, sagte Anton.

»Ja«, sagte ich.

»Und?« fragte er.

»Du hattest recht«, sagte ich, »sie war da.«

»Sag Job nichts davon«, sagte er, »sag bitte Job nichts davon. Ich werde ihm auch nicht erzählen, daß du sie dort gefunden hast, und wenn er dich jemals fragen sollte, dann mußt du es mit aller Macht leugnen. Er darf es nie erfahren, niemals.«

Wir fuhren zusammen über den Deich. Ich wunderte mich darüber, daß Anton Rad fuhr, daß er ein Fahrrad hatte. Wir sprachen kein weiteres Wort miteinander. Er fragte mich nicht, ob ich mit ihr gesprochen hatte. Offenbar hatte er sofort verstanden, daß dies nicht der Fall gewesen war. Er wollte auch nicht wissen, wie sie aussah. Er fuhr schweigend neben mir her. Ich zitterte immer noch, obwohl ich doch durch ein vertrautes Stück Welt radelte. Wir kamen an dem Blechschuppen vorbei, wir hörten die Geräusche des Flusses, sahen ein Schiff mit vielen Lichtern auf dem Waterweg Richtung Meer fahren. Auf Rozenburg standen sehr hohe Betonpfeiler, die in den dunklen Himmel ragten. Ich konnte sie fast nicht erkennen, ich sah nur ihre verschwommenen Umrisse, ihre Silhouetten. Ich hatte den Eindruck, daß sie an der Stelle standen, wo früher einmal Klaskes Garten gewesen war, der Garten, den ich nie wiedersehen würde. Vergeblich versuchte ich, an andere Dinge zu denken, an die Sommersonne über den Schilfinseln, an eine rote Sonne über dem Waterweg, an das Sommersonnenlicht am Ende eines Nachmittags, doch nichts half. Ich sah immer nur Hendrikjes Hand, die träge über ihre Scham rieb, und ich dachte: »Jede dort hätte das ruhig tun dürfen, nur sie nicht, sie nicht.«

5

Job erhängte sich während des Gottesdienstes. Er brauchte sich nicht zu beeilen. Ein Gottesdienst seines Vaters dauerte mindestens zwei Stunden. Keiner konnte später sagen, wer ihn zuerst im Treppenhaus hängen sah. Sein Vater jedenfalls nicht. Der diskutierte noch mit seinen Presbytern über die Predigt. Vielleicht war es seine Mutter, vielleicht aber auch Anton oder Ruth. Ich habe mich nie getraut, danach zu fragen.

Daß Job Selbstmord begangen hatte, erfuhr ich erst am Montagmorgen.

»Der älteste Sohn von Ruygveen hat sich aufgehängt«, sagte Tinus in der Kaffeepause.

»Ja, das habe ich auch gehört«, sagte Gerrit, »tja, wundern muß einen das nicht, bei dem Vater.«

»Ich habe früher mit ihm zusammengearbeitet«, berichtete Jaap, »er malochte auch noch am freien Samstagnachmittag, denn angeblich müssen wir sechs Tage schuften, sechs ganze Tage. Das behauptete er jedenfalls immer.«

»Aber er ist ein Meister seines Fachs«, sagte Willem, »schon seltsam, daß jemand so orthodox sein kann, orthodoxer sogar noch als der liebe Gott.«

»Das kannst du ruhig laut sagen«, meinte Gerrit, »die sollen zu Hause nicht mal ein Radio haben.«

Erschüttert lauschte ich meinen Kollegen. Hatte Job wirklich Selbstmord begangen? Hatte Anton es ihm also doch erzählt? Oder hatte Job sofort bemerkt, daß Anton ihn anlog? Er hatte es natürlich am bleichen Gesicht seines Bruders erkannt. Wenn der Mund es nicht erzählt, erzählen es die Augen.

An diesem Tag schliff ich ein Papiermesser mehr als sonst. Geholfen hat mir das übrigens nicht. Mir wurde bewußt, daß ich mich immer ein wenig vor dem stillen, mürrischen Job gefürchtet hatte. Es kam mir so vor, als wäre ich auch ein wenig erleichtert darüber, daß er jetzt tot war, und dadurch fühlte ich mich zugleich schuldig. Wenn ich nach meiner Rückkehr aus Den Haag Anton gegenüber felsenfest behauptet hätte, Hendrikje nicht gefunden zu haben, dann hätte Job sich vielleicht nicht aufgehängt. Dann hätte Anton es ihm nie verraten können. Erneut hatte es den Anschein, als hätte ich Anteil am Tod eines Mitglieds der Familie Ruygveen. Während ich die Klingen schliff, stand ich in Gedanken wieder auf der Mole. Dort hatte alles angefangen. Wäre der Junge damals nicht irrtümlich an meiner Stelle ertrunken, hätte ich nie Freundschaft mit Anton geschlossen und ich wäre auch nie für ihn nach Den Haag gefahren. Immer wieder versuchte ich, diese fruchtlosen Zwangsvorstellungen zu verjagen. Das Kühlwasser blubberte, aber es half nichts. Ich fühlte mich für etwas schuldig, wofür ich nicht büßen konnte, für etwas, das ich nie würde gutmachen können. Es war, als würde ich mit rückwirkender Kraft doch noch dessen angeklagt, was sich an jenem Mittwochnachmittag, vor langer Zeit, ereignet hatte.

An diesem Abend unternahm ich keine Radtour. Auch die längste Fahrt hätte mir nicht geholfen. Nach dem Abendessen ging ich aufs Kerkeiland. Diesmal mußte ich eben ihren stechenden Blick aushalten.

Offensichtlich hatte er mich bereits erwartet und gewußt, daß er mich würde aufmuntern müssen.

»Du weißt es bestimmt schon«, sagte er.

»Ja«, erwiderte ich.

»Es liegt in der Familie«, sagte er, »sie stammen von den Inseln. Das sind nun mal oft düster gestimmte Menschen. Eine seiner Tanten soll auch Selbstmord begangen haben, aber was da genau passiert ist, weiß ich nicht ...«

»Aber könnte es nicht auch daher kommen, daß sein Vater so hoffnungslos streng ...«

»Ach, das glaube ich nicht. Bei uns zu Hause war man früher mindestens ebenso streng, und dennoch waren wir alle recht fröhlich. Nein, der Grund für Selbstmord liegt nicht in der Erziehung oder den Lebensumständen. Selbstmord ist etwas wie Erwähltsein. Du bist dazu verdammt oder nicht. Die Umstände spielen kaum eine Rolle.«

»Nun, wenn ich bei Ruygveens leben würde, dann würde ich vielleicht auch ...«

»Auf keinen Fall«, fiel mir mein Großvater ins Wort, »kein Gedanke, du würdest vielleicht noch mehr radfahren, aber du würdest niemals zum Strick greifen, ebensowenig wie ich. Das steckt nicht in uns, und das ist kein Verdienst, sondern einzig und allein Gnade.«

»Ja, dafür dürfen wir Gott dankbar sein«, sagte die eifrig strickende Immetje Plug.

Ich dachte: »Er kann das zwar sagen, aber er weiß nichts über Hendrikje.« Und wieder sah ich die Geste vor mir, die mich schon fast eine Woche lang nachts am Einschlafen hinderte.

»Wenn du dich in der Welt umschaust«, sagte mein Großvater, »stellst du fest, daß es zwei Arten von Menschen gibt: fröhliche, aufgeweckte Menschen, die immer glücklich sind, auch wenn sie unter noch so schwierigen Umständen leben, und düstere, unglückliche Menschen, die auch auf Samtkissen noch klagen. Meine Mutter hatte es wirklich nicht leicht mit meinem sehr viel älteren, mürrischen Vater. Er war ein echtes Ekel, und dennoch sang meine Mutter den ganzen Tag ›Geborgen in Jesu Armen‹. Wir waren arm wie die Kirchenmäuse, wir konnten vor Hunger nicht kacken, aber sie beklagte sich nie, immer war sie fröhlich. Wirklich, es ist nur eine Frage des Charakters.«

Eine Weile zog er vergnügt an seiner Zigarre. Es war deutlich, zu welcher Sorte Mensch er gehörte. Er sagte: »Aber es ist schon merkwürdig, daß diese orthodoxen Brüder immer zum Strick greifen. Woher mag das nur kommen? Wollen sie durch die Art, wie sie es tun, büßen für das, was sie tun?«

»Sie erhängen sich«, sagte Immetje scharf, »weil Judas sich auch aufgehängt hat.«

»Das stimmt, aber Saul hat sich in sein Schwert gestürzt«, erwiderte mein Großvater.

»Wohl wahr«, sagte Immetje, »aber Schwerter kriegt man heute fast nirgendwo mehr, und sich in ein Küchenmesser stürzen, das geht schlecht, das bleibt ja nicht mal aufrecht stehen.«

»Aber ein Schwert«, sagte mein Großvater verächtlich.

»Ich habe nie eins in der Hand gehabt«, sagte Immetje, »auch wenn es mir oft geholfen hätte, aber ich denke doch, daß so ein Ding besser aufrecht stehen bleibt, als ein Kartoffelschälmesser.«

»Da kann man sich auch nicht reinstürzen«, sagte mein Großvater.

»Nein, das stimmt. Was das angeht, ist eine Stricknadel besser geeignet. Die kann man auch bequem in den Boden stecken.«

»Du würdest es also mit einer Stricknadel machen?« fragte mein Großvater.

»Herr im Himmel«, sagte sie, »worüber reden wir! Da sitzt dein Enkelkind.«

»Du willst doch nicht etwa behaupten, Adriaan sei noch ein Kind?«

»Nein, ein Kind nicht, wohl aber ein Enkelkind ... obwohl, ein Mann bleibt immer ein Kind, sein Leben lang.«

»Kommt jetzt das schon wieder«, sagte mein Großvater.

»Mann«, sagte Immetje, »es gibt auf der ganzen Welt kein besseres Beispiel als dich. Und wenn du hundert wirst, du bleibst doch immer ein Kind, immer. Wetten, daß du, wenn du einen schönen Drachen geschenkt bekommst, gleich rausgehst, um zu schauen, ob er auch gut fliegt. Ach, Männer … Männer sind schon seltsame Wesen.«

»Ihr Frauen werdet alt geboren«, sagte mein Großvater. »Euch fällt nichts Besseres ein, als erwachsen zu werden. Das ist in euren Augen ein großes Verdienst! Nun gut, ich mache noch kurz mit Adriaan einen kleinen Rundgang über die Insel.«

»Davon will ich dich nicht abhalten«, sagte Immetje, »aber bitte nicht zu lange. Ich fühle mich nicht wohl, wenn ich allein zu Hause bin.«

»Du hast doch noch deine Stricknadeln«, sagte mein Großvater.

Wir schlenderten über das Kerkeiland. Es schien, als müßten wir die Luft beiseite schieben, so neblig war es. Auf der Werft *De Haas* bewegten sich neben einer weißen Yacht Schatten unter grellen, gelben Lampen.

»Das Schiff muß morgen geliefert werden«, sagte mein Großvater.

»Ja«, sagte ich bitter, »alles geht einfach weiter.«

»Natürlich«, erwiderte er, »man kann doch schlecht alles kurz anhalten, weil ein Sohn der Familie Ruygveen sich aufgehängt hat.«

»Ich habe fast den Eindruck, alle finden das ganz normal«, sagte ich, »bei *Wallramit* sprach man darüber, als ginge es um einen Schwimmwettkampf. Und dich scheint es auch nicht zu berühren, du erzählst nur munter, daß sich die orthodoxen Gläubigen immer aufhängen, und anschließend streitest du noch ein bißchen herum mit … mit …«

»Vielleicht bin ich zu alt, als daß mich noch irgend etwas beeindrucken könnte«, sagte er. »Und du mußt auch bedenken, daß ich den Jungen nur vom Sehen kannte.«

Er zog an seiner Zigarre. Ich hätte ihm so gern von der Geste erzählt, aber im Wasser spiegelte sich die Werft, und ich wußte, daß ich darüber nicht sprechen konnte. Mir war,

als spazierte ich wieder an ihrer Seite durch Delft, an einem
Sonntagmorgen, und es war, als würde mir erst in diesem
Moment bewußt, daß ich nie wieder etwas erleben würde,
was auch nur annähernd an diese Erfahrung herankam.

6

Das war das mindeste, was ich für sie tun konnte: Sie besuchen und ihnen mein Beileid aussprechen. Zweimal machte
ich mich auf den Weg, doch am ersten Abend strandete ich
unter luftigen, roten Wolken auf der Prinsenkade, und am
zweiten Abend gelangte ich unter einem ruhigen, grauen
Novemberhimmel bis zur Noordvliet. Am Tag darauf war
das Begräbnis, und auch dort traute ich mich nicht hinzugehen. Es war feige, ich verachtete mich, und doch schien es
mir unmöglich, ihnen noch einmal unter die Augen zu treten. Am liebsten wäre ich für immer aus Maassluis fortge-
gangen. Wenn ich über die Straße ging, fürchtete ich immer, Anton oder seinem Vater, Ruth oder ihrer Mutter zu
begegnen. Was sollte ich ihnen sagen?
    Dann bekam ich den Musterungsbescheid für den Grund-
wehrdienst. Das schien eine Fluchtmöglichkeit zu sein.
Aber es war bereits wieder Frühjahr, ehe ich, zur Abwechs-
lung einmal am frühen Morgen, auf meinem Peugeot-Rad
durch den Oostgaag flitzen konnte. Der Verteidigungsmini-
ster hatte mir zwar eine Rückfahrkarte Maassluis – Delft
für den Bus geschickt, doch die schenkte ich meinem Großvater. Warum sollte ich mit dem Bus fahren, wenn ich das
Rad nehmen konnte?
    »Zieh geblümte Unterwäsche an, dann wirst du für un-
tauglich erklärt«, hatte Tinus gesagt.
    »Bleib in der Nacht davor wach«, hatte Willem mir gera-

ten, »dann bist du so schlapp, daß du mindestens eine Nachmusterung rausholst. Und wenn du dann wieder nicht schläfst, muß es schon mit dem Teufel zugehen, wenn du nicht endgültig ausgemustert wirst.«

»Nimm dir was zu stricken mit«, empfahl Jaap mir, »das habe ich auch gemacht. Meine Mutter hat mir am Abend vorher das Stricken beigebracht, und dann habe ich dort die ganze Zeit gestrickt. O, Mann, um zwölf war ich schon wieder zu Hause.«

»Dich hätten sie sowieso ausgemustert«, hatte Gerrit erwidert, »einen wie dich, der nur Splintbahnfräsen im Kopf hat.«

»Als ob sie dich genommen hätten.«

»Mein älterer Bruder hat gedient, darum brauchte ich nicht. Mein Rat ist übrigens: Geh in Holzschuhen hin. Sag, daß du noch nie Schuhe getragen hast und mit Schuhen gar nicht laufen kannst. Das reicht vollkommen, solche Leute können sie in der Armee nicht gebrauchen.«

Vorläufig bedeutete die Armee für mich nur, daß ich einen Tag nicht an meiner Schleifbank stehen mußte. Was kümmerte es mich, daß ich von einem Armeearzt angeschnauzt wurde, weil ich nach meiner Radtour nicht in den Becher pinkeln konnte? Man gab mir Bier zu trinken – »Das fließt direkt in die Blase«, sagte der Armeearzt hoffnungsvoll – und in der Zwischenzeit nahmen sie mich in die Mangel. Ich mußte Farben erkennen. Man flüsterte mir Zahlen zu, die ich wiederholen sollte. Man gab mir doppelte Graubrotstullen mit Farinzucker und echter Butter drauf. Nachmittags mußte ich eine Reihe von Tests machen, Rechenaufgaben lösen, ich mußte einen Baum zeichnen und Morsezeichen aufschreiben. Um vier fragte mich ein kleiner, kahler, aber freundlicher Mann in brauner Uniform, ob ich gern dienen würde.

»Sehr gerne«, erwiderte ich aus tiefstem Herzen.

»Grundgütiger«, sagte er, »wie kommt es, daß du so motiviert bist?«

»Ich bin Universalschleifer«, erwiderte ich.

»Wie meinst du das? Gefällt dir das nicht?«

Er fragte mich so mitleidvoll, daß mir beinah die Tränen in die Augen schossen.

»Nein«, antwortete ich.

»Ach, darum willst du also so gerne zum Militär. Du hast hier eingetragen, daß du zur Marine möchtest. Warum?«

»Ach, ich würde gerne ein bißchen was von der Welt sehen«, log ich.

»Tja«, sagte er, »selbst wenn du zur Marine kämst, kannst du allenfalls damit rechnen, den stehenden Truppen in Den Helder oder Hollandsche Rading zugeteilt zu werden. Wenn du jetzt nicht deinen Wehrdienst ableisten würdest, sondern Berufssoldat wärest, ja dann ...«

»Wie schade«, sagte ich.

»Tja«, sagte er, »da ist wirklich nichts zu machen, außer ... ach, nein, vergiß es, das kann ich dir nicht antun, das ist Frauenarbeit.«

»Frauenarbeit? In der Marine?«

Er sah mich und sagte: »Würdest du Wäscher werden wollen?«

»Wäscher?« fragte ich erstaunt.

»Ja, Wäscher«, sagte er, »derjenige, der an Bord die Klamotten wäscht.«

»O, das würde ich machen«, sagte ich aufgeregt.

»Ich werde es weiterleiten«, sagte er. »Mal sehen, was ich für dich tun kann.«

Drei Monate später wurde ich zur Nachmusterung bestellt. Diesmal mußte ich mich in die *Korporaal Van Oudheusden*-Kaserne begeben. Drei Tage sollte das Ganze dauern. Mein Herz hüpfte vor Freude. Drei Tage frei! Mein Großvater riet mir davon ab, mit dem Fahrrad hinzufahren. »Es macht einen schlechten Eindruck, wenn du mit dem Rennrad ankommst«, sagte er. »Benutze diesmal die Fahrkarte lieber selbst.«

Drei Nächte und zwei Tage bekam ich einen Vorgeschmack auf meine Zeit beim Militär. Wir mußten in kleinen Gruppen durch schweres Gelände marschieren. Man schaute, wer die Führung übernahm, was ich nie tat, so daß ich mir bereits nach einem Tag sicher war, niemals zur Marine zu kommen. Außerdem kam heraus – darüber hatte ich nie nachgedacht –, daß ich überhaupt nicht schwimmen konnte.

»Will zur Marine und kann nicht mal brustschwimmen«, brüllte ein Leutnant. »Das ist ja unglaublich.«

Als ich wieder in die Fabrik kam, sagte mir der Vorarbeiter, ich müsse in Zukunft Gummischienen auf meine Klingen machen, bevor ich sie wegbrachte.

»Warum?« fragte ich.

»Vorgestern ist mit einer der Klingen ein Unfall passiert«, sagte er.

»Ach ja?« fragte ich. »Wie denn?«

»Tinus hat für dich geschliffen«, antwortete er, »und er ist ein ziemlich ruhiger Bursche, und deshalb hat er die Angewohnheit, zu warten, bis die Klinge ganz nach unten gesunken ist, nachdem er die Maschine ausgeschaltet hat. Wenn deine Maschine zu laufen aufhörte, wußten die anderen, daß sie sofort in Deckung gehen mußten. Bei Tinus war das nicht nötig, und er rannte auch nicht so furchterregend, wenn er zum Kontrollraum ging. So kam es, daß er beim Wegbringen einer Klinge mit Willem zusammengestoßen ist.«

»Und?« fragte ich.

»Tja, weißt du, Willem kam gerade aus dem Kontrollraum, und Tinus wollte hinein ...«

176

»Aber wurde denn nicht geläutet?«

»Nein, schließlich warst du nicht da.«

»Das nicht, aber ...«

»Nein, ist doch logisch, du warst verdammt gefährlich, aber der ruhige Tinus ... Nun ja, um es kurz zu machen: Willem knallt mit Tinus zusammen, und der bekommt das Messer genau aufs Handgelenk. Schlagader durch. Feine Sache, kann ich dir sagen«, meinte er vorwurfsvoll.

»Dafür kann ich doch nichts«, wehrte ich mich.

»Natürlich kannst du was dafür«, sagte er, »wenn du mit den Klingen nicht so bescheuert umgehen würdest, wäre es nicht passiert.«

»Was für ein Unsinn«, sagte ich.

»Jetzt hör mir mal zu«, sagte er, »es ist verdammt noch mal sehr wohl deine Schuld. Weil du so gefährlich ...«

»Eben darum«, sagte ich, »darum bringen sich die Kollegen in Sicherheit, wenn ich ankomme. Darum ist mit meinen Klingen auch noch nie ein Unfall passiert.«

»Das ist ein Wunder Gottes. In Zukunft also Gummischienen drauf.«

Während der Pause sahen die anderen mich böse an.

»Du hast sicher schon davon gehört«, sagte Jaap.

»Ich kann nichts dafür«, sagte ich.

»Kann nichts dafür! Kann nichts dafür! Tinus beinahe tot, und da wagt dieser Knirps zu sagen: Ich kann nichts dafür.«

»Nicht zu glauben«, sagte Gerrit.

»Ebensogut hätten beide Schlagadern zerschnitten sein können«, sagte Willem.

Tinus kam zurück, und alles wurde wieder fast so wie früher, außer daß man ihn an eine Planschleifmaschine setzte, wo sein noch nicht vollständig verheiltes Handgelenk weniger belastet wurde. In den Pausen machten die anderen weiterhin Anspielungen auf meine Mitschuld an dem Unfall. Wenn ich abends über die Polderwege fuhr, fiel es mir nicht schwer, mich freizusprechen, doch wenn ich die mürrischen Blicke der anderen sah, schien ich doch schuldig zu sein. Was ich falsch gemacht hatte, hatte ich nicht falsch gemacht. Also konnte ich auch keine Buße tun.

Ein paar Wochen später, noch bevor das Ergebnis der Nachmusterung bekannt gegeben worden war, stand ich an einem Donnerstagmorgen angespannt an der Maschine und schliff. Die Turmuhr schlug. Noch war der elfte Schlag nicht verklungen, da hörte ich ein fröhliches, lautes, schnelles Rasseln. Als ich von meiner Schleifbank aufschaute, sah ich Meißel in zierlichem Bogen Dutzende Meter hoch über die Maschinen hinwegfliegen. »Jaap hat den Magneten nicht eingeschaltet«, dachte ich. Vierzig Meißel wurden der Reihe nach mit großer Geschwindigkeit unter der Schleifscheibe hervorgeschleudert. Sie flogen alle in dieselbe Richtung, legten aber in der riesigen Halle eine so große Distanz zurück, daß sie nach sechs Metern alle eine eigene Richtung einschlugen. Ein Meißel flog wenige Zentimeter entfernt an mir vorüber. Auch Willem wurde um ein Haar getroffen. Gerrit war bereits hinter seiner Maschine in Deckung gegangen. Ich kam nicht auf den Gedanken, mich zu ducken. Nie zuvor hatte ich so etwas Wunderbares gesehen: umhersurrende, silberglänzende, sonnenbeschienene Meißel, die wie riesige Käfer über die Schleifbänke hinwegflogen. Manche zerschellten summend an den Fräsmaschinen. Oder sie verschwanden mit einem knirschenden Geräusch in einer Revolverdrehbank. Oder sie landeten auf dem Boden, als wären sie Miniaturflugzeuge, und rutschten dann weiter, so daß es aussah, als suchten sie etwas. Dann sah ich Tinus neben seiner Maschine liegen. Tat er nur so, als sei er getroffen worden? Unter dem zweiten Knopf seines Hemds glänzte ein senkrechter Meißel in der Sonne, die durch die hohen Fenster in die Halle schien.

Danach wurde nie wieder über Tinus gesprochen. Vielleicht war das noch schwerer zu ertragen, als wenn sie gesagt hätten: »Er arbeitete an einer anderen Maschine, weil er durch deine Schuld einen Unfall hatte. Wenn sein Handgelenk nicht verletzt worden wäre, dann hätte er an seinem alten Platz gestanden, weit weg von den Meißeln.«

Erst einige Wochen später, nachdem die Post meine Einberufung zum Wehrdienst gebracht hatte – aus dem Schreiben ging hervor, daß ich zur Marine kam –, wagte ich es während einer Pause, Willem zu fragen: »Gehst du eigentlich manchmal am Wochenende noch stoppen?«

»Was? Stoppen? Ich?«

»Ja«, sagte ich, »du erzählst gar nicht mehr darüber.«

»Behalt dein Geschwätz lieber für dich, Blödmann«, sagte er.

Auf dem Rückweg zu unseren Maschinen fragte ich Gerrit: »Warum reagiert Willem denn bloß so verärgert auf meine Frage?«

»Mensch, Junge«, murmelte der, »solange ich Willem und Tinus kenne, also sechs Jahre oder so, haben die beiden von Schwimmwettkämpfen phantasiert, an denen sie als Zeitnehmer teilnahmen.«

»Das war alles erfunden?« fragte ich.

»Ja«, sagte er, »wußtest du das nicht? Dachtest du etwa, das stimmt alles?«

»Natürlich, sie haben doch immer ausführlich von den Orten erzählt, wo sie gewesen waren.«

»Das haben sie sich alles aus Büchern angelesen, die sie sich in der Bibliothek besorgten.«

»Aber ab und zu nahmen sie doch auch einen Tag frei, um stoppen zu gehen«, sagte ich.

»Manchmal muß man eben für seine Phantastereien auch ein Opfer bringen«, sagte er, »aber das geht mich einen feuchten Kehricht an, das ist nicht mein Bier, jedenfalls ist es verdammt dämlich von dir, Willem gegenüber von Tinus zu sprechen. Du bist der letzte, der über Tinus sprechen darf.«

In der Nacht träumte ich, daß ich ins Lehrerzimmer ging. Auf dem Tisch stand ein Sarg. Oben auf dem Sarg lag Tinus. Das graue Tuch hing bis zum Boden hinab. Westerhof kroch unter dem Tuch hervor. Sein Mund öffnete sich langsam. Sein Gebiß bestand aus lauter Meißeln.

7

Während der Grundausbildung in der *Korporaal Van Oudheusden*-Kaserne stellte sich heraus, daß ich ohne Karabiner kaum exerzieren konnte. Mit Karabiner ging es überhaupt nicht. »Hornochse«, sagte der Spieß jedesmal.

Auch Kartenlesen konnte ich nicht gut, aber ich tröstete mich mit dem Gedanken, daß ich auf dem Ozean deswegen kaum Probleme bekommen würde. Ansonsten kam ich einigermaßen zurecht. Außerdem hatte ich abends Zeit für mich. Die Truppenbetreuung war, was mich anbelangte, überflüssig. Ich wollte auch nicht im katholischen Soldatenheim oder im protestantischen Soldatenheim Billard spielen. Viel lieber spazierte ich mutterseelenallein durch die Wälder von Lage Vuursche. Nachts schliefen wir im Bumsbunker. Von Anfang nannten mich die anderen »Wäscher dritter Klasse«.

Nach neun Wochen wurden wir für zehn Tage nach *Fort Erfprins* in Den Helder verlegt, um dort einen Brandbekämpfungslehrgang zu absolvieren. Außerdem lernte ich im Schwimmbad der Reichswerft schwimmen. Eines Nachmittags stand ich mit einem Obergefreiten und einem Unteroffizier am Beckenrand.

»Er kann nicht schwimmen, Obergefreiter«, sagte der Unteroffizier.

»Wirklich nicht?« antwortete der.

»Wir müssen es ihm beibringen«, sagte der Unteroffizier.

»Wollen doch erst einmal sehen, ob er wirklich nicht schwimmen kann«, erwiderte der Obergefreite.

Völlig unvermittelt packten die beiden mich und warfen mich so weit wie möglich vom Beckenrand entfernt ins Wasser. Während ich versuchte, mich über Wasser zu halten, hörte ich den Obergefreiten sagen: »Er kann tatsächlich nicht schwimmen, hält sich aber doch ganz gut über Wasser.«

»Abwarten«, sagte der Unteroffizier.

»Aha, jetzt geht er unter«, stellte der Obergefreite fest.

»Ja, er kann wirklich nicht schwimmen ... nein, nein, noch nicht eingreifen, erst einmal sehen, was passiert.«

»Aber dann ertrinkt er doch.«

»Na und? Ich habe noch nie jemanden ertrinken gesehen. Du?«

»Ich auch noch nicht, Herr Unteroffizier.«

»Na, dann schauen wir doch zu, bis es vorbei ist. Wie man hört, kommen Ertrinkende noch dreimal an die Wasseroberfläche, bevor sie endgültig untergehen. Schauen wir also mal, was passiert.«

»Ja, aber ... Gott, er bläst alle Luft aus seinen Lungen ... welch ein Geblubber!«

»Ja, wirklich spannend, boah, interessant, schau, ich glaube, jetzt atmet er Wasser ein, das ist bestimmt der Anfang vom Ende, aber es stimmt absolut nicht, daß ein Ertrinkender noch dreimal an die Oberfläche kommt.«

Dann hörte ich ihre Stimmen nur noch verschwommen. Ich spürte einen Schmerz, der mir beinah die Brust sprengte, und Druck auf den Ohren, Druck, der rasch in Schmerz überging, und ich dachte: »Ich glaube, ich ertrinke.« Mein

Leben zog nicht im Zeitraffer an meinem inneren Auge vorüber, ich dachte nur: »Ist gar nicht so schlimm zu ertrinken, es läßt sich besser ertragen, als ich dachte.« Und dann verlor ich das Bewußtsein.

Meine Arme wurden auf und ab bewegt. Der Obergefreite lag auf mir, und eine Stimme sagte: »Ja, das reicht, er kommt wieder zu sich, du kannst runterkommen.«

»Jetzt wissen Sie es, er kann wirklich nicht schwimmen«, sagte der Obergefreite.

»Nein, wie lustig«, sagte der Unteroffizier, »schön, einmal so aus der Nähe zu beobachten, wie jemand ertrinkt. Schade, daß wir ihn wieder rausholen mußten.«

Die beiden brachten mir innerhalb von einer Woche das Schwimmen bei. Anschließend wurde ich zum Institut für angewandte Naturwissenschaften in Delft versetzt, wo ich in vier Wochen zum Wäscher ausgebildet wurde. Während dieser Zeit durfte ich wieder zu Hause wohnen. Jeden Tag fuhr ich mit dem Rad den Oostgaag entlang, direkt auf den Turm zu, auf meinen Turm. In einem Labor mit lauter südholländischen Mädchen lernte ich pipettieren, ich erfuhr, daß Wolle aus Schuppen besteht und Baumwolle aus Röhrchen, ich lernte Bügeln, Mangeln, Pressen, Stärken, Dämpfen, Bleichen.

Nach den vier Wochen in Delft, meinem Delft, der Stadt, in die ich offensichtlich immer wieder zurückkehren mußte, wurde ich zum Wäscher dritter Klasse befördert. Anschließend wurde ich zum U-Bootjäger *HM Overijssel* abkommandiert, einem einhundertsechzehn Meter langen und elf Meter breiten Schiff mit fast zweihundertfünfzig Mann Besatzung. Bewaffnet war es mit vier Zwillingskanonen mit einem Kaliber von zwölf Zentimetern, mit vier Vierzig-Millimeter-Schnellfeuerkanonen, einem Raketenwerfer, zwei Torpedorohren und einem Unterwasserbombenwerfer.

Als ich zum ersten Mal an Bord ging, herrschte Flut. Es war deshalb recht schwierig, die zwei Seesäcke zugleich die schräge Gangway hinaufzuschleppen. Auf dem U-Bootjäger liefen Dutzende von Männern in Arbeitskleidung herum. Dem Bootsmann vom Dienst zeigte ich meinen Dienstausweis. Anschließend landete ich in einem Labyrinth, wodurch sich die Einquartierung hinauszögerte. Erst mußte ich zum Oberbootsmann nach vorn, dann zum Bootsmann hinten auf Deck F, dann zum Versorgungsoffizier im Bereich zwei auf der Backbordseite. Anschließend zum Oberleutnant in Bereich drei auf der Steuerbordseite. Schließlich noch zur H.M.K. auf Deck G, Backbord, Bereich eins. Während der Ausbildung hatte man uns gesagt: Lerne dein Schiff innerhalb von vierundzwanzig Stunden kennen. Würden mir vierundzwanzig Tage reichen, um es kennenzulernen?

Ich hatte mich richtig eingeschifft, als Dienstschluß geblasen wurde. Zum Glück, nun konnte ich mich kurz ausruhen. Ich ging zum Bug und setzte mich unter eine der vier Kanonen. Es war ein ruhiger Abend. Ein gedrungener Mann kam auf mich zu.

»Na, mein Junge, neu an Bord?« fragte er mich. Er reichte mir die Hand. »Ich bin Oberbootsmann Terwal«, sagte er, »du hast Glück, du bist auf einem schönen Schiff. Na, hast dir wohl gedacht, ich setz mich ein wenig auf die Back unter den hübschen Turm. Ja, das sind meine Hätschelkinder – Zwillingskanonen, wie du siehst. Sechzig Schuß pro Minute, Kaliber hundertzwanzig. Das ganze Schiff zittert, wenn sie feuern, na, das wirst du schon noch erleben. So eine schöne Kanone haben nicht einmal die Amerikaner auf ihren Schiffen, tja, die sind unser ganzer Stolz.«

»Wie können Sie nur auf eine Waffe stolz sein?« fragte ich erstaunt.

Sofort erschienen waagerechte Falten auf seinem Gesicht. Er wandte sich ab und machte rechts kehrt marsch.

Ich legte mich in meine Koje. Am nächsten Morgen wurde um sieben Uhr backbord geblasen. Die Tageskleidung wurde bekannt gegeben. Um Viertel vor acht wurde zum Antreten geblasen. Die Mannschaft begab sich ans Ufer, und alle stellten sich nach Wachen geordnet auf. Der diensthabende Offizier übergab das Kommando an Oberbootsmann Terwal. Nach dem Kommando »Achtung« rief er zweimal meinen Namen. Mit wütenden Schritten kam er auf mich zu. Schweißtropfen perlten auf seinem Gesicht. Mit einem Ruck an meinem Arm brachte er mich in die Position »Stillgestanden«. Auch meinen Kopf drückte er in die entsprechende Haltung. Wie merkwürdig! Das war die Haltung, die wir erst beim nächsten Kommando einnehmen mußten.

»Bleib einfach so stehen«, flüsterte mein Nachbar, »er ist wieder verwirrt.«

Noch am selben Tag wurde die *Overijssel* zum wachhabenden Schiff ernannt. Wie mir der Obergefreite in der Wäscherei erzählte, hieß das, daß wir eine Woche lang vor der niederländischen Küste hin und her fahren würden. Am frühen Abend liefen wir aus. In der Stunde zwischen Hund und Wolf fuhren wir an Scheveningen vorüber. Ich lief auf die Back. Es wunderte mich, daß dort nicht mehr Besatzungsmitglieder herumgingen. Kaum hatte ich ein paar Schritte gemacht, da tauchte Oberbootsmann Terwal auf.

»Was willst du hier?« schnauzte er mich an. »Weißt du nicht, daß dieser Bereich Unteroffizieren vorbehalten ist?«

»Nein, Oberbootsmann«, erwiderte ich.

»Nun, dann weißt du es jetzt.«

»Warum haben Sie mich heute morgen in die Position ›Stillgestanden‹ gebracht?« fragte ich ihn.

»Junge«, sagte er, »dieser Vorfall war für mich peinlicher als für dich. Und jetzt runter von der Back. In Zukunft ist dein Platz mittschiffs.«

Danach sprach er mich nie wieder an.

Mitte September legten wir in Den Helder ab und machten uns auf große Fahrt gen Westen. Acht Tage später erreichten wir Halifax. Vom Atlantischen Ozean hatte ich wenig gesehen. Mir vorgesetzt waren ein Obergefreiter und ein Wäscher erster Klasse. Der Obergefreite ließ sich kaum blicken, und der andere lag den ganzen Tag über der Länge nach auf einer Holzbank in der Wäscherei und las demonstrativ Bücher. »Auch wenn man mich degradiert hat«, sagte er, »Frauenarbeit mache ich auf gar keinen Fall.« Manchmal sah er von seinem Buch über die Niederländischen Antillen auf und sagte: »Hör dir an, was Teenstra über Saba schreibt: ›Auf der ganzen Insel gibt es keinen Arzt, und darum muß es einen auch nicht verwundern, daß die Leute alt werden und die Bevölkerung wächst.‹«

Seine Lieblingsgeschichte in diesem Buch handelte von der Explosion der Fregatte *Alphen*, bei der zweihundertfünf Mann ums Leben gekommen waren. Mit vor Rührung bebender Stimme las er vor, wie ein Geschützmeister mit brennender Zigarre in die Pulverkammer gegangen war und gerufen hatte: »Zum Donner noch mal, wir frühstücken heute im Himmel.«

Viele Male habe ich ihn das murmeln hören, und immer lag dabei ein Glanz auf seinem Gesicht. Nie half er mir, obwohl ich zehnmal am Tag fünfzig Kilo Wäsche waschen mußte. Dienstags wusch ich Laken. Die Mannschaft hatte eine halbe Stunde Zeit, mir die schmutzige Bettwäsche zu bringen. »Los, los, vorwärts im Verband«, rief ich dann übermütig. Und wenn sie dennoch zu spät kamen, schlug ich mit der Faust an meinen Unterkiefer und sagte: »Ha, ha, Holzgebiß« oder »Zur Hölle mit den Laken.« Und Wäscher Jacob Migrodde sagte dann auf seiner hölzernen Bank: »Mensch, Wäscher, allmählich lernst du die Sprache der Marine ja.«

Oft sagte er auch: »Denk dran, wenn sie nicht nett zu dir sind, dann bügle ihnen einfach zwei Falten in die Hose oder sorge dafür, daß ein paar Knöpfe von ihren Hemden und Hosen abspringen.« Doch keiner, nicht einmal Terwal, führte mich in Versuchung, zwei Falten zu bügeln. Es gab einfach niemanden, der mir komisch gekommen wäre. Im Gegenteil: Schon am ersten Samstag, den wir auf See waren, wurde ich von einigen gefragt, ob ich nicht auch privat für sie waschen wolle. Für jede Privat-Wäsche zahlten sie mir zwei Gulden fünfzig.

Von Halifax aus fuhren wir über Norfolk nach Curaçao. Doch bevor wir dort ankamen, wurde eines Samstagmorgens um zehn nach sechs das Signal »Mann über Bord« gegeben. Nie zuvor habe ich die Mannschaft so schnell aus den Betten springen sehen. Beim Manngatt herrschte großes Gedränge. Siebzig Mann durch eine Luke an Deck, das dauert einige Zeit. Während des Wartens spürte ich, daß das Schiff wendete. Als ich auf Deck ankam, hatte ich vergessen, wieso ich hinaufgegangen war. Es war noch dunkel. Es hatte geschneit, nein, gehagelt. Auf den Tauen tanzten kleine, blasse Flämmchen. Auf der Reling gingen die Flämmchen an und aus. Das ganze Schiff schien damit verhext zu sein. Man erblickte die Flämmchen, sie verschwanden, tauchten woanders wieder auf. Sie prasselten nicht, sondern zischten ganz leise. Es hörte sich fast an, als summten sie leise vor sich hin. Ich ging zu Jacob Migrodde.

»Ist das nicht phantastisch«, sagte er, »ein Sankt-Elmsfeuer! Ob sich Terwal darüber so erschreckt hat?«

»Ist Terwal über Bord gegangen?« fragte ich erschrocken.

»Ja, das heißt, man glaubt es, weil seine Pantoffeln an der Reling gefunden wurden.«

Die Flammen verschwanden. Jemand sagte: »Ach, dieser Terwal, der hat doch ständig gegrübelt.« Trotzdem kreuzten wir etliche Stunden an der Stelle, wo er möglicherweise über Bord gegangen oder gesprungen war. Mit einem Telex an das Flottenkommando wurde der Vorfall offiziell abgeschlossen.

In der Nacht darauf träumte ich wieder, ich sei in der Schule. Erneut mußte ich in das Zimmer, wo der Sarg stand. Jetzt lag Oberbootsmann Terwal auf der grauen Decke. Der Kopf des Lehrers schaute unter dem Samt hervor. Bevor er den Mund öffnen konnte, wachte ich auf. Vielleicht weckte ich mich selbst. Leider konnte ich mich nicht aufrecht hinsetzen. Weniger als einen halben Meter über mir schlief jemand anders. Darum stand ich aus meinem Bett auf und ging an Deck. Es war still und neblig. Es war nicht dunkel und auch nicht hell. Es gab keine Morgendämmerung – es schien, als gebe es noch etwas anderes als den Tag, die Nacht und die Dämmerung. In unendlicher Ferne glühte gleich über dem Meer ein roter Streifen. Es war erst fünf Uhr, aber ich traute mich nicht, wieder ins Bett zu gehen. Wenn ich einschlief, träumte ich wieder. Ich fürchtete mich vor meinen Träumen, vor allem vor diesem einen, vor dem Traum, der immer wiederkehrte, in dem immer der Lehrer unter dem Tisch saß, und immer lag jemand anders obendrauf. Wie oft mußte ich diesen Traum noch träumen? In diesem Fall hatte ich doch überhaupt nichts gemacht, was ihn dazu hätte bringen können, über Bord zu springen. Doch was war mit der Bemerkung »Junge, dieser Vorfall war für mich peinlicher als für dich«? Aber deswegen beging man doch nicht Selbstmord?

Ich ging an Deck hin und her und dachte an die anderen, an Jan Ruygveen, mit dem alles angefangen hatte, an Job,

187

an Tinus. Der rote Streifen am Horizont wurde breiter. Das
Rot wurde blasser, aber es verdrängte das Grau. Es wurde
Tag, und im Laufe dieses Tages machten wir Übungen mit
der Vierzig-Millimeter-Batterie und einmal auch mit Unter-
wasserbomben. Nie werde ich die gewaltige Fontäne vergessen, die sich nach dem Abwurf der Bombe, als wir mit
voller Kraft davonfuhren, aus dem Wasser erhob. Es war
eine Säule, die zum Himmel strebte und sich dann spaltete,
zuerst, so schien es, in zwei gewaltige Hände, die Hände
spalteten sich in Finger, in Klauen, die den Himmel auf die
Erde herabzerren wollten.

»Tja«, sagte Jacob Migrodde, »wenn die Menschen friedlich zusammenlebten, würde man so etwas unglaublich
Schönes nie zu sehen bekommen.«

8

An der Mole lag die *Rode Zee* von Smit & Co. Am Ufer
standen die gleichen Häuschen wie in Maassluis. Allerdings hatten die Einwohner von Willemstad sie rosa angestrichen. Doch jetzt, da die Sonne so hell darauf schien, daß
die Farben kaum zu sehen waren, und ich die *Rode Zee* entdeckte, sah es – obwohl das Hafenbecken die doppelte
Größe hatte – so aus, als liefen wir in den Hafen von
Maassluis ein. Eine Pontonbrücke wurde für uns zur Seite
geschwenkt. Später fuhren wir unter einer hohen Brücke
hindurch, und einen Moment lang kam es mir so vor, als
führen wir auf dem Waterweg. Am Ufer glänzten genau die
gleichen runden, silbernen Öltanks wie in Pernis. Wir bogen rechts ab, fort von dem riesigen, Pernis so trügerisch
ähnelnden Komplex. Einige Zeit später legten wir an einer
langen Kaimauer an, im Marinehafen Parera.

»Auf meiner ersten Fahrt bin ich auch hiergewesen«,
sagte Jacob Migrodde. »Soll ich dich ein wenig auf Curaçao herumführen? Wohin willst du zuerst? Zum Campo
Alegre?«

»Campo Alegre?«

»Ja, das ist das Viertel mit den kolumbianischen Mädchen, die sich hier ihre Aussteuer verdienen. Früher durften
wir von der Marine nicht dorthin, aber das hat sich zum
Glück geändert.«

»Was tun diese Mädchen?« wollte ich wissen.

»Ach komm, das weißt du«, sagte er. »Das sind lauter
nette Kinder, sie sitzen vor ihren niedrigen Holzhütten,
übrigens nicht nur Kolumbianerinnen. Es ist wahnsinnig
schön, durch den Campo zu streifen. Es ist warm, sie strei-
cheln dir über die Beine, wenn du vorbeikommst, und wenn
du dich einigermaßen geschickt anstellst, dann mußt du
nicht einmal zu ihnen hineingehen. Ja, großartig, das findest du sonst nirgendwo.«

»Ich würde gerne ein wenig von Curaçao sehen«, sagte
ich, »aber diesen Campo nicht unbedingt.«

»Mensch, aber du schwimmst doch beinah in den Gulden, die du dir unterwegs mit Waschen verdient hast.«

Bevor wir von Bord gingen, wurde uns nachdrücklich gesagt, daß wir, wenn wir an Land eine Nummer schoben,
uns nach unserer Ankunft an Bord sofort den Schwanz mit
Protosalbe einschmieren und uns ins Halunkenbuch ein-
tragen mußten.

»Wer später mit einem Tripper kommt«, sagte der Arzt,
»und sein Name steht nicht im Halunkenbuch, dem knote
ich die Ohrläppchen aneinander und hänge ihn daran auf.«

»Ja«, sagte Jacob, »da kann ich mitreden. Zweimal habe
ich große Probleme bekommen, weil mein Name nicht im
Halunkenbuch stand – was soll's, komm mit.«

Am liebsten hätte ich mir Willemstad allein angesehen,

doch Jacob ging neben mir die Gangway hinunter und sagte: »Am besten gehen wir erst einmal von Parera nach Panda, das ist zwar ein ziemlicher Marsch, aber schließlich sollst du ja was von Curaçao sehen.«

Ich fand den Weg gar nicht lang. Außerdem ging es ständig bergab, so daß es auch nicht ermüdend war. Während wir strammen Schritts abwärts gingen, sagte Jacob: »Ich war Sekretär im Stab, aber wie du vielleicht gehört hast, bin ich degradiert worden.«

»Nein«, sagte ich, »davon weiß ich nichts.«

»Zum Glück, es ist besser, wenn du es von mir erfährst. Wir lagen damals im Dock auf der Reichswerft. Für uns gab es nichts zu tun, und darum trieben wir uns in Den Helder herum. Aber in dem Kaff ist absolut nichts los. Eines Abends – ich hatte ordentlich einen sitzen – habe ich bei *Fort Erfprins* ein Pferd eingefangen, das dort auf einem der Vorwerke weidete. Ein sehr zahmes Tier. Ich bin aufgestiegen, bin den Fortweg entlanggeritten und dann rauf auf den Dijk. Dann sind wir gemächlich nach Wierhoofd getrabt. Besoffen, wie ich war, bin ich dann zur Reichswerft geritten und bin mit Pferd und allem an Bord gegangen.«

»Wirklich?« fragte ich ungläubig.

»Ja, wirklich«, sagte er, »du kannst alle fragen, jeder von der alten Truppe erinnert sich noch daran. Mittschiffs war man zutiefst erschrocken. Die dachten, der Dritte Weltkrieg sei ausgebrochen und ein ukrainischer Kosak besetze das Oberdeck. Terwal hatte schon angefangen, die Geschütztürme zu entsichern.«

Er schnalzte fröhlich mit der Zunge.

»Hopp, Pferdchen, hopp«, sagte er.

»Das ist eine hübsche Geschichte«, sagte ich.

»Nein, nein«, erwiderte er, »das ist wirklich passiert und deshalb unglaubwürdig. Aber das Lustigste war, daß man mit einem einzigen Pferd einen U-Bootjäger besetzen kann.

Es rechnet nämlich niemand damit, daß ein Schiff zu Pferd angegriffen wird.«

»Wie ging das Ganze aus?« wollte ich wissen.

»Ich bekam vier Wochen verschärften Arrest«, sagte er, »und ich wurde degradiert. Während der vier Wochen saß ich an Land in einer fürchterlich kleinen Zelle, ein Schuhkarton, in dem kaum Platz für ein Bett war. Man mußte übers Fußende hineinkriechen. Und vor dem Bett war außerdem die Toilette, so daß man auch noch über die WC-Brille kraxeln mußte, wenn man sich hinlegen wollte. Das Beste aber war, daß die Zelle etwa vier Meter hoch war. Ich langweilte mich zu Tode. Nach ein paar Tagen habe ich dann versucht, ob ich nicht vielleicht in der Zelle hochklettern könnte. Ich preßte also einen Fuß gegen die eine Wand und den anderen gegen die gegenüberliegende, die Hände ebenso, und dann wackel, wackel hinauf.«

Mitten auf der Straße nach Willemstad machte er es mir vor. Er bewegte abwechselnd seine Beine und Arme auf und ab, aber ich konnte mir immer noch nicht so recht vorstellen, wie er nach oben geklettert war.

»Mit der Zeit«, fuhr er fort, »wurde ich sehr geschickt darin. Ich konnte in Null Komma nichts wackel, wackel hinaufklettern. Und dann hing ich ganz oben, direkt unter der Decke und fühlte mich nach meiner Himmelfahrt wie Gott in Frankreich. Dort oben packte mich dann immer die Lust, ein Gedicht zu machen, aber ich kam nie weiter als bis zu den ersten Zeilen, zum Beispiel:

O Gott, die Menschen, die verkommen in der Gosse, sehn dich auf der allerhöchsten Leitersprosse!«

Wieder schnalzte er mit der Zunge und sagte dann: »Eines Tages hing ich wieder unter der Zellendecke, als die Tür geöffnet wurde. Der diensthabende Unteroffizier brüllte:

›Migrodde, geistliche Betreuung.‹ Jetzt erst bemerkte er, daß er mich nicht sah. Er rief: ›Verflucht, wo steckt dieser Migrodde?‹ Der Flottengeistliche trat in die Tür, ich nenne ihn immer FLOG, und seinen protestantischen Kollegen, den Flottenprediger, den nenne ich immer FLOP, der FLOG stand also auch mit heruntergeklappter Kinnlade da und starrte in meinen Schuhkarton. Sie kamen in meine Zelle, schauten hinter die Toilette, unter meine Pritsche und unter die Bettdecken. Die ganze Zeit über hing ich mucksmäuschenstill über ihren Köpfen, und die beiden schauten nicht ein einziges Mal nach oben. Ich betete: ›Laß mich nicht abstürzen, denn dann gibt es Tote.‹ Tja, und dann verließen beide die Zelle, und der Unteroffizier vom Dienst schloß sie fein säuberlich wieder ab, und ich kletterte wackel, wackel, flugs wieder hinunter. Kurze Zeit später ging die Zellentür wieder auf und die ganze Bereitschaft schaute mich an.

›Er war wirklich weg‹, sagte der Unteroffizier vom Dienst.

›Ja, ich habe es mit eigenen Augen gesehen‹, bekräftigte der FLOG.

›Merkwürdige Geschichte‹, meinte der Leutnant, ›aber ihr seht, er ist da‹, und er tippte sich an die Stirn, was die anderen nicht sahen, weil sie mich noch immer anstarrten, als wäre ich eine Fahne, die gegen den Wind weht. Sie gingen weg, bis auf den FLOG, der mir ein wenig zittrig geistlichen Beistand gab.

Am nächsten Tag hing ich wieder unter der Decke, als die Tür aufgemacht wurde. Wieder derselbe Unteroffizier vom Dienst. Er wurde leichenblaß. Er ließ die Zellentür auf und rannte sofort zum Leutnant. Ich wie der Blitz wackel, wackel runter. Um die Sache kurz zu machen: Zwei Wochen lang habe ich sie an der Nase herumführen können. Erst nach vierzehn Tagen oder so – inzwischen befand sich mehr oder weniger der gesamte Stützpunkt in Alarmbereitschaft –

kam ein Major, der so schlau war, einmal kurz nach oben zu schauen. Ich muß allerdings dazusagen, daß es dort oben zappenduster war, denn das einzige kleine Fenster befand sich gleich über meinem Bett. Aber trotzdem: Welch ein Triumph, daß es mir gelungen ist, diesen Unteroffizier und den FLOG zwei Wochen lang jeden Tag zu Tode zu erschrecken. Besonders der FLOG, den haben sie anschließend mehr oder weniger in eine Nervenheilanstalt bringen müssen, obwohl er doch von Berufs wegen an treibende Beile, sprechende Esel, wunderbare Speisungen und Witwen mit Krügen, die nie leer werden, gewöhnt sein müßte. Als er mich damals nach dieser ersten Himmelfahrt geistlich betreute, sprach er, wenn ich mich recht erinnere, über Jona. Nun, kann man sich eine unwahrscheinlichere Geschichte vorstellen als die von Jona? Schon der Fisch. Einen solchen Fisch gibt es nicht, und es hat ihn auch nie gegeben. Dann die Geschichte, daß Jona drei Tage im Bauch dieses Fisches gewohnt hat. Ach, hör mir doch auf! Wenn ein solcher Fisch dich lebendig verschlucken könnte, dann wirst du doch sofort in ätzender Magensäure aufgelöst. Alles Blödsinn. Aber es war doch sehr aufschlußreich zu beobachten, wie so ein FLOG reagiert, wenn er tatsächlich erlebt, was er in der Bibel tagtäglich für bare Münze nimmt. Da kann man sehen, wieviel so ein Glaube wert ist.«

»Und was passierte, als man dich dort oben entdeckte?« fragte ich.

»Der Major mußte laut lachen, und damit war die Sache erledigt.«

Wir gingen immer weiter und erreichten nach einer Weile das Ufer mit den rosafarbenen Häuschen. Über die Pontonbrücke gelangten wir nach Otrabanda, und Jacob meinte: »Laß uns von hier aus ein Taxi zum Campo nehmen.«

»Ich möchte mich hier erst ein wenig umschauen, hier gefällt es mir.«

»Nun, wie du willst, aber ich fahre zum Campo, darauf habe ich mich schon die ganze Fahrt über gefreut. Ich kann nicht verstehen, daß ein so gesunder Bursche wie du nicht das Verlangen danach hat.«

Während wir durch zwei weitere Gäßchen gingen, versuchte er mich noch zu überreden. Seine Stimme hallte zwischen den niedrigen, rosa angestrichenen Häuschen. Schließlich stieg er allein in ein Taxi.

Am nächsten Tag drängte er mich erneut, ihn zu begleiten.

»Nein«, sagte ich, »ich will da nicht hin.«

»Warum denn nicht?«

»Ich habe nicht das Bedürfnis danach«, erwiderte ich.

»Das kann nicht sein«, sagte er, »es sei denn, du bist homosexuell, aber das glaube ich nicht. Na los, heraus damit, was hindert dich? Eine orthodox-kalvinistische Erziehung? Meinst du, man darf so was nur, wenn man verheiratet ist? Aber es gibt doch heute diese Iglo-Mahlzeiten, die man nur in den Backofen stellen muß. Warum sollte man also heiraten? Komm doch mit, es ist wirklich schön dort, ganz anders als im Rotlichtviertel von Amsterdam oder so.«

»Nein«, sagte ich, »ich geh da nicht hin, ich kann dir nicht erklären, warum, aber ich denke nicht daran, wirklich nicht.«

Nach ein paar Wochen fand er sich damit ab, daß ich nicht mitgehen wollte. Er sagte: »Ach, jetzt weiß ich, woran es liegt. Du bist ein typischer Einzelgänger, ein *loner*, wie die Engländer sagen. Meinetwegen, ich kann dich trotzdem gut leiden, denn du beklagst dich nie darüber, daß du die ganze Wäsche allein machen mußt. Tja, die Wäsche machen, nein, das können die von Jacob Migrodde doch nicht verlangen, das geht zu weit.«

Curaçao – es hatte den Anschein, als bedeute der Aufenthalt dort für den größten Teil der Mannschaft nichts anderes als Campo Alegre. Auf der *Overijssel* wurden im übrigen manchmal Feste gefeiert, für die Mädchen aufs Schiff geschmuggelt wurden. Nach solchen Festen hatte ich immer mehr zu waschen als sonst.

Einmal verbrachten wir ein paar Tage in dem Landhaus *Ascension*, dem Bildungszentrum der Marine. Hinter dem Haus lag wahrhaftig ein kleiner See. Ansonsten bestand die Insel nur aus kargem Boden, windschiefen Bäumen und Kakteen.

Nein, das Paradies lag woanders. Ich entdeckte es, nachdem wir in Fortbaai vor Anker gegangen waren. Von der Insel Saba legte ein Ruderboot mit einer riesigen niederländischen Fahne ab. Auch wir fierten unsere Schaluppen und fuhren zu einer Anlegestelle, die zu klein war. Außerdem herrschte eine ziemliche Dünung. Dennoch gelang es uns nach einigem Manövrieren, von Bord zu gehen. Am Ufer stand ein Lieferwagen, der uns gegen Bezahlung mitnehmen wollte. Alle stiegen ein, außer mir. Natürlich machten sie wie im Chor Bemerkungen darüber, daß ich allein sein wollte. Wie merkwürdig, daß die Menschen einander nie Einsamkeit gönnen! Aber warum sollte ich mich ihnen anschließen? Sie suchten sowieso nur einen Ort, wo man billigen Rum bekommen konnte, und diesen armseligen Rum hatte ich fürchten gelernt. Ein Glas reichte, danach war mir sterbensübel.

Mutterseelenallein stieg ich bergan und dachte: »Hier ist es warmstill oder stillwarm«, und am nächsten Tag ging ich wieder dort entlang – auf der einzigen, kurvenreichen Straße auf der kleinsten der Inseln über dem Winde. Wir lagen dort eine Woche vor Anker, und in dieser Zeit konnte ich die ganze Insel erkunden. Sie ist genauso groß wie die Gemeinde Maasland. Zwei Städtchen gibt es, The Bottom

und Waaigat, und eine Treppe mit fünfhundertzweiund-
vierzig Stufen, die zur Ladderbaai führt. Jeden Tag stieg
ich diese Treppe, The Ladder, hinauf und sah das unglaub-
liche, totenstille Paradies zu meinen Füßen liegen. Tausend
Einwohner, die Hälfte weiß, die Hälfte schwarz, und Jacob
sagte eines Abends an Bord: »So ist das schon seit Hunderten von Jahren, strikte Apartheid im Königreich der Niederlande. Und das, obgleich all diese Demonstranten gegen die
Apartheid in Südafrika auf die Straße gehen. Mein Gott,
auch wir haben Apartheid, wir sind sogar noch viel strenger als die dort unten am Tafelberg.« Ob das stimmte,
konnte ich nicht herausfinden, weil ich fast nie Menschen
sah. Kein Garten, sondern eine Insel von Eden, auf der die
blühenden Magnolien einen süßen Duft verbreiteten und
wo die Toten offenbar im Garten hinter dem Haus begraben wurden. Dort standen die Grabsteine. Am letzten
Abend hörte ich in der Dämmerung – sofern man in diesen
Breiten von Dämmerung sprechen kann – einen Vogel
kläglich »purmiewan« rufen. Leider konnte ich niemanden fragen, ob das ein Ziegenmelker war.

Dann fuhren wir weiter, zunächst nach Süden, nach
Martinique, dann ging es in Richtung Norden, nach San
Juan auf Puerto Rico und von dort nach Santo Domingo
in der Dominikanischen Republik. Sobald wir anlegten,
standen in all diesen Häfen sofort ganze Trauben von dun-
kelhäutigen Mädchen am Kai, die »Suckie, suckie« oder
»Fuckie, fuckie« flüsterten, wenn man die Gangway hinun-
terging. Vor allem die dunklen, dominikanischen Mädchen
waren nach einem Glas Rum für fast jeden unwidersteh-
lich, so daß wir, erneut auf hoher See und auf dem Weg zum
Panamakanal, Filzläuse an Bord hatten. Keiner machte mehr
ein Auge zu; zweihundertvierzig Männer lagen nachts auf
ihren Pritschen und kratzten sich. Das half natürlich nicht.
Schon bald hausten die Läuse nicht nur im Schamhaar, son-

dern auch in den Brusthaaren und unter den Achseln. Der FLOG hatte sogar Läuseeier in den Augenbrauen; Jacob Migrodde fing ein paar in seinen Wimpern. »Genesis 30, Vers 43a«, sagte ich zu ihm. Aber leider war er katholisch und verstand die Anspielung nicht.

»Niemand darf in Lima von Bord, solange wir Filzläuse haben«, verkündete der Kommandant.

Nie habe ich soviel gewaschen, wie auf unserer Fahrt zum Panamakanal. Die Mangel gab den Geist auf. Keiner hatte Zeit, eine neue Achse zu drehen. Erst als wir den Panamakanal passierten und fast die gesamte Mannschaft an Deck war, hatte ich Gelegenheit, an der Drehbank eine neue Achse anzufertigen. Sonst war die Drehbank immer in Betrieb, doch jetzt schauten sich alle den Kanal an. Mir tat das Herz weh, als ich wieder an der Drehbank stand; vom Kanal sah ich nichts. Was sollte ich machen, die Laken mußten gewaschen und gemangelt werden. Die Waschmaschine lief an manchen Tagen zwanzigmal. Zweimal pro Woche wurde jetzt frische Bettwäsche aufgezogen. Nichts half. Die Filzläuse vermehrten sich mit beunruhigender Geschwindigkeit. Wer Haare auf der Brust hatte, der hatte dort Untermieter. Sie waren in allen Achselhöhlen, in vielen Augenbrauen, in Dutzenden von Wimpern. Zur großen Freude Jacobs holte auch ich sie mir auf den Leib.

»Ha«, sagte er, »jetzt bekommst du auf Umwegen doch noch Besuch von Venus, tja, das gönn ich dir von Herzen, keuscher Josef.«

Als wir uns dem Äquator näherten, wurden auf Deck zwei riesige Wannen aufgestellt. In die größere wurden alle Essensreste, das überflüssige Schmieröl, alles Waschblau, das ich nicht mehr brauchte, und das gesamte Spülwasser gekippt. Schon nach zwei Tagen war der Gestank nicht mehr auszuhalten. Als wir den Äquator überquerten, wurden wir alle getauft. Wer schon früher einmal auf der südlichen Halbkugel gewesen war, durfte taufen. Jacob hob mich hoch, hielt mich an den Unterschenkeln fest und tauchte mich mit dem Kopf nach unten voller Wollust ein paarmal in die stinkende Brühe. Anschließend warf er mich in die Wanne mit frischem Seewasser. Neptun kam an Bord; fast die gesamte Mannschaft war sturzbesoffen von dem billigen Rum. Die Duschen waren überfüllt, so daß die meisten Männer sich pudelnackt an Deck mit dem Feuerwehrschlauch abspritzten.

Doch auch die Äquatortaufe half nicht. Auf der südlichen Halbkugel waren wir immer noch mit Filzläusen verseucht. Der Kommandant ließ uns erneut wissen, daß das Schiff von Läusen befreit sein mußte, bevor wir in Lima ankamen. Alles, was über Bord geworfen werden konnte, ging über Bord. Das kümmerte die Läuse nicht. Jeden Tag baden half auch nicht. Immer wieder fand man die grauen oder, wenn sie Blut gesogen hatten, rostbraunen Stecknadelköpfe auf der Haut. Fast jeder Körper war mit hellblauen Bißwunden übersät. Viele Körperhaare ragten aufgrund der darin abgelegten, ovalen, weißen Eier steil empor.

Alle rasierten sich die Körperbehaarung ab. Der FLOG epilierte seine Augenbrauen. Es nutzte nichts. *HM Overijssel* transportierte Milliarden Filzläuse über den Stillen Ozean. Bis der FLOG – »Bestimmt erinnert er sich an die Lektionen der Jesuitenpater«, sagte Jacob – sich den Körper mit Dieselöl einschmierte. Das schien zu helfen. Alle rieben sich die Augenbrauen, die Achseln, die Brust und den Unterleib mit Dieselöl ein. Zweihundertvierzig nach Diesel stinkende Männer, und das drei Wochen lang unter der brennenden Sonne des tatsächlich blattstillen Ozeans. Dann legten wir, von der Plage befreit, in Lima an.

»Jetzt war es doch noch zu etwas gut, daß wir den FLOG an Bord haben«, sagte Jacob. Die Mannschaft ging in kurzärmeligen weißen Uniformen an Land. Am Fallreep sangen die Mädchen »Fuckie, fuckie, suckie, suckie«. »Zum Glück«, sagte Jacob, »muß jetzt keiner Angst haben, daß er eines dieser lieben Mädchen mit Filzläusen verseucht.«

9

Wir fuhren wieder nordwärts. Am Panamakanal mußten wir einen Tag warten.

»Es können nun mal pro Tag nur achtundvierzig Schiffe hindurchfahren«, sagte Jacob, »sonst läuft der Gatunsee leer. Du kannst dich darauf verlassen, daß man die Anzahl der Schiffe gerne erhöhen würde, denn schließlich kostet die Durchfahrt zweiundsiebzig Dollarcent pro ungeladene Tonne und neunzig Dollarcent pro geladene Tonne. Da kann der niederländische Steuerzahler froh sein, daß wir nicht geladen haben. Jetzt kostet ihn die Durchfahrt zweiundsiebzig mal zweitausendsiebenhundertundsechsundvierzig Tonnen, das sind über den Daumen gepeilt zweitausend Dollar. Ein Schnäppchen, oder?«

Unter einer Brücke hindurch, deren Bögen bis hinauf unter die Straßendecke reichten, fuhren wir zu den Mirafloresschleusen. Fast quadratische Lokomotiven wurden ans Schiff gespannt, zwei an Backbord, vorn und hinten, und zwei an Steuerbord, vorn und hinten. Eigentlich handelte es sich um Zahnradbahnen; sie manövrierten uns in die Schleuse hinein. Nie werde ich vergessen, wie wir langsam emporstiegen. Als ob wir zum Himmel emporgehoben würden. In der Schleuse neben uns sank ein Frachter hinunter. Wegen der hohen Schleusenmauern konnte man das Schiff kaum sehen. Man konnte nur beobachten, wie die Masten langsam verschwanden. Trotzdem wirkte unser Steigen dadurch noch wunderbarer.

In der zweiten Mirafloresschleuse wiederholte sich das Wunder. Dann fuhren wir zur Schleuse von Pedro Miguel. Auch darin stiegen wir in die Höhe, jedoch nicht so spektakulär wie in den ersten beiden Schleusen. Hinter diesem Hebewerk lag ein breiter Kanal. An beiden Ufern wuchsen glänzende, grüne Wälder. In der Ferne erhoben sich bläuliche Berge. Es war diesig. Stundenlang glitten wir durch diese grüne, neblige, beinahe dämmrige Welt. Es war, als ginge ich wieder mit meinem Großvater durch das Tropenhaus des Tierparks Blijdorp. Hinter dem Kanal kam der See, der leerlaufen würde, wenn zu viele Schiffe den Panamakanal benutzten. Die ganze Zeit über dachte ich: Wir fahren jetzt sechsundzwanzig Meter über dem Meeresspiegel. Es war, als würden wir durch die Luft fahren. Man sah keinen Menschen, kein Tier, nur ein paar Inseln und stille Berge. Ich bedauerte es sehr, als wir bei den Gatunschleusen ankamen und erneut mit Zahnradbahnen durch drei Schleusen zum Atlantischen Ozean hinuntersanken. Aber es dauerte noch eine geraume Zeit, bis wir dort waren. Wir fuhren durch die Bucht von Limon nach Cristóbal. Dort hatte ich plötzlich den Geruch eines Hafens in der Nase, den Geruch von Maassluis. Eine Ankerkette rasselte; mein Herz verkrampfte sich.

Heimweh! Und das nach diesem Kanal, ich konnte es nicht begreifen. Ich wusch und versuchte, nicht an Maassluis, an meinen Großvater, an die Mole zu denken. Auf den Azoren trank ich zum ersten Mal wieder ein Glas echte Milch. Die ganze Zeit über hatte ich mich mit Wasser und Milchpulver behelfen müssen. Milch, Getränk des Heimwehs, wer wird daraus schlau?

Als wir den Ärmelkanal erreichten, atmete ich freier. Beinah zu Hause!

»Ich bin gespannt«, sagte Jacob zu mir, »was dir am meisten auffallen wird, wenn wir wieder zurück sind.«

»Wie meinst du das?« fragte ich ihn.

»Na ja«, sagte er, wobei er sich mit weitgespreizten Armen an der Reling festhielt, »was ich sagen will: Nicht mehr lange, und wir sind wieder in den Niederlanden. Wenn wir dort sind, wird dir irgendwas auffallen, etwas, wovon du denkst: So, das sind also die Niederlande! Daß ich das vorher nie so deutlich gesehen habe.«

»Und was war das bei dir nach der letzten Reise?« wollte ich wissen.

»Tja, das sollte ich dir eigentlich nicht sagen. Dann kann es dir nicht mehr auffallen. Aber vielleicht bemerkst du ja etwas ganz anderes. Was mir nach der letzten Reise auffiel, war, daß es in den Niederlanden so unglaublich viele Zäune gibt.«

»Zäune?«

»Ja, das fiel mir besonders auf. Ich saß im Zug, schaute aus dem Fenster und entdeckte im Polderland, in den Vorstädten und auch in den Städten selbst nichts als Zäune. Überall Zäune, an Bauernhöfen, an Bahnübergängen, an Friedhöfen – o Mann, Zäune, Zäune, Zäune.«

Wir dampften die Küste entlang. Wir sahen die Radartürme von *Fort Erfprins* hinter dem Lange Jaap. Im Marsdiep heulte der Nordwestwind. Die Fähre nach Texel pflügte mühsam zum anderen Ufer. Die Niederlande existierten noch; ich konnte sie bereits hören und sehen, doch riechen konnte ich sie noch nicht. Erst im Marinehafen roch ich die Niederlande, den Duft der Niederlande. Am Kai standen Hunderte von Leuten.

»Was ist denn hier los?« fragte ich Jacob.

»Was hier los ist?« fragte er. »Was soll denn hier los sein?«

»Na, weil dort am Ufer so viele Menschen stehen. Man könnte fast meinen, es sei ein Unglück geschehen.«

»Unglück? Wir kommen nach Hause. Bezeichnest du das als Unglück?«

»Die Menschen stehen dort doch nicht etwa unseretwegen?«

»Nicht unseretwegen? Mensch, Wäscher, deine ganze
Familie hat schon vor einem Monat erfahren, wann und wo
wir anlegen werden. Ich wette zehn zu eins, daß dein Vater
und deine Mutter auch dort stehen.«

»Mein Vater und meine Mutter? Garantiert nicht, wie
kommst du darauf?«

»An deiner Stelle würde ich mit meinen OMO-Augen mal
genau hinsehen.«

Erstaunt spähte ich zu all den in Sonntagskleidern unruhig auf dem Kai auf und ab gehenden Gestalten hinüber.
Da ertönte aus der Menge eine Stimme: »Adriaan!«

»Mein Großvater«, sagte ich zu Jacob.

Besorgt dachte ich: »Die Marine wird ihm doch wohl
hoffentlich eine Fahrkarte geschickt haben. Die ganze
Strecke nach Den Helder. Unglaublich.«

»Adriaan!«

Wieder diese gewaltige Stimme. Ja, es war ganz bestimmt mein Großvater. Er war meinetwegen nach Den
Helder gekommen. Vielleicht hatte er Zeit gehabt, ein wenig in der Stadt herumzuspazieren, möglicherweise hatte er
auch die Reichswerft besichtigen dürfen. Nur wegen meiner Heimkehr die weite Reise zu machen, das war ja wohl
ein bißchen wenig. Mit beiden Armen winkte ich ihm zu.
Ob er mich sah? Wir auf dem Schiff ähnelten einander wie
ein Ei dem anderen. Ich beugte mich so weit wie möglich
über die Reling. Wieder ertönte seine Stimme: »Paß auf!
Nachher fällst du noch vornüber und landest zwischen Kaimauer und Schiff.«

Dann entdeckte ich ihn. Schräg hinter ihm standen mein
Vater und meine Mutter. Neben ihm stand Immetje Plug.
Sie trug einen nagelneuen Hut. Etwas weiter weg entdeckte
ich Bora. Neben ihr stand ein mir unbekannter junger

Mann. Daneben stand noch jemand, der dazuzugehören schien. War das Anton? Stand Anton dort? Aber der hatte doch keine Verwandten an Bord. Einen Freund vielleicht? Doch wer war das? Komisch, daß ich davon nichts gewußt hatte. Ach nein, er war natürlich auch meinetwegen gekommen. Meinetwegen? Und ich hatte nach Jobs Tod nichts mehr von mir hören lassen! Obwohl ich mich nach dem Begräbnis nicht getraut hatte, ihm unter die Augen zu treten, stand er dort.

Alle winkten sie mir zu. Jacob schaute zu der Gruppe hinüber. Er sagte: »Da ist ja ein verdammt hübsches Mädchen dabei. Wer ist das?«

»Meine Schwester«, erwiderte ich.

»Deine Schwester! Nein, das ist ... gütiger Gott im Himmel, seine Schwester. Fährt mit mir zusammen um die halbe Welt. Erhält von mir höchstpersönlich die Äquatortaufe. Hockt den ganzen Tag über mit mir in der Wäscherei und erzählt während all dieser Zeit nicht, daß er eine Schwester hat. O Mann, was soll ich davon halten? Ich habe immer gedacht, du wärst ein Einzelkind. Und jetzt hat er eine Schwester, eine ältere Schwester, wenn ich das recht sehe.«

»Alle Mann an Deck«, brüllte jemand.

»Was ist denn nun schon wieder los?« fragte Jacob.

Im Beisein der gesamten Mannschaft erhielt ich aus der Hand des Kommandanten eine Verdienstmedaille. »Der Mann, der dafür gesorgt hat, daß wir immer anständig angezogen waren.« Am liebsten wäre ich im Erdboden versunken. Warum mußte ausgerechnet mir das passieren? Später, als wir anlegten und ich wieder zu der Gruppe am Ufer hinüberschaute, sagte Jacob: »Das hast du mir zu verdanken.«

»Wieso?«

»Nun«, meinte er, »alle haben natürlich bemerkt, daß

ich keinen Finger krumm gemacht habe und du ganz allein die Wäsche gewaschen hast. Daher die Verdienstmedaille. Nun sorge du dafür, daß ich einen Abend mit deiner Schwester ausgehen kann.«

»Eine Verdienstmedaille«, sagte ich, »wie widerlich!«

»Freust du dich denn nicht darüber?« fragte Jacob.

»Mich über so etwas freuen? Über eine Auszeichnung?«

»Ich werde dich wohl nie verstehen«, sagte Jacob, »aber du bist trotzdem ein feiner Kerl.«

Es war schön, daß das Anlegemanöver so lange dauerte. So konnte ich mich an den Gedanken gewöhnen, daß meine Familie extra meinetwegen gekommen war. Das war etwas, das mir unangenehm war. Echten Widerwillen flößte es mir ein, als wir endlich die Gangway hinuntergehen durften und alle bereitstanden, um mich zu umarmen. Meine Schwester hatte sogar Tränen in den Augen, und ich dachte: »Du Heuchlerin, du Heuchlerin.« Zum Glück aber hatte sie anschließend nur noch Augen für die Dachlatte, die sie stolz »meinen Freund Huib« nannte. Nach der Begrüßung durfte ich ihnen das ganze Schiff zeigen, so daß sie wenigstens nicht ganz umsonst gekommen waren. Als mein Großvater meine Pritsche sah, meinte er mitleidig: »Und da hast du all die Monate geschlafen?«

Später fuhren wir heim, mein Vater und meine Mutter im Wagen von Boras Freund, während mein Großvater und Immetje Plug hinten in dem Wagen saßen, der von Anton gefahren wurde. Den ganzen Weg von Den Helder nach Maassluis schaute ich vom Beifahrersitz aus nach draußen, und fast überall sah ich Bauern, die die Entwässerungsgräben säuberten. Manchmal machten sie das von Hand, meistens aber mit gelben oder roten Maschinen, die hinter ihrem Traktor hingen. »Das muß man hierzulande wohl machen«, dachte ich, »die Ufer der Gräben sind Millionen von Kilometern lang, und überall steht das Wasser still.

Wenn im Oktober die Gräben nicht gesäubert werden, wächst alles zu.« Aber dennoch, was für ein merkwürdiges Land, in dem alle Wassergräben gesäubert werden mußten! Gab es das woanders auch? Bestimmt nicht.

»Du fährst also Auto?« fragte ich Anton, um ihn zu triezen. »Erlaubt dein Vater das denn?«

»Den Wagen haben wir wegen der Firma.«

»Die Firma?« fragte ich. »Ihr habt eine Firma? Predigt dein Vater nicht mehr?«

»Nein«, erwiderte Anton, »er ist als Pfarrer zurückgetreten, aufgrund von 1. Timotheus 3, Vers 2.«

»Was steht denn da?« fragte ich ihn.

»Die Bibel sollte man schon kennen«, sagte mein Großvater. »Dort steht: Es soll aber ein Bischof unsträflich sein, eines Weibes Mann ...«

»Genau deswegen«, sagte Anton.

»Ich verstehe nicht«, sagte ich, »dein Vater ist doch ...«

Jetzt dämmerte es mir. Vorsichtig fragte ich Anton: »Ist denn deine Mutter ...?«

»Ja«, antwortete Anton, »Brustkrebs. Es fing bereits an, als Hendrikje weggelaufen ist, und es wurde schlimmer, als Job ... sie ist einfach vor Kummer gestorben.«

Wir fuhren durch die Niederlande. Die Entwässerungsgräben wurden gesäubert. Überall ragten Kirchtürme in den Himmel. In den dazugehörigen Gebäuden predigten Pfarrer, die meistens verheiratet waren. Doch wenn sie Witwer wurden, gaben sie ihre Stellung nicht aufgrund von 1. Timotheus 3, Vers 2 auf. Nur Antons Vater machte das, der ließ sich auf keinen Kuhhandel ein, wenn es um die Bibel ging.

»Mein Vater und ich sind jetzt allein zu Hause«, sagte Anton.

»Und was ist aus Ruth geworden?« fragte ich ihn.

»Ruth? Ach, das kannst du natürlich nicht wissen. Die ist

mit einem Katholiken verheiratet und wohnt irgendwo in Brabant. Mein Vater will sie nie wieder sehen, der findet diese Ehe noch schlimmer als das, was mit Hendrikje passiert ist. Jeden Abend sitzt er zu Hause und grollt. Es ist beinah nicht auszuhalten mit ihm. Auch außerhalb des Hauses benimmt er sich sehr merkwürdig. Wenn der Pfarrer sonntags einen Psalm jenseits von Nr. 145 singen läßt, springt er in der Kirche auf und ruft: ›Nicht den, der ist viel zu dicht bei den Kirchenliedern.‹ Oder er klappert Beerdigungen ab und ruft dann: ›Wieder einer, der zur Hölle gefahren ist!‹ So langsam wird er wirklich unausstehlich. Deshalb habe ich auch vor auszuziehen.«

»Wo willst du hin?«

»Weiß ich noch nicht. Am liebsten würde ich auswandern. Kennst du einen hübschen Fleck, wo ich hingehen könnte?«

»Saba«, erwiderte ich, »geh nach Saba, das ist der schönste Ort der Welt.«

»Gut, gut, aber werden dort auch Dreher oder Zimmerleute gebraucht?«

»Bestimmt«, sagte ich.

»Sehr gut«, sagte er fröhlich, »dann geh ich da hin. Und wenn ich irgendwann mit hängenden Ohren wiederkomme, muß ich keine Angst haben, daß meine Brüder eifersüchtig werden könnten, denn ich hab ja keine Brüder mehr.«

»Und was ist mit Hendrikje?« fragte ich ihn vorsichtig. »Hast du noch mal was von ihr gehört?«

»Nein«, sagte er, »die ist weg, sie wohnt auch nicht mehr in Den Haag.«

In Maassluis schien sich nichts verändert zu haben. Deswegen konnte ich mich dort nicht wieder eingewöhnen. Zum Glück war das auch kaum nötig, denn ich mußte ja noch einige Monate dienen. Wir lagen in der Reichswerft. Abends spazierte ich über den Dijk vom Wierhoofd nach Huisduinen und zurück. Den Helder erinnerte mich an Maassluis. Es gab einen Hafen. Eine Fähre legte dort an. Viele Straßen hatten dieselben Namen wie Straßen in Maassluis. Wenn man abends durch die Stadt ging, sah man überall blau flackernde Fernsehbildschirme. Doch einen solchen Deich, solch einen riesigen, sich über alles erhebenden Deich, solch einen Deich, der einen trug, einen in den Himmel hob, solch einen Deich gab es in Maassluis nicht. Wenn ich abends spät im Dunkeln über den Deich spazierte, schien es, als spiele es keine Rolle, daß mir mein Leben ein Rätsel blieb und daß ich deshalb auch nicht wußte, was ich nach meiner Dienstzeit anfangen sollte. Zurück zu *Wallramit*? Schleifen, bis ich in Rente ging? Dann lieber gleich in das Zimmerchen mit sechs Wänden. Aber was sonst? Ich wußte es nicht. Ich wußte auch nicht, was ich dem FLOP antworten sollte, der mich nach der Verleihung der Verdienstmedaille entdeckt hatte und jetzt ständig auf mich einredete, endlich mein Bekenntnis abzulegen. Wenn ich auf dem Deich entlangspazierte, sah ich die Kirchtürme von Den Helder. Umgeben vom Deich und dem Kanal, der vom *Fort Erfprins* über das *Fort Dirksz Admiraal* zum *Fort Westoever* führte – innerhalb der Linie also, wie man dort sagt – lag das kleine, alte Stadtzentrum. Mit achtzehn verschiedenen Glaubensgemeinschaften! Darunter Namen, die in Maassluis nicht vorkamen: die Alt-Katholische Kirche, die Apostolische Gemeinschaft und die Reformiert-Apostolische Gemeinde, die Vollkommen Evangelische Gemeinschaft und die Freie Evangelische Gemeinde, die Taufgesinnte Gemeinde und die Evangelisch-Lutherische Kirche. Wie richtig war doch, was bei Matthäus 10, Vers 35 stand: »Denn ich bin gekommen, den Menschen zu erregen gegen seinen Vater und die Tochter gegen ihre Mutter und die Schwiegertochter gegen ihre Schwiegermutter.«

»Warum bleibst du nicht bei der Marine?« fragte Jacob Migrodde. »Die wollen dich bestimmt gerne behalten. Nirgendwo bekommst du eine bessere Ausbildung. Ich geh zum Räumkommando. Das ist bestimmt toll! Vor allem, wenn so ein Fünfhundert-Kilo-Blindgänger aus dem Zweiten Weltkrieg explodiert, während du ihn mitten in einer Stadt mit hunderttausend Einwohnern zu entschärfen versuchst.« Verträumt fügte er hinzu: »Meine Damen und Herren, wir frühstücken heute im Himmel.«

»Nein«, erwiderte ich, »das Räumkommando ist nichts für mich.«

»Dann mach was anderes«, sagte Jacob, »es stehen genug Ausbildungsmöglichkeiten zur Auswahl.«

Schweren Herzens meldete ich mich zur Ausbildung als Radartechniker. Vier Monate verbrachte ich im *Fort Erfprins*. Wieder mußte ich exerzieren. Wieder ging es jeden Tag schief. Dennoch hielt ich einhundertzwanzig Tage durch – dank des Deichs, auf dem ich allabendlich vom Kaaphoofd zum Wierhoofd spazieren konnte, auf dem Hinweg mit Blick auf den Strand und die niedrigen Dünen von Texel, auf dem Rückweg mit Blick auf die Nordsee und auf die beiden Pferde, die auf dem östlichen Vorwerk des *Fort Erfprins* weideten.

Manchmal fragte Jacob mich, ob ich noch einen mit ihm trinken gehen wollte. Es war, als fragte er mich nur, weil er wußte, daß ich ablehnen würde. Dann sagte er: »Ich werde nicht schlau aus dir. Du rauchst nicht, du trinkst nicht, du bumst nicht. Du bist vollkommen asozial. Auf diese Weise wird es in deinem Leben doch niemals einen Moment geben, in dem du völlig am Boden zerstört bist und weder ein noch aus weißt.«

»Wozu sollte das gut sein?«

»Nur was verloren ist, kann man wiederfinden«, sagte er. »O Gott, die Menschen, die verkommen in der Gosse, sehn dich auf der allerhöchsten Leitersprosse!«

10

Von meinen ersparten Antillengulden, die in den Niederlanden zweimal soviel wert waren, zahlte ich meiner Mutter ein bescheidenes Kostgeld. Hin und wieder mußte ich einen neuen Fahrradreifen oder einen neuen Umwerfer kaufen. Andere Ausgaben hatte ich nicht. Vier Jahre würde ich so leben können, rechnete ich mir aus.

»Was soll bloß aus dem Jungen werden?« seufzte meine Mutter immer wieder.

»Das frage ich mich auch«, sagte mein Vater.

»Wenn er ein Mädchen findet, wird das schon werden«, sagte mein Großvater.

»Aber Mädchen interessieren ihn überhaupt nicht«, meinte meine Mutter.

»Er ist mein Enkel«, erwiderte mein Großvater, »und darum ist das vollkommen ausgeschlossen.«

Solche Gespräche führten sie sogar in meiner Gegenwart. Meistens sagte ich nichts, sondern verließ das Wohnzimmer, stieg die Treppe hinunter und verschwand mit meinem Rennrad um die nächste Ecke.

»Warum wirst du nicht Radrennfahrer?« fragte mein Großvater mich eines Abends.

»Weil man dann mit anderen zusammen fahren muß«, erwiderte ich.

»Nicht, wenn du, den anderen weit voraus, an der Spitze fährst«, sagte er.

209

»Man kommt immer ins Ziel«, sagte ich, »und wenn man als erster ankommt, wird man geehrt.«

»Du sagst das, als handelte es sich dabei um eine gefährliche Krankheit.«

Besorgt sah er mich an. Zu Immetje sagte er: »Wir drehen noch kurz eine Runde.«

Traditionell gingen wir am Ufer des Kerkeilands entlang. Es schien, als glänzten die gelben Lampen feuchter, trauriger als vor meiner Reise nach Westen.

»Was ist los?« fragte mein Großvater. »Was fehlt dir?«

»Ich weiß nicht, warum es mich gibt«, brach es aus mir hervor. »Ich verstehe die Welt nicht. Alles ist sinnlos. Wir sind um die halbe Welt gefahren, und das einzige, worauf alle an Bord warteten, waren die Mädchen in den Häfen. Nirgendwo habe ich etwas gefunden, das mir das Gefühl gegeben hätte, nicht umsonst zu leben.«

»Ja, aber danach darfst du auch nicht suchen«, sagte mein Großvater.

»Aber ich will danach suchen«, rief ich, »ich will etwas in den Händen haben, das … ich weiß nicht, was. Und da kommst du mir mit Radrennen! So was Unsinniges! Als erster ankommen! Wie armselig! Und das soll ich deiner Meinung nach tun?«

»Aber nicht doch. Der Gedanke ist mir deshalb gekommen, weil du immer mit dem Rad unterwegs bist und weil ich immer höre, daß du auf dem Deich sogar die schnellsten Mofas überholst. Du könntest problemlos an der Tour de France teilnehmen.«

»Wer danach strebt, ist bescheuert«, sagte ich.

»Nicht bescheuerter als jemand, der Schachmeister werden will.«

»Du verstehst das auch nicht«, sagte ich, »niemand versteht es, außer Jacob Migrodde, denn der glaubt auch, daß die ganze Welt verrückt ist. Er würde am liebsten Präsident der Vereinigten Staaten werden, um dann morgens in der Früh seelenruhig zum roten Knopf für die Atombombe zu gehen und zu sagen: ›Meine Damen und Herren, es ist aus und vorbei, wir frühstücken heute im Himmel.‹«

Mein Großvater lachte nur. Vergnügt zog er an seiner Zigarre.

»Es hat wirklich keinen Sinn, darüber zu reden«, sagte ich, »alles ist gleich verrückt, lächerlich und idiotisch. Allein schon die ganzen Glaubensgemeinschaften. In Den Helder gibt es zwei Apostolische Kirchen. Was ist das bloß, diese Apostolische Kirche?«

»Ach, mein Junge«, erwiderte mein Großvater, »das ist etwas so Wunderbares. Dieses ganze apostolische Theater ist im vorigen Jahrhundert in England erfunden worden. Der Gründer dieser Bewegung war, mehr oder weniger, Edward Irving. Irgendwann um 1830 las er im Brief an die Epheser 4, Vers 11, daß Christus uns Apostel und Propheten, Evangelisten und Hirten gibt. Aufgrund dieses Textes war er der Ansicht, daß die Kirche seit Jahrhunderten das Apostel- und Prophetenamt vernachlässigt habe. Also ernannten Irving und seine Anhänger sich selbst zu Aposteln und Propheten und posaunten überall herum, daß sie von Gott berufen seien und daß alle sich ihnen anschließen sollten. Sehr bald schon war das Ganze zu einer regelrechten Bewegung geworden, auch außerhalb Englands. Seitdem hat sich diese Bewegung in mindestens zehn Richtungen gespalten, die sich gegenseitig bekriegen. Katholisch-Apostolisch. Reformiert-Apostolisch. Neu-Apostolisch. Und so weiter. Und das in nur gut hundert Jahren! Mehr als zehn nagelneue Glaubensgemeinschaften – ist das nicht phantastisch?«

»Nein«, erwiderte ich, »das ist nur widerlich. Ich kann nicht begreifen, wie du das so spannend finden kannst – all diese Schismen und Spaltungen.«

»Das deutet auf einen lebendigen Glauben hin.«

»Bist du selbst eigentlich noch gläubig?«

Einen Moment lang vergaß mein Großvater, an seiner Zigarre zu ziehen. Er zog kurz sein Bein nach, so daß es aussah, als lahmte er, dann ging er wieder normal.

»Was sagst du da?« fragte er.

»Ich möchte wissen, ob du selbst noch gläubig bist?«

»Darüber habe ich mir seit Jahren keine Gedanken mehr gemacht«, erwiderte er, »und überhaupt: Was spielt das für eine Rolle?«

»Wenn du nicht gläubig bist, bist du auf ewig verloren.«

»Ach, mein Junge, immer dieser grenzenlose Egoismus des protestantischen Christentums. Diese ständige Sorge um das eigene Seelenheil! Angenommen, du kommst in den Himmel und stellst dort fest, daß die paar Menschen, die du von Herzen liebst, in der Hölle gelandet sind. Was dann? Könntest du dann im Himmel auch nur einen Moment glücklich sein?«

»Du bist also nicht gläubig«, sagte ich störrisch.

»Ich weiß nicht, ob ich gläubig bin«, sagte mein Großvater, »ich weiß nur, daß ich den Geruch von Kirchen sehr liebe, und auch das Licht, das sonntags morgens durch die hohen Fenster auf die Kanzel fällt, ich liebe das Alte Testament und den Psalmengesang, auch wenn das nach der Einführung der neugereimten Texte kein Vergnügen mehr ist.«

»Aber die werden doch nicht in der Gemeinde gesungen, wo du und …«

»Dahin gehen wir schon lange nicht mehr, nein, die hatten es auch viel zu sehr auf die Ersparnisse meiner Frau abgesehen. Nein, in letzter Zeit gehen wir vor lauter Elend wieder zu Guldenarm, oder zu einem gewissen Bonder, wenn es sich gerade ergibt. Oder wir gehen einfach auf gut Glück irgendwohin, obwohl man damit vorsichtig sein muß. Ehe man sich versieht, steht dann so ein junger Bursche auf der Kanzel, der einem erklärt, daß man bisher die ganze Bibel falsch verstanden hat. Jesus ist nicht gekommen, um uns von unseren Sünden zu erlösen, sondern von den Kernwaffen. Dieses schlaffe, bequeme Wir-haben-uns-alle-lieb-Christentum, das es heute gibt, ist ja so was von abscheulich! Diese Burschen stehen dann da oben und delirieren über ›verwundbar Kirche sein‹ oder über ›Zeitgenossenschaft bezeugende offene Kirche‹ oder über ›Gott, der uns im anderen begegnet‹. Es ist nicht zu glauben, was man da so alles zu hören bekommt! Dieses ganze dem Zeitgeist hinterherhinkende Gewäsch. Jesus ist ›für die Schwachen in der Gesellschaft‹ gekommen. Als bräuchten die Starken und Reichen nicht ebensogut einen Erlöser.«

»Du glaubst also doch, daß Christus der Erlöser war?«

»Habe ich das gesagt?«

»Es hörte sich jedenfalls so an«, erwiderte ich. »Tja, ich wünschte, ich könnte daran glauben, dann hätte das Leben wenigstens einen Sinn.«

»O ja, meinst du? Ich erinnere mich noch genau daran, daß wir in der Jugendgruppe – das ist inzwischen auch schon vierzig Jahre her – eifrig über den Sinn des Lebens diskutierten. All die anderen Jungs behaupteten felsenfest, daß nur der Glaube an Gott und seinen eingeborenen Sohn dem Leben einen Sinn verleihen könne. Ich schaute währenddessen aus dem Fenster und beobachtete, wie sich Möwen kreischend auf eine Brotkruste stürzten, die im Hafenbecken trieb, und da sah ich plötzlich Gott auf seinem gewaltigen Thron vor mir. Er saß einfach nur rum und betrachtete all die jubelnden und singenden Menschen vor sich, und er dachte: ›Nun gut, ich stelle den Sinn ihres Lebens dar, doch was ist eigentlich der Sinn meines Lebens?‹« Mein Großvater zog ein paarmal an seiner Zigarre. »Welchen Sinn könnte es haben, daß wir bis in alle Ewigkeit in weißen Gewändern vor seinem Thron stehen und jubeln

müssen? Ich würde das nicht nur keine zwei Minuten aushalten, sondern es wäre doch auch vollkommen sinnlos,
oder? Welchen Sinn hat ein Universum, in dem sich Gottes
Sohn ans Kreuz nageln läßt?«

»Ja, aber wenn man so spricht, was soll man ... wo kann
man dann noch ...?«

»Der Frühling ist wieder im Anmarsch«, sagte mein
Großvater, »bald können wir wieder in der Sonne sitzen,
die Augen schließen und die Wärme auf den Lidern spüren.
Und dann kommt der Sommer mit seinen langen, hellen
Abenden und der warmen Dämmerung, anschließend folgt
der Herbst mit stiller, feuchter Luft und mit Zugvögeln
am Himmel, und schließlich kommt der Winter mit roten
Abendhimmeln.«

Wir hatten das Kerkeiland umrundet. Mein Großvater
nahm seine Zigarre aus dem Mund und begann leise zu
singen:

»Gott bahnte durch die wüsten Wogen
und tiefen Ströme uns den Weg.«

Trotz des Zigarrenrauchs roch es bereits nach Frühling.
Aus der Ferne war das aufgeregte Rufen von Kindern zu
hören, die noch nicht im Bett waren.

11

Der Frühling war naß, windig und kalt, so daß ich wunderbar radfahren konnte. Im Sommer jedoch folgte erbarmungs-
los ein glühendheißer Tag auf den anderen. Schwitzend
fuhr ich über schmale Polderwege und durch staubige, ver-
schlafene Dörfer. Immer wieder kam ich an Schwimm-

bädern vorüber. Wieviel Menschen gingen ausschließlich dorthin, um ein Sonnenbad zu nehmen, um knochentrocken zu bleiben! Wie sie das bloß aushielten, inmitten all der anderen Leute, des Lärms und der spielenden und schreienden Kinder! Es war, als würde in all diesen Wassertempeln eine Religion zelebriert, als dienten die übervollen Becken und Wiesen, die Sprungbretter nur dazu, den Besuchern, den Gläubigen die Essenz des Lebens deutlich zu machen, die mir wieder einmal entging.

Schließlich waren die Tage so heiß, daß ich nur noch abends radfahren konnte. Eines Abends fuhr ich an Nootdorp vorüber. Der Himmel bewölkte sich rasch. Wind kam auf. Die Bäume rauschten, als würden sie bestraft. Trotzdem fuhr ich ruhig weiter. Sicher, es war ein Gewitter im Anmarsch, aber was bedeutete schon ein Gewitter in den Niederlanden? Nichts im Vergleich zu einem Gewitter vor der Küste Kanadas.

Zunächst blieb es bei der Drohung. In der Ferne war ein Grollen zu hören, am Himmel zuckten ein paar Blitze, doch denen folgte kaum Donner. Erst als ich mein dunkelblaues, wasserdichtes Regenzeug angezogen hatte, fielen die ersten Tropfen. In Delft rauschte der Regen heftiger. Die Rinnsteine gurgelten. Ich fuhr langsamer, um das Geräusch besser hören zu können. Ich glaube nicht, daß es etwas gibt, was ich mehr liebe. Die wenigen Autos, die noch unterwegs waren, schalteten ihre Scheinwerfer ein. Der Regen prasselte heftiger herab; die Gullys wurden der Wassermengen nicht mehr Herr. Ozongeruch erfüllte die Luft. Dann verstummte das Rauschen des Wassers. Ein greller Blitz verwandelte das Pflaster in einen Spiegel. Es donnerte einmal laut. Das Gewitter war vorüber.

Vor einer roten Ampel mußte ich anhalten. Die Ligusterhecke neben mir verströmte einen überwältigenden Duft. Ich stand da und dachte: »Ich kann ebensogut weiterfahren, es ist niemand unterwegs, warum sollte ich also hier warten?« Doch es gefiel mir, dort zu stehen. Die Rinnsteine gurgelten immer noch. Ein solch friedliches, mich an meine Kinderzeit erinnerndes Geräusch. Die Ligusterhecke wetteiferte mit dem Ozongeruch. Ach, wozu weiterfahren, das Leben hatte sowieso keinen Sinn, ich war nirgendwohin unterwegs, meine Fahrerei war ebenfalls sinnlos, minus mal minus ergibt plus, ich stand dort gut.

Neben mir tauchte noch ein Radfahrer auf, der die gleiche Regenkleidung trug. Wie zwei identische Erscheinungen warteten wir dort auf das grüne Licht.

»Es ist aber sehr lange Rot hier«, sagte der Radfahrer neben mir.

»Vielleicht ist ja vorhin der Blitz eingeschlagen«, meinte ich.

»Das kann gut sein«, sagte der andere, »ich glaube, ich fahre einfach.«

»Aber hier muß man immer lange warten«, sagte ich.

Ein Polizeiwagen kam aus einer Seitenstraße. Er bog in die Straße, in der wir standen. Langsam fuhr er in Richtung Hefefabrik. Wir blieben stehen. Wenn wir jetzt losfuhren, konnten die Polizisten im Rückspiegel sehen, daß wir eine rote Ampel überfuhren. Ich schaute verstohlen zur Seite. Der Radfahrer neben mir hatte sich so gut eingepackt, daß ich nur die Augen und einen Teil der Nase sehen konnte. Handelte es sich um eine Frau?

»Die Ampel ist bestimmt kaputt«, sagte ich.

»Noch kurz warten, bis das Polizeiauto weg ist«, erwiderte der andere.

War das eine Frauenstimme? Aber Frauen hatten doch keine so tiefe Stimme? Der andere fuhr zwar ein Damenrad, aber man sah oft genug Jungen und Männer, die auf Damenrädern unterwegs waren, viel öfter als Frauen, die Herrenräder fuhren.

»Es hat aufgehört zu regnen«, sagte ich, »ich zieh meine Kapuze ab.«

»Ja, gute Idee«, erwiderte der andere.

Während das rote Licht unbeirrbar weiterleuchtete, lösten wir die weißen Zugbänder. Jetzt, da meine Ohren befreit waren, schien es, als könnte ich den Geruch von Ozon und Ligusterhecke besser wahrnehmen. Der Radfahrer neben mir schüttelte den Kopf. Ein dunkler Lockenkopf wurde sichtbar. Handelte es sich also doch um eine Frau?

Hinter uns war das Brummen eines Motors zu hören. Da kam das Polizeiauto wieder zurück. Es hielt gleich hinter uns an.

»Diese Ampel ist definitiv kaputt«, sagte ich.

»Bestimmt, aber wenn wir jetzt losfahren, bekommen wir ein Protokoll«, sagte mein Nachbar.

»Wir werden wohl warten müssen, bis die Herren hinter uns selbst zu dem Schluß kommen, daß diese Ampel ewig auf Rot stehenbleibt.«

»Wir stehen doch gut hier, und es riecht so wunderbar, da macht es mir gar nichts aus, noch ein wenig zu warten.«

Mit der linken Hand schlug sie auf den Lenker, als wäre dieser eine Trommel. Diese schnelle, ungeduldige Bewegung rief ferne, undeutliche Erinnerungen in mir wach. Nochmals schaute ich zur Seite und sagte dann sehr verwundert: »Irgendwoher kenne ich dich.«

»Das ist aber ein origineller Auftakt«, sagte sie, »geradezu klassisch.«

»Originell? Klassisch?« fragte ich.

»Ach komm, tu nicht so unschuldig«, sagte sie. »Du weißt ebensogut wie ich, daß der Satz ›Irgendwoher kenne ich dich‹ der klassische Anfangssatz eines jeden Verführers ist.«

»Ich ein Verführer?« sagte ich gekränkt und erstaunt.

»Du spielst auf sehr raffinierte Weise den Unschuldigen«, sagte sie.

»Ich kenne dich irgendwoher«, wiederholte ich stur.

»Ich dich nicht«, erwiderte sie, »ich dich aber nicht, ich habe dich noch nie gesehen.«

Hinter uns wurde eine Autotür geöffnet, und ein Polizist tauchte neben uns auf.

»Die Ampel springt nicht auf Grün«, sagte er vorwurfsvoll.

»Bekommen wir dafür ein Protokoll?« fragte die junge Frau mit neckendem Unterton.

»Natürlich«, erwiderte der Beamte im selben Tonfall, »das ist Sabotage.«

»Sabotage«, sagte ich entrüstet, »wir warten bereits einige Minuten! In die Ampelanlage ist bestimmt der Blitz eingeschlagen.«

»Kann gut sein«, antwortete der Polizist, »an eurer Stelle würde ich aber auf jeden Fall einfach weiterfahren.«

Wir stiegen auf. Nebeneinander her fuhren wir über die rote Ampel. Ich sagte ruhig: »Ich bin mir ganz sicher, daß ich dich irgendwoher kenne.«

»Bist du aber hartnäckig«, sagte sie.

»Woher kommst du?« fragte ich sie. »Wo wohnst du?«

»Ich wohne hier in Delft«, sagte sie. »Ich bin gerade auf dem Weg zu meinem Zimmer und muß jetzt gleich rechts abbiegen.«

»Ich auch«, sagte ich, »ich weiß ganz genau, daß ich dich früher schon einmal gesehen habe.«

»Allmächtiger! Fällt dir nichts anderes ein?«

»Darum geht es nicht«, sagte ich mißmutig, »ich kenne dich, davon bin ich überzeugt, und nun möchte ich wissen, woher.«

»Tja«, sagte sie fröhlich, »dann lade mich doch einfach auf einen Kaffee ein, denn darauf habe ich jetzt große Lust.«

»In Ordnung«, erwiderte ich. »Gibt es hier irgendwo eine Gaststätte?«

»Ein Stück weiter liegt eine ruhige Kneipe, wo es immer frischen Kaffee gibt.«

»Dann nehme ich ein Bier«, sagte ich. »Das ist zwar nicht vernünftig, weil das Bier immer gleich so in die Beine geht und ich noch ein ganzes Stück fahren muß, aber ich habe Durst.«

Nachdem wir noch ein kurzes Stück gefahren waren, hielten wir an und stellten die Räder an eine Hauswand. In der Kneipe schlenderten drei Männer mit erhobenen Queues um einen Billardtisch herum. Manchmal habe ich auch Lust, Billard zu spielen, weil das Licht der tiefhängenden Lampe den grünen Filz wie Seetang aussehen läßt. Selbst in der hintersten Ecke, wo wir Platz nahmen, konnte man den Filz noch leuchten sehen.

»Einen Kaffee und ein Pils, bitte«, sagte ich zu der Wirtin.

Das Mädchen zog die Regenjacke aus, schüttelte wieder ihr üppiges dunkles Haar. Ihr Profil zeichnete sich scharf vor dem dunklen Licht ab, das durch ein Bogenfenster nach drinnen fiel. Sie fuhr sich mit der Hand durch die Locken.

Ich zog meine Jacke auch aus und sagte: »Wenn ich doch nur wüßte, woher ich dich kenne.«

»Ist das denn so wichtig?« fragte sie mich.

»Ja.«

»Ach, und warum?«

»Das weiß ich nicht, dafür müßte ich erst erfahren, woher ich dich kenne.«

»Vielleicht hast du einmal einen Krankenbesuch im St. Joris-Krankenhaus gemacht und mich dabei gesehen.«

»Arbeitest du dort?«

»Ja, ich bin Krankenschwester.«

»Nein, ich bin noch nie im St. Joris-Krankenhaus gewesen«, sagte ich, »daher kann ich dich nicht kennen.«

»Dann hast du mich vielleicht auf der Straße gesehen,

und ich habe einen so großen Eindruck auf dich gemacht, daß ...«

»Nein«, sagte ich brüsk, »ich habe dich vor sehr langer Zeit gesehen. Wo kommst du her?«

»Von Rozenburg«, antwortete sie.

»Ach«, sagte ich, »du hast auf Rozenburg gewohnt? Warst du dann auch hin und wieder einmal in Maassluis?«

»Ab und zu«, sagte sie, »aber nicht sehr oft.«

»Dann habe ich dich früher in Maassluis vielleicht einmal gesehen«, sagte ich, »da wohne ich nämlich.«

»Ein schreckliches Kaff, nicht?« sagte sie.

»Von wegen«, erwiderte ich, »Maassluis ist ein verdammt hübsches Städtchen.«

»Tja, für mich ist es ein Kaff.«

»Bist du auf Rozenburg zur Schule gegangen?« wollte ich wissen.

»Natürlich, wo sonst?« sagte sie.

»Kanntest du dann vielleicht ... kanntest du dann vielleicht ...«

Ich schwieg und schaute sie mit weitaufgerissenen Augen an. Ich fuhr mir mit der Hand über die Stirn und ergriff dann mit derselben Hand ihre Finger.

Sie sagte: »He, he, jetzt aber mal langsam.«

»Wer hätte das gedacht«, sagte ich und ließ ihre Finger wieder los, »daß du ... daß du ... in Delft an einer Ampel ...«

»Bring erst einmal den vorigen Satz zu Ende«, sagte sie, »danach kannst du dann diesen Satz fertigmachen. Du wolltest mich fragen, ob ich eine bestimmte Person auf Rozenburg kannte.«

Ich antwortete ihr nicht, ich saß einfach da, schaute sie an und dachte: Minus mal minus ergibt plus, also doch, darum also. Ich dachte: »Was für ein Unsinn«, und sagte:

»Daß ich dich ausgerechnet da getroffen hab ... Mensch, Klaske.«

»Offensichtlich hast du schöne Erinnerungen an die Begegnung mit mir. Wie schade, daß ich nicht mehr weiß, wer du bist.«

»Das hast du vergessen, weil ich zwei Teller Spinat gegessen habe.«

»Zwei Teller Spinat? Ach, du bist Popeye, der Seemann.«

»Ja, ich bin zur See gefahren, ich war bei der Marine.«

»Zwei Teller Spinat? Ich verstehe nur Bahnhof.«

»Daß du dich daran nicht mehr erinnerst«, sagte ich.

»Ach, ich habe so viel von dem vergessen, was auf Rozenburg passiert ist«, erwiderte sie, »das Ganze war so schlimm, man hat uns einfach aus unserem Garten verjagt. Mein Vater wollte nicht weg, und am Ende kam dann der Gerichtsvollzieher. Wir waren gerade mit dem Essen fertig. Man hat uns auf unseren Stühlen aus dem Haus getragen. Mein Vater las laut aus dem Buch Micha vor: ›Sie reißen Äcker an sich und nehmen Häuser, welche sie gelüstet; also treiben sie Gewalt mit eines jeden Hause und mit eines jeden Erbe.‹« Sie ballte die Fäuste und fuhr fort: »Ganz Rozenburg wurde verwüstet. Wo unser Garten war, verläuft jetzt der Caland Kanal. De Beer ist verschwunden, Blankenburg ist weg, alles ist weg. Man hat meinen Vater und meine Mutter in ein Altersheim gesteckt. Er war zu alt, um noch einen Betrieb im Nordostpolder zu übernehmen. Im übrigen hätte er dort sowieso nicht hingewollt. Nachdem sie umgezogen waren, sind beide krank geworden. Jahrelang haben sie vor sich hin gekränkelt, und nun ... nun ... sie sind beide tot, alle beide.«

Sie schaute eine Weile starr vor sich hin. Dann sagte sie: »Meine Mutter und ich dachten zuerst, daß mein Vater wahnsinnig werden würde. Den ganzen Tag schnüffelte er in der Bibel herum, und immer, wenn er etwas fand, das sich seiner Meinung nach auf Rozenburg bezog, las er es zehn-, fünfzehnmal laut vor: ›Darum macht euch auf! Ihr müßt davon, ihr sollt hier nicht bleiben; um ihrer Unreinigkeit willen müssen sie unsanft zerstört werden.‹«

Sie biß sich auf die Lippe und sagte dann: »Wäre er nur verrückt geworden. Verrückte kriegen wenigstens keinen Krebs.«

Schweigend rührte sie in ihrem Kaffee, obwohl sie weder Zucker noch Milch hineingetan hatte.

»Ich sollte eigentlich nicht darüber reden«, sagte sie, »danach geht es mir immer ganz schlecht. Mein Vater sagte immer: ›Abgesehen von ein paar Bunkern hat Rozenburg den Krieg unbeschädigt überstanden. Und dann? Dann haben die Niederländer die Insel zerstört.‹«

Mit straff gespannten Lippen trank sie ihren Kaffee. Sie stellte die Tasse wieder hin und sagte entschieden: »Ich will nicht mehr daran erinnert werden, ich will es nicht mehr, ich will nicht wissen, wer du bist, und es ist mir auch vollkommen gleichgültig, du verstehst mich sowieso nicht, du kommst nicht von Rozenburg – ach, wie unfreundlich ich bin, bah, und das, obwohl du mich doch zu einem Kaffee eingeladen hast.«

»Es war deine Idee, hierherzukommen«, sagte ich.

»Was bist du von Beruf?« fragte sie mich.

»Ich bin Universalschleifer gewesen«, antwortete ich, »aber das habe ich nicht ausgehalten. Danach bin ich zur Marine gegangen. Als Wäscher. Und nun denke ich schon seit Monaten darüber nach, was ich tun soll.«

»Bist du geschickt?« fragte sie.

»Ziemlich«, erwiderte ich.

»Dann fang doch bei uns an. Das Krankenhaus sucht noch so eine Art technische Hilfskraft, einen Haushandwerker, jemanden, der Lampen, Waschbecken, Duschen und dergleichen repariert. Eine durchaus abwechslungsreiche Arbeit.«

»Ich könnte es versuchen«, sagte ich.

»Komm morgen früh um neun vorbei«, sagte sie, »dann kannst du dich auf die Stelle bewerben, wenn sie dir passend erscheint.«

»Vielleicht mache ich das«, antwortete ich.

»Ich geh dann jetzt nach Hause«, sagte sie.

Sie stand auf, ging zum Tresen. »Ich würde gerne einen Kaffee bezahlen.« Rasch folgte ich ihr und sagte: »Den Kaffee spendiere ich dir, so wie wir das verabredet hatten.«

»Nein«, erwiderte sie, »den bezahle ich selbst, ich möchte keinerlei Verpflichtungen haben, und außerdem bist du arm, weil du keine Arbeit hast.«

Wir gingen hinaus und schlossen unsere Fahrräder auf. Bedauernd sagte ich: »Nun weißt du immer noch nicht, wer ich bin.«

»Dann erzähl etwas mehr von damals«, forderte sie mich auf. »Oder hast du nur zwei Teller Spinat ...«

»Ich habe dich außerdem noch über eine Pfütze gehoben«, sagte ich, »zweimal habe ich dich über eine Pfütze gehoben.«

»Du hast mich zweimal ...?«

Nun stand sie mit großen Augen in der Abenddämmerung und sah mich an. Hinter ihr ragten die beiden Türme Delfts in die Höhe. Sie hielt sich am Lenker fest. Es schien, als hätte sie Angst zu fallen. Aber ein Fahrrad bietet nun mal nicht sonderlich viel Halt. Sie verlor das Gleichgewicht, und ich fing sie auf. Sie sagte: »Aber du hättest mir doch gleich sagen können, daß du ...«

»Nein«, erwiderte ich, »dann wäre es nicht so eine große Überraschung gewesen, nein, so war es besser.«

»Ja, aber jetzt hast du einen Bart, wie hätte ich jemals darauf kommen sollen, daß du ...«

223

»Aber du hast es doch erraten?«

»Du hast dich so verändert«, sagte sie, »du bist so groß geworden, wie sollte ich ... unglaublich, daß du ... in Delft, Mensch, wie geht's dir?«

Sie nahm meine Hand.

Ich sagte: »He, he, jetzt aber mal langsam.«

12

»Guten Morgen«, sagte der Pförtner. »Was kann ich für Sie tun?«

»Ich möchte zu Klaske Kooistra«, antwortete ich.

»Ach, die ist auf der Therapie«, erwiderte der Pförtner. »Warten Sie bitte einen Moment.«

Er wählte eine Nummer, murmelte etwas in den Hörer und sagte: »Bitte den Gang entlang und dann die letzte Tür links.«

Auf halber Strecke stand eine etwa sechzigjährige Frau im Gang und weinte.

»Ich ersticke«, sagte sie, »ich ersticke hier, die lassen mich hier einfach ersticken.«

Am Pfosten neben der Tür war eine elektrische Klingel montiert. Vorsichtig drückte ich auf den Knopf. Sofort öffnete eine Schwester die Tür. Noch bevor sie etwas sagen konnte, wurde sie von einem alten Mann zur Seite geschoben. Er fragte: »Hast du Tabak dabei?«

»Nein, ich rauche nicht«, erwiderte ich.

»O, dann verschwinde bitte wieder«, sagte er.

Ehe ich mich in die eine oder andere Richtung bewegen konnte, faßte mich eine steinalte Dame am Arm.

»Was machst du hier? Willst du hier arbeiten?« fragte sie mich mit einer Kinderstimme.

»Vielleicht«, antwortete ich.

»O, wie schön«, sagte sie, »du bist wirklich ein hübscher Bursche, Klaske, schau doch mal, ich habe hier einen wunderschönen Mann erwischt, den werde ich heiraten.«

Klaske kam eilig herbei. Sie sagte zu der anderen Krankenschwester: »Ich muß mal weg, bin aber gleich wieder da.«

»Nein, nein, nicht weggehen«, jammerte die alte Dame, »du bist gemein, Klaske, du nimmst mir einfach den Mann weg, ich hatte ihn zuerst, er ist mein Verlobter.«

»Am besten gehen wir gleich zu Ossebaar«, sagte Klaske.

Die Frau stand immer noch auf dem Flur und weinte. »Ich ersticke, ich ersticke hier, die lassen mich hier einfach ersticken«, sagte sie, als wir an ihr vorübergingen.

Als wir auf der Treppe zur ersten Etage waren, fragte ich Klaske: »Was hat diese Frau?«

»Ach, sie leidet an einer Art Hypochondrie«, erwiderte sie, »wir versuchen, sie durch Konditionierung zu heilen. Wenn sie eine halbe Stunde lang nicht sagt ›Ich ersticke‹, bekommt sie einen Bon, für vier Bons bekommt sie ein Glas Milch. Sie ist verrückt nach Milch.«

Ossebaar saß in einem gläsernen Kabuff. Von seinem Schreibtisch aus konnte er die Patienten beobachten. Es sah so aus, als säße er in einem Aquarium.

»Na, junger Mann«, wandte er sich an mich, »was kann ich für Sie tun?«

»Er möchte sich um die Stelle als Haushandwerker bewerben«, sagte Klaske.

»Ist er dafür nicht ein bißchen jung?« meinte Ossebaar.

»Zu jung? Wieso? Muß man denn alt sein, um die verschiedenen Reparaturen zu machen?«

»Alt? Nein, aber schau, so ein junger Bursche wie dein Freund, der will höher hinaus. Der bleibt zwei, drei

Jahre, und dann hat er die Nase voll. Was haben Sie denn gelernt?«

»Handwerksschule«, antwortete ich, »Maschinenschlosser.«

»Haben Sie bereits eine Stelle gehabt?«

»Ja, ich habe als Universalschleifer in einer Hartmetallfabrik gearbeitet.«

»Warum haben Sie dort aufgehört? Oder hat man Sie entlassen?«

»Nein«, sagte ich, »ich wurde eingezogen. Ich könnte wieder in die Fabrik gehen, aber ich finde es schrecklich dort.«

»Ach, das hier ist auch nicht gerade ein Paradies, absolut nicht. Schauen Sie nur einmal dort in den Krankensaal.«

»Aber hier müßte ich wenigstens keine Papiermesser schleifen.«

»Nein, das wäre lebensgefährlich. Wo haben Sie gedient? Infanterie? Artillerie?«

»Ich war bei der Marine«, sagte ich.

»Nicht schlecht. Was haben Sie dort gemacht?«

»Ich war Wäscher.«

»Wäscher? Und was mußten Sie da machen?«

Bevor ich antworten konnte, brach auf der anderen Seite der Scheibe ein gewaltiger Tumult aus. Ein kräftiger Mann ruderte mit den Armen, schlug zwei Schicksalsgenossen zu Boden, packte einen Pfleger und knallte ihn auf einen Tisch. Eine Klingel begann zu läuten. Die Patienten wichen dem kräftigen Mann aus, der sich einen Stuhl geschnappt hatte. Mit ungleichmäßigen Schritten ging er auf eine Patientin zu. Wollte er ihr eine mit dem Möbelstück verpassen? Ohne lange nachzudenken, stürmte ich aus dem Aquarium. Zwischen Tischen und Stühlen hindurch eilte ich zu dem Mann hin. Ganz unvermittelt riß ich ihm den Stuhl aus den Händen. Dann packte ich ihn bei den Armen und sah ihm fest in die Augen, wie ich vor langer Zeit auch die

Arme meines Lehrers Splunter gepackt und ihm in die Augen gesehen hatte.

»Laß es«, sagte ich ruhig.

Er versuchte, sich loszureißen. Er war erstaunlich kräftig, sehr viel kräftiger als Splunter.

»Laß es lieber«, sagte ich beruhigend und sah ihn dabei fest an.

»Ich werde dir derartig eine verpassen, daß du in den Staub fällst«, sagte der Mann.

»Nein, tu's nicht«, sagte ich.

Seine Arme wurden schlaff, aber seine Augen flackerten noch unruhig. Ich ließ seine Arme los, hob ihn hoch und brachte ihn zu einem Stuhl. Während ich ihn durch den Raum trug, kamen drei Krankenpfleger in den Saal, jeder mit einer Spritze. In geschlossener Front gingen sie auf den kräftigen Mann zu. Vorsichtig setzte ich ihn auf einen Stuhl. Geistesabwesend starrte er vor sich hin.

»Es ist alles in Ordnung«, sagte ich zu ihm, »es ist alles in Ordnung.«

»Wer sind Sie?« wollte einer der Pfleger wissen.

»Er hat sich nach der Handwerkerstelle erkundigt«, antwortete Ossebaar, »wir waren gerade mitten im Bewerbungsgespräch, als Piet wieder einen Anfall bekam. Und dieser junge Mann rennt einfach hinaus, packt ihn und trägt ihn wie ein Wollknäuel durch den Saal. Und Piet hat sich auf der Stelle beruhigt.«

»Ich gebe ihm vorsichtshalber doch eine Spritze«, sagte der Pfleger.

»Nein, nicht«, sagte ich, »das ist überflüssig.«

»Das haben Sie nicht zu entscheiden«, erwiderte der Pfleger.

Ein älterer Herr in Weiß gesellte sich zu uns.

»Was ist hier passiert«, fragte er.

»Piet hat wieder einen Anfall bekommen, Doktor«, antwortete Ossebaar, »aber diesmal ist die Geschichte erstaunlich gut ausgegangen, weil dieser Bursche ihn festgehalten hat.«

»Genau, und jetzt sagt er, wir dürfen Piet keine Spritze geben«, ergänzte der Pfleger.

»Wer sind Sie?« fragte der Arzt mich.

»Mein Name ist Adriaan Vroklage«, sagte ich, »ich wollte mich um die Stelle als Haushandwerker bewerben.«

»Haben Sie schon öfter jemanden so festgehalten wie Piet vorhin?«

»Nein«, erwiderte ich, »das heißt ... früher in der Schule hatten wir einen Lehrer, der manchmal außer sich geriet und dann schrie: ›Ich schlag dich grün und blau.‹ Den habe ich hin und wieder auch festgehalten.«

»Genau«, sagte der Arzt, »genau, den haben Sie dann auch festgehalten.«

Erschrocken lauschte ich dem donnernden Lachen der Krankenpfleger.

»Genau«, kreischte auch Ossebaar, »den haben Sie dann auch festgehalten.«

»Wie alt waren Sie damals?« fragte der Arzt.

»Elf«, antwortete ich.

»Und Ihr Lehrer war natürlich viel älter und größer?«

»Ja, der war etwa sechzig.«

»Und diesen Lehrer haben Sie dann auch hin und wieder festgehalten?«

»Ja, das habe ich doch schon gesagt«, antwortete ich ungeduldig.

Erneut erklang donnerndes Lachen. Als wäre ich blöd. Mein Blick suchte Klaske. Lachte sie auch? Ja, sie lachte auch. Vergnügt schaute sie mich an.

»Und Sie wollen hier arbeiten?« wollte der Arzt wissen.

»Ja«, sagte ich entschlossen, »ja, das würde ich sehr gerne.«

»Dann sollten wir gleich zum Direktor gehen und alles regeln«, meinte der Arzt, »denn das ist absolut einmalig – also so etwas, da hält er Piet einfach kurz fest.«

»Mach dir nichts draus«, sagte Klaske, »die lachen nur, weil sie so erleichtert sind. Das letzte Mal hat Piet hier alles kurz und klein geschlagen und zwei Leute schwer verletzt. Die haben hier alle einen Riesenbammel vor ihm, und wenn er auch nur im entferntesten die bekannten Symptome zeigt, stellen sie ihn ruhig. Aber du, du packst ihn einfach, genau wie ... genau wie ...«

Erstaunt sah sie mich kurz an. Ihre Augen schienen feucht zu schimmern. Dann sagte sie: »Genau wie unsere Ziege.«

»Trotzdem finde ich es blöd, daß ihr mich so auslacht«, sagte ich.

»Ja, aber es klang so lustig«, sagte sie, nun wieder lachend. »Genau so als sagte jemand seelenruhig: Ich habe den Turm der Nieuwe Kerk hochgehoben.«

13

Es war Oktober, und ich arbeitete bereits vier Monate im St. Joris-Krankenhaus. Das Wetter war immer noch sommerlich. Es herrschte kontinentales Klima. Tagsüber schien kräftig die Sonne. Nachts fiel das Thermometer bis unter den Gefrierpunkt. Die Kastanienblätter färbten sich dunkelrot. Wieder einmal spazierte ich in der Mittagspause mit Klaske über die Parkwege.

»Ich glaube, jetzt läuft mein Leben in einer guten Bahn«, sagte ich zu Klaske.

»Gefällt dir die Arbeit hier so gut?«

»Ja«, antwortete ich, »hätte ich das bloß früher gewußt,

daß solch eine Arbeit mir liegt. Tja, man weiß so wenig über sich selbst und nichts über andere.«

»Vielleicht gibt es jede Menge von Arbeiten, die dir auch liegen würden«, sagte sie.

»Universalschleifer bestimmt«, sagte ich. »Weißt du, was Andrea neulich zu mir sagte? ›Wieder ein Mann, der in einen Frauenberuf eingedrungen ist!‹ Daraufhin habe ich gesagt: ›Wer hindert dich daran, einen Männerberuf zu ergreifen? Werde doch Universalschleifer. Geh doch zum Minenräumkommando.‹«

»Und was hat sie darauf geantwortet?« wollte Klaske wissen.

»Daß die Gesellschaft das unmöglich macht«, sagte ich, »aber das glaube ich nicht. Frauen könnten leicht Maschinenschlosser werden, das ist nicht schwer, nicht schwierig, und beim Universalschleifen kommt es auf genaues Arbeiten an und nicht auf Kraft.«

Schweigend gingen wir nebeneinander her. Es war erstaunlich sonnig, erstaunlich warm. Dutzende von Spinnen beschafften sich in riesigen, zwischen Ziersträuchern gespannten Netzen das Fett zum Überwintern. Für sie waren es erfolgreiche Tage. Zu Hunderten verfingen sich Mücken in den Fäden. Die Rotkehlchen sangen, als sei bereits wieder Frühling.

»Ja«, sagte ich, »ich bin unheimlich froh, daß ich dich dort an der Ampel getroffen habe. Sonst würde ich hier nicht spazierengehen. Ich verstehe nur nicht, warum all die anderen Mädchen hier mir gegenüber so schnippisch sind. Woher kommt das bloß?«

Klaske ging mit gesenktem Kopf an meiner Seite. Sie sog die Unterlippe in ihren Mund. Ihr Blick hatte nun etwas Schelmisches.

»Weißt du wirklich nicht, woher das kommt?« fragte sie sie.

»Ich denke, sie sind neidisch, weil du so gut mit den Patienten umgehen kannst.«

»Kann ich das?«

»Ja«, erwiderte sie. »Der Frau, die immer ›Ich ersticke‹ sagte, geht es dank deiner Hilfe sehr viel besser.«

»Ja, aber das hätte doch jeder gekonnt«, erwiderte ich. »Wer denkt sich auch so ein bescheuertes System mit Bons aus? Das kann doch gar nicht funktionieren. Die Frau brauchte nur ein wenig Zuwendung. Wer hat sich dieses Bonsystem bloß ausgedacht?«

»Das kommt davon, wenn man seine Prüfungen noch nicht gemacht hat«, sagte Klaske, »denn sonst wüßtest du, daß diese Methode von Skinner stammt. Man arbeitet mit Belohnungen.«

»Skinner? Der Kerl ist doch vollkommen meschugge. Der hat überhaupt keine Ahnung.«

Klaske lachte so laut, daß die Amseln ihren Alarmschrei ausstießen.

»Wieso lachst du mich aus?« fragte ich sie.

»Arbeitet gerade mal ein paar Wochen mit geistig Behinderten und will uns erzählen, was richtig und was falsch ist«, sagte sie.

»Na ja«, sagte ich, »aber diese Frau …«

»Wenn du bei ihr die Methode von Skinner anwenden würdest, würde sich ihr Zustand auch bessern«, sagte sie.

»Meinst du?« fragte ich.

»O, davon bin ich überzeugt.«

»Aber wieso?« wollte ich wissen.

»Weil du ein sehr, sehr lieber Junge bist«, erwiderte sie.

Ein neuer Nervenarzt trat seinen Dienst an. Er bestand darauf, daß die Methode von Skinner wieder angewandt wurde. Der Zustand der Frau verschlechterte sich zusehends. Sie hatte angefangen, für ihre Enkelinnen Kinderkleider zu stricken, doch als sie wieder mit Milchbons belohnt wurde, hörte sie damit auf. Das machte mich sehr mißtrauisch gegenüber der Methode von Skinner, schließlich hatte sie eine gewisse Ähnlichkeit mit dem Evangelium. Das belohnt mit ewiger Seligkeit und bestraft mit ewiger Verdammnis.

Einmal fuhr ich durch die frostige Abendluft nach Hause. Alles, was ich gelernt hatte, wirbelte mir durch den Kopf. Die ganzen Ausdrücke: oligophren, manisch-depressiv, schizophren. Lauter Krankheitsbilder. Wir hatten einen Jungen, der sich alle fünf Minuten auf einen anderen Stuhl setzte. Schizophren. Es gab im Krankenhaus einen alten Mann, der ständig auf den Boden spuckte. Große, grüne, eklige Schleimklumpen. Verlust des Anstandsgefühls; ein Defektschizophrener. Und dann war da noch die Hebephrenie, etwas, das man in der Pubertät ...

Es gab einen gewaltigen Knall. Der Schlauch war geplatzt. Den mußte ich jetzt bei dieser Kälte flicken. Doch da fiel mir ein, daß es nicht weit von dort, in Schipluiden, eine Natureisbahn gab. Wenn ich dort den Schlauch reparierte, hatte ich Licht und durfte vielleicht mit meinem Rad ins Zelt. Während ich mein Fahrrad schob, sah ich Mädchen in dicken Wollpullovern über die Eisbahn kurven. Die Patienten hockten jetzt in einem stickigen, warmen Zimmer. Dort war die Luft blau vor Rauch. So geisteskrank sie auch waren, sie rauchten weiter.

»Darf ich hier kurz meinen Schlauch flicken?« fragte ich.

»Ja, komm ruhig rein«, sagte ein Mann, »hier hast du Licht, und warm ist es auch, ich habe nämlich einen kleinen Butangasofen.«

Der Grund für den Defekt war ein krummer Nagel. Als ich das Fahrrad bereits wieder richtig hingestellt hatte, hörte ich ein Mädchen zu einem Jungen sagen: »Hör auf, du, ich ersticke fast vor Lachen.«

»Dasselbe Krankheitsbild«, dachte ich, »hypochondrische Beschwerden.«

Ich sah zu dem Mädchen hinüber. Sie trug einen dicken, weißen Pullover, eine schwarze Hose und weiße Stiefel mit Kunstlaufkufen. Sie spürte, daß ich sie ansah, und schaute zu mir herüber. Sie sagte: »Das ist er.«

»Ist wer?« fragte der Junge.

»Der Scheißkerl, der damals Klaas so den Deich hinuntergeschubst hat, daß er sich das Bein gebrochen hat und sein Ingenieurexamen nicht machen konnte. Weißt du noch? Du hast hinten im Wagen gesessen und kamst nicht schnell genug raus.«

»Ach ja, jetzt, wo du's sagst, erinnere ich mich vage an die Geschichte. Was wollten wir auch gleich wieder?«

»Ihn ein bißchen piesacken«, sagte sie, »wir wollten diesen Großtuer mit seinem Rennrad ärgern, weil er so angeberisch schnell fuhr.«

»Hat Klaas sich nicht die Hüfte gebrochen?«

»Ja, die Hüfte war's, nicht das Bein, ja, er wird wohl sein Leben lang hinken.«

In dieser Nacht träumte ich, daß ich auf der Insel Saba zu Fuß unterwegs war. Unten am Fuß von The Ladder stand ein Sarg, über den eine graue Decke drapiert war. Der Samt war geplättet, es hatte jemand darauf gelegen. Erneut kroch mein Lehrer Westerhof unter der Decke hervor, doch bevor er seine Zähne zeigen konnte, rief jemand meinen Namen. Ich sah auf. Gleich unter dem Himmel, beinah auf der obersten Stufe, stand Antons Vater. Er winkte mir zu. Er stieg eine Stufe höher und winkte erneut. Der Himmel öffnete sich. Ich wachte auf.

Klaske und ich sahen uns jeden Tag. Jeden Tag wechselten wir Blicke des Einverständnisses. Wir trafen einander auf den Fluren. Jeden Tag mochte ich sie mehr. Sie war immer fröhlich, aufgeweckt, gutgelaunt. Nichts war ihr zuviel. Die Zeit verging, und ich dachte: »Nein, das geht nicht, ich sollte lieber in einem anderen Krankenhaus arbeiten.«

Es fror weiterhin. Ich fuhr jetzt auf Schlittschuhen von Maassluis nach Delft, auch wenn das letzte Stück mit den vielen Brücken eine Prüfung war. Doch bis Schipluiden konnte ich über den Boonervliet und die Vlaardingervaart in aller Frühe der aufgehenden Februarsonne entgegenlaufen. Wie schön die Welt dann war – wie vor dem Sündenfall! Und auf dem Rückweg lief ich erneut der tiefstehenden Sonne entgegen.

»Läufst du Schlittschuh?« wollte Klaske eines Nachmittags von mir wissen.

»Ja«, sagte ich.

»Hast du Lust, zusammen mit den anderen am Samstag eine Mühlentour zu machen?« fragte sie mich.

»Wer ist sonst noch dabei?« wollte ich wissen.

»Alle Krankenpfleger und Krankenschwestern«, antwortete sie, »und die Ärzte sind auch mit von der Partie.«

»Findest du das schön, mit so vielen Leuten?« fragte ich sie.

»Das wird einmalig«, antwortete sie, »vor allem, weil auch die Psychiater mitgehen. Die sieht man sonst nur aus der Ferne. Kommst du mit?«

»Ja, gut«, sagte ich widerwillig.

Weil sie sehr gut Schlittschuh lief, erwies es sich als nicht schwierig, all die anderen im Polder vor Delft abzuhängen. Außerdem waren Tausende unterwegs, und zwischen all den Läufern verloren wir die Krankenschwestern und Psychiater bald aus den Augen. Es ging auf Mittag zu, und wir waren vom Weg abgekommen. Oder hielt ich mich absichtlich nicht an die Routenbeschreibung? Jedenfalls landeten wir auf breiten Mühlengräben, die zu dämmrigen Horizonten führten, wo kein einziges Licht brannte.

»Ich weiß nicht, wo wir sind«, sagte sie, »wir haben uns verirrt.«

»In den Niederlanden kann man sich nicht verirren«, sagte ich.

»Mensch«, sagte sie, »jetzt sei doch nicht immer so nüchtern. Ich finde es herrlich romantisch, daß wir den Weg verloren haben.«

An den Gärten von Herrenhäusern vorbei gelangten wir in ein Dorf. In einem solchen Moment hat es den Anschein, als würden Geheimnisse offenbart, als träte Verborgenes an den Tag. Doch man erfährt nicht, wo man ist, denn entlang der Wasserwege stehen keine Hinweisschilder eines Verkehrsclubs.

Nachdem wir unter drei Brücken hindurchgefahren waren, entdeckten wir in dem unbekannten Dorf eine Gastwirtschaft, in der es, wie ein hastig aufgestelltes Schild verkündete, Erbsensuppe gab.

»Wollen wir dort eine Kleinigkeit essen?« fragte Klaske.

»Meinetwegen«, erwiderte ich.

Wir traten in einen stillen, dunklen Raum, der kräftig geheizt war.

»Wollen wir erst einmal einen trinken, um uns aufzuwärmen?« fragte sie.

»Dann sind wir beide gleich betrunken und müde«, sagte ich.

»Das macht doch nichts, oder?« meinte sie.

Wir tranken beide ein Glas jungen Genever. Dann bestellten wir Erbsensuppe. Im offenen Kamin glühten Buchenholzscheite. Ich schaute in die spärlichen Flammen, wurde schläfrig, schlummerte ein und hörte, wie mich aus großer Ferne jemand fragte: »Warum bist du nie wiedergekommen?«

Ich fuhr aus dem Schlaf und fragte: »Was meinst du?«

»Warum bist du nach jenem Mittwochnachmittag nie wieder in unseren Garten gekommen?«

»Weil ... tja, eigentlich weiß ich das gar nicht so genau. Während ich mit der Fähre zur Insel fuhr, ist ein Junge in die Schraube eines auslaufenden Schiffs geraten. Weil mich jemand am Kai gesehen hatte, dachten alle, ich sei ertrunken. Das hätten sie nicht gedacht, wenn ich rasch wieder nach Hause gekommen wäre. Aber ich bin bei euch geblieben, habe, wie du weißt, zwei Teller Spinat gegessen und bin erst spät heimgekommen.«

»Wie konnte man denn auf den Gedanken kommen, du seiest der Junge gewesen? Er trug andere Kleidung, sah anders aus.«

»Seine Kleidung war kaputt und voller Öl, sein Gesicht war vollkommen verstümmelt. Er lag unter einem Laken, und mein Vater, den man herbeigerufen hatte, hob das Tuch ein wenig an und entdeckte eine Narbe auf seinem Knie. Mein Vater wußte, daß ich auch eine solche Narbe habe, und war nun fest davon überzeugt, daß ich tot war. Und ich war ja immer noch nicht wieder zu Hause.«

»Meine Schuld«, sagte sie.

»Ach nein«, sagte ich, »es war meine eigene Schuld. Nach diesen Ereignissen hatte ich das Gefühl, daß mein Vater und meine Mutter nicht wollten, daß ich jemals wieder nach Rozenburg ging ... Gesagt haben sie das nicht, aber ich spürte, daß sie damit nicht einverstanden gewesen wären.«

»Und du bist brav zu Hause geblieben?«

»Nein, nein, das war nicht der Grund. Tja ... wie soll ich dir das erklären? Es war ein so unglaublicher Nachmittag. Ich kam nach Hause und war tot. Aber indem ich nach Hause kam, zeigte sich, daß nicht ich tot war, sondern ein anderer Junge. Dadurch hatte ich das Gefühl, daß etwas schiefgelaufen war, daß eigentlich ich hätte ertrinken müssen und nicht der andere, daß er unglücklicherweise an meiner Statt ...«

»Ja, aber du konntest doch nichts daran ändern, du warst ...«

»Hätte ich daran bloß etwas ändern können! Das wäre weniger schlimm gewesen. Nun lebe ich mit dem Gefühl, etwas falsch gemacht zu haben, etwas, das ich nie wieder gutmachen kann.«

Zum Glück brachte in diesem Augenblick ein gleichgültig wirkender Mann unsere Erbsensuppe. Es schwammen viel weniger Wurststücke darin als in der Erbsensuppe, die draußen auf dem Schild abgebildet war. Trotzdem war nach dem ersten Löffel wieder Montagabend, und ich hatte das Gefühl, vor der Küste Perus zu schippern.

»Als wäre ich wieder an Bord«, sagte ich munter. »Auf der *Overijssel* gab es montags abends immer Erbsensuppe, auch in den Tropen, und diese Erbsensuppe schmeckte genau wie die hier.«

»Und sie ist genauso grün wie zwei Teller Spinat, du Verräter.«

»Oho, du futterst heute aber auch ganz ordentlich«, sagte ich.

»Was glaubst du denn«, antwortete sie, »nach solch einer Schlittschuhfahrt. Du hast mit Absicht dafür gesorgt, daß wir die anderen verloren haben. Warum?«

»Ich bin nicht gerne unter Menschen, in einer Gruppe«, sagte ich, »ehe man sich versieht, sitzt man an einem langen Tisch, und es wird gelacht und geredet. Das finde ich so was von schrecklich, ich verstehe nicht, was die Leute daran finden, warum sie sich immer zueinander gesellen, sich gegenseitig besuchen, ständig miteinander reden wollen. Bei der Marine war man nie allein, man mußte darum kämpfen, wenn man allein einen Landgang machen wollte.«

»Du bist vielleicht ein seltsamer Kerl«, sagte sie, »du bist nicht gerne unter Menschen, du fühlst dich schuldig in einer Sache, wo man dir überhaupt keinen Vorwurf machen kann.«

»Könnte man mir nur einen Vorwurf machen«, sagte ich.

»Ich verstehe das nicht«, sagte sie.

»Ja, aber du kennst die Familie auch nicht.«

»Du denn?«

»Ja«, sagte ich, »ich habe mein Bestes getan, mit einem Bruder des Ertrunkenen Freundschaft zu schließen.«

»Wozu?«

»Um alles wiedergutzumachen. Um zu versuchen, alles wiedergutzumachen.«

»Ist dir das gelungen?«

»Nein.«

Sie fuhr sich mit einer Hand durch das Haar, das danach aussah wie ein großes, wirres Lockenknäuel.

»Vielleicht sollten wir jetzt aufbrechen«, meinte sie.

Diesmal durfte ich ihren Genever und ihre Suppe bezahlen. Draußen war es fürchterlich kalt. Über uns wölbte sich ein Sternenhimmel, der mich erneut an meine große Fahrt erinnerte.

»Wie kommen wir jetzt nach Hause?« fragte ich sie.

»Ach, laß uns einfach loslaufen«, meinte sie, »wir müssen erst einmal herausfinden, wo wir überhaupt sind.«

Wir gingen durch die stillen Straßen. Bei jedem Atemzug erschienen weiße Wölkchen. Nach jeder Straßenecke meinten wir, nun zu erfahren, wo wir waren.

»Wir können schlecht die ganze Nacht lang weitergehen«, sagte ich.

»Ach, warum nicht?« sagte sie.

»Meine Eltern machen sich bestimmt Sorgen«, erwiderte ich.

»Die sind doch inzwischen daran gewöhnt, daß du manchmal spät heimkommst. Vor allem, wenn du mit mir unterwegs bist.«

»Schon, aber sie wissen nicht, daß ich mit dir unterwegs bin.«

»Hast du ihnen nie von mir erzählt?«

»Nicht viel, glaube ich.«

»Oh«, sagte sie kurz, »tja dann ... es ist noch nicht sonderlich spät, wir haben den ganzen Abend Zeit herauszufinden, wo wir sind und wie wir wieder nach Hause kommen.«

Als wir den Ortsrand erreichten, sahen wir, wo wir gewesen waren. In Benthuizen.

»Das ist ja nicht zu glauben«, sagte ich, »Benthuizen!«

»Ist das ein besonderer Ort?« fragte Klaske.

»Hier hat Pfarrer Ledeboer gepredigt«, sagte ich.

»Nie gehört«, erwiderte Klaske.

»Er muß ein außergewöhnlicher Mann gewesen sein«, sagte ich, »er war hier 1840 Pfarrer. Eines Sonntags hat er das Reglement der Kirche und die Gesänge von der Kanzel geworfen und sie anschließend demonstrativ begraben. Danach wurde er seines Amtes enthoben. In der Woche darauf hat er draußen gepredigt. Er wurde verfolgt und ins Gefängnis gesteckt, er war vermögend und gab sein ganzes Geld weg, seine Verwandten haben ihn unter Vormundschaft stellen lassen. Mein Großvater besitzt ein Buch von ihm, worin er aus seinem Leben erzählt: *Die Wege des Herrn, auf denen er einen alles verloren habenden Sünder führte.*«

»Woher weißt du das alles? Warum interessiert dich das?«

»Weil die Familienangehörigen des ertrunkenen Kindes Ledeboerianer sind.«

»Ledeboerianer?«

»Ja, aber so nennen sie sich selbst auch nicht mehr. Letztendlich aber sind sie Anhänger von Pfarrer Ledeboer. Die, welche man heute Schwarzstrumpfgemeinden nennt.«

»Ach, diese unheimlichen Menschen.«

»Nein, sie sind nicht unheimlich, ich habe großen Respekt vor ihnen, viel mehr Respekt als vor den normalen orthodoxen oder reformierten Kalvinisten.«

»Ich finde sie schaudererregend«, sagte sie.

»Weil du sie nie wirklich kennengelernt hast«, erwiderte ich.

Wir gingen auf dem Zegwaartse Weg Richtung Zoetermeer. Es fror so stark, daß man es hören konnte. In der Ferne sahen wir die Lichter eines Industriegebiets. Es war, als nistete die Kälte sich in mir ein. Es wäre so einfach gewesen, den Arm um sie zu legen. Ich wußte, daß sie sich danach sehnte, sehr danach sehnte, ich spürte es so deutlich, als sehnte ich mich selbst danach. Trotzdem konnte ich mich nicht dazu durchringen. Ich sah Hendrikje vor mir, wieder ging ich an ihrer Seite durch Delft, während ihre beiden Brüder vor uns hergingen. Es war nicht so, daß ich dort auf dem Zegwaartse Weg lieber mit Hendrikje als mit Klaske unterwegs gewesen wäre. Mit Hendrikje bin ich nun mal nicht auf einsamen Landstraßen spazierengegangen. Mit Hendrikje mußte ich in der Sommersonne auf der Hauptstraße einer belebten Stadt spazierengehen.

»Du bist aber ein schrecklich braver Junge«, sagte Klaske. »Wenn ich damals nicht an der Kreuzung aufgetaucht wäre, stündest du heute noch vor der roten Ampel.«

Ich wußte, was sie wollte, was sie mit diesen Worten zu provozieren versuchte. Doch zwischen uns stand eine ganze Familie.

Wir erreichten das Industriegebiet. Die Kälte war weniger grimmig, weil wir im Schutz von Hallen gingen. Klaske sagte: »Es ist bestimmt sehr kindisch zu glauben, daß etwas, was wir einander versprochen haben, als du elf warst, mit einundzwanzig noch gilt. Ja, das ist sehr kindisch, beinah dämlich.«

Ich antwortete nicht. Vor mir sah ich die See. Wir fuhren mit voller Kraft voraus. Die Unterwasserbombe explodierte. Eine gewaltige Wasserfontäne stieg in die Höhe, spaltete sich in zwei, später drei, vier, fünf Fontänen, so daß es aussah, als griffe eine Hand nach dem Himmel. Die Hand streckte sich höher und höher, kippte dann hilflos vornüber, und ich summte leise einen Psalm:

> Er läßt die großen Wasser schwellen,
> läßt sie sich türm' zu Hauf,
> und in den tiefen Abgrund schnellen,
> wo sie begrenzet sind im Lauf.

14

Es war April. Klaske und ich gingen durch den Park des St. Joris-Krankenhauses. Eine Frühlingsbrise wehte über die zitternden Narzissen. Die Erlenkätzchen hatten ihre gelben Mäntelchen angezogen. Dennoch war es kalt und windig.

»Schau mal«, sagte Klaske, »dort sitzt einer unserer neuen Patienten und friert vor sich hin.«

Mit dem Rücken zu uns saß ein ganz in Schwarz gekleideter Mann auf dem Betonsockel einer demontierten Bank. Wir gingen zu ihm hin; der schwarzgekleidete Mann wandte sich um, sah mich und rief fröhlich: »Wahrhaftig, da haben wir den Lehrbuben des Bundesjehova.«

Er stand auf, kam auf uns zu, klopfte mir freundschaftlich auf die Schulter und sagte: »Ist das deine Freundin?«

Ich antwortete nicht, sondern dachte nur: »Er hier? Warum? Er sieht so gut aus, er kann nicht krank sein.«

»Na, sag doch was«, forderte er mich auf. »Ist sie deine Freundin oder nicht? Wenn sie nicht deine Freundin ist, solltest du rasch zusehen, daß sie es wird. Nur schade, daß sie sich hat Locken machen lassen. Ach ja, was Kleidung und Frisur angeht, macht heute ja doch jeder, was er will.«

Er schwieg einen Moment, nickte traurig mit dem Kopf und sagte: »Und deshalb vermacht Er uns Seine Versprechen nicht mehr.«

»Ist es nicht viel zu kalt, um hier auf dem nassen Sockel herumzusitzen?« fragte Klaske.

»Ach, Mädchen«, sagte er, »dies ist mein Betstuhl. Sollte ich nicht Wohlgefallen haben an Seinen Steinen und Mitleid mit Seinem Staub?«

»Gehen Sie doch mit uns zurück«, schlug Klaske vor, »sonst erkälten Sie sich noch.«

»Ach Kinder, ihr geknickten Halme, was soll in dieser Welt bloß aus euch werden? Denn weit offen steht die Tür für das Schwein des Waldes. Diese Welt wird ein Erbe der Nachteulen, ein Markgrund der Rohrdommeln. Habt ihr beide das beidseitig geschliffene Schwert bereits umgehängt?«

»Nein, noch nicht«, sagte ich, wobei ich die großen Papiermesser vor Augen hatte.

»Tut das schnell«, sagte er, »und geht vor allem nicht mehr zur Kirche. Überall wird eine erwerbbare Gnade verkündigt, nicht eine verliehene. Und eine heimführende Gnade kennen sie sowieso nicht mehr. Sie lassen die zehn Feuermünder des Gesetzes nicht mehr auf das Gewissen eindonnern. Sie predigen die Hoffnung der Spinnenwebe. Sie jagen der Vereinigung hinterher und werden den Frieden des Misthaufens erhalten, wo jedes Teilchen das andere ansteckt und verdirbt.«

Er stieg auf den Betonsockel der Bank, hob die Faust und sagte: »Fort mit den Kirchen. Hiobs Kirche war ein Misthaufen, Hiskijas Kirche war ein Krankenbett, Jonas Kirche war der Bauch eines Wals, Daniels Kirche war eine Löwengrube.«

»Jetzt kommen Sie aber bitte mit, Herr Ruygveen«, sagte Klaske.

»Wie Hunde werden sie zu ihrem Erbrochenen zurückkehren«, rief er.

Er stieg von dem Sockel herab und ging mit schweren, schlurfenden Schritten neben uns her.

»Du weißt, daß meine Frau gestorben ist, Lehrbube?« fragte er mich.

»Ja«, sagte ich scheu, »ja, schrecklich, Anton hat es mir erzählt.«

»Nein, nicht schrecklich«, erwiderte er, »ein Seufzer weniger hienieden, ein Jubler mehr am Hof.«

Beinah hätte ich gesagt: »Wirklich? Sind Sie denn sicher, daß Ihre Frau auserwählt war?« Zum Glück hielt ich mich zurück und dachte: »Wenn er auch verrückt geworden ist, so ist er doch auf jeden Fall milder geworden.«

Aber er sagte: »Anton, hast du gerade Anton gesagt? Erwähne nicht Anton! Er will emigrieren, er hat seine Papiere bereits zusammen, der geht bald nach Kanada. Dann habe ich all meine Kinder verloren, Ruth hat einen babylonischen Hurensohn geheiratet, Hendrikje, ach, meine Hendrikje ... Job, Jan, beide haben sie die Verschmähung in Christus nicht ertragen können. Warum bist du nicht mein Sohn, du hättest es geschafft.«

Er spuckte auf die Narzissen und sagte: »Ach, Mädchen, würdest du vielleicht schon mal vorausgehen, ich möchte noch kurz etwas mit diesem Lehrbuben besprechen.«

Bereitwillig ließ Klaske uns allein. Ruygveen blieb stehen, legte seine Hand auf meinen Arm, sah mir tief in die Augen und flüsterte: »Warum hast du ihn nicht davon abgehalten?«

»Wen?« fragte ich. »Anton? Tja, ich kann ja mal mit ihm reden, aber nutzen wird es nichts, denn er ist fest entschlossen ...«

»Nein, ich meine nicht Anton, ich spreche von meinem anderen Sohn, ich spreche von Jan.«

Seine Augen leuchteten seltsam. Seine Hand zitterte und sein Gesicht färbte sich dunkelrot.

»Du warst der letzte, der ihn gesehen hat«, sagte er, »du hättest ihn davon abhalten können. Warum hast du das nicht getan?«

»Abhalten?« fragte ich. »Wovon abhalten?«

»Von diesem Judassprung ins Wasser. Von dieser Saulstat – ach Herr, ach Herr, du hast mich schwerer geschlagen als alle meine Brüder. Stimmt es also doch, daß du mich mehr liebst als all die andern? Du hast mich schwerer kasteit.«

»Denken Sie ... Glauben Sie, daß Jan ... hat er genau wie Job?«

Ich hätte mir die Zunge abbeißen können. Daß ich jetzt auch noch Job erwähnte!

»Er hat doch einen Brief hinterlassen«, sagte Ruygveen.

»Das wußte ich nicht.«

»Ach Lehrbube«, sagte Ruygveen erschrocken, »was ist? Man könnte meinen, daß Schuldgefühle dir das Herz zusammenziehen.«

Mir war, als hörte ich unseren Patienten wieder sagen: »Ich werde dir derartig eine verpassen, daß du in den Staub fällst.« Dabei schaute ich schon hinab auf den Kies. Am besten wäre es, sich in den Kies zu legen, es mir gemütlich zu machen und in den Himmel zu schauen oder zu den blitzenden, glänzenden Fenstern der Gebäude, den schwarzen Fensterscheiben, in denen sich die Wolken spiegelten und hinter denen alles zu enden schien. Sollte das wahr sein? Hatte Jan Ruygveen Selbstmord begangen? Aber dann war ja alles anders, als ich dachte. Dann mußte ich alles wiederholen. Alles war umsonst gewesen, dann hatte ich all die Jahre ... all die Radtouren in der größten Übersetzung ...

dann war ich umsonst zur Marine gegangen, hatte umsonst
die Fahrt in den Westen gemacht. Und was war mit Oberbootsmann Terwal? Und all den Laken, all dem Bettzeug?
Umsonst hatte ich gewaschen, gemangelt und gebügelt.
Oder änderte sich nichts durch den Selbstmord? Spielte
es keine Rolle, wie er ums Leben gekommen war? Doch,
es spielte eine Rolle, es veränderte alles. Ich war dann unschuldig, vielleicht war ich es auch nicht, aber auf keinen
Fall lag eine Verwechslung vor. Dann hätte das Ganze mir
nicht ebensogut passieren können. Ich hätte in den vergan-
genen zehn Jahren mein Leben anders gestalten können,
ich hätte fröhlich sein können, ich hätte andere Freunde
haben können, dann hätte ich auf dem Zegwaartse Weg
meinen Arm um Klaske legen können.

Der Wind strich über die Narzissen. Sie bogen sich geduldig. Die Erlenkätzchen schaukelten im Sonnenlicht hin
und her, das ab und zu auf die Blüten fiel. In der Ferne sah
ich die breiten Flächen der Drehfenster, die das Sonnenlicht
gierig zu verschlingen schienen. Während ich in den Himmel hinaufsah, wo die Sonne wieder hinter einer bleifarbene
Wolke verschwand, war mir plötzlich, als zeichnete sich
hinter all dem Schmerz über die verlorenen Jahre ein größerer Kummer ab. Meine Schuld, meine Buße war mir lieb
geworden, war ein Teil von mir geworden, hatte mich anders als die anderen sein lassen, hatte mir die Fähigkeit ver-
liehen, auf Distanz zu bleiben und alles zu betrachten, ohne
beteiligt zu sein. Das wurde mir nun genommen, geraubt.
Nein, nein, ich wollte nicht darauf verzichten, diese Buße
gehörte zu mir, sie hatte mein Leben bestimmt und geformt,
hatte mich zu dem gemacht, der ich heute war. Wenn alles
umsonst gewesen war, dann war ich schließlich auch umsonst mit Hendrikje durch Delft gegangen.

»Wohin wolltest du an diesem Nachmittag?« wollte
Ruygveen wissen.

»Nach Rozenburg«, antwortete ich.

»Warum hast du Jan nicht gefragt, ob er mitgeht? In seinem Brief hat er geschrieben, daß niemand sein Freund sein wolle und daß er deshalb ... Du hättest ihn doch mitnehmen können, dann hätte er einen Freund gehabt. Du bist doch später auch Antons Freund geworden, nun, warum dann nicht Jans Freund. Er war wirklich ein netter, lieber Junge, netter und lieber als Anton.«

»Aber ich wußte doch nicht, daß er keine Freunde hat«, sagte ich.

»Er war dort allein unterwegs oder nicht? Er hatte keine Freunde, das hast du doch gesehen. Warum hast du ihm damals nicht die Hand entgegengestreckt? Kein Wort zu ihm gesagt?«

»Ich habe ihn erst gesehen, als ich schon fast auf der Fähre war. Die Fähre mußte ich unbedingt kriegen.«

Was sollte ich sagen? Wie konnte ich mich verteidigen? Erst jetzt schien ich wirklich schuldig zu sein, doch mit einem solchen Schuldgefühl konnte ich leben, das war nichts im Vergleich zu dem früheren Schuldgefühl. Außerdem sprach ich mit seinem Vater darüber, und schon das veränderte alles. Es machte das Joch leichter, verringerte die Last. Ruygveen sagte: »Früher haben mich alle angesehen, als wäre ich verrückt, aber hier im Krankenhaus werde ich endlich wie ein normaler Mensch behandelt. Ich wußte nicht, daß du hier auch in Behandlung bist. Aber es freut mich, denn da habe ich wenigstens jemanden, mit dem ich reden kann, ja, einen Sohn beinah.«

Ich zitterte im Frühlingswind. Wie merkwürdig, mir war kalt. Ich sagte: »Ich wußte wirklich nicht, daß Jan keine Freunde hat, ich kannte ihn nicht einmal, er ging auf eine andere Schule, und jeder ist hin und wieder allein im Hafen unterwegs.«

»Schon, aber doch nicht an einem Mittwochnachmittag,

dann ist man mit Freunden unterwegs, das hättest du doch erkennen müssen. Meistens ging er vor lauter Elend zu seiner Tante in Maasland. An diesem Nachmittag jedoch war das nicht möglich, denn sie lag im Krankenhaus ... ach, worüber reden wir eigentlich, Gott hatte in seiner unendlichen Weisheit doch schon vor Ewigkeiten beschlossen, daß Jan sich an diesem Nachmittag ertränken würde. Gott hatte schon alles in sein Buch geschrieben, bevor wir geboren waren. Du hättest also auch nichts daran ändern können.«

»Aber wieso haben Sie mich nicht früher danach gefragt, warum ich Jan an diesem Nachmittag nicht mit nach Rozenburg genommen habe?«

»Ich hatte nicht den Mut, offen darüber zu reden«, sagte er, »ich konnte einfach nicht darüber reden, es lag mir zu schwer auf der Seele. Ich hatte auch meinen Kindern verboten, Jans Namen auch nur ein einziges Mal noch zu erwähnen. Vielleicht war das falsch. Ich habe so viel falsch gemacht. Aber Selbstmord ist schließlich die größte Sünde, und ich wollte nicht, daß sie jemals wieder von diesem Sünder sprachen.«

Er stampfte ein paarmal auf den Boden und sagte: »So, jetzt sollten wir wieder zu deiner Freundin gehen, sie steht dort hinten und wartet.«

Wir gingen zu Klaske. Ruygveen erhob wieder seine Stimme und rief: »Sie machen den Frieden und die Vergebung aus brüderlicher Liebe zu einer Grube des Verderbens, in der sie allen Gotteseifer, seine Wahrheiten und seine Belange begraben. Sie predigen weiter und weiter über das Angebot freier Gnade, aber wie Hunde werden sie zu ihrem Erbrochenen zurückkehren.«

Während ich zu den schwarzen Drehfenstern schaute, hörte ich ihm erstaunt zu. Warum plötzlich wieder dieser Ton, diese Sprache? Mußte er etwas mit seinen Schreien übertönen? Hatte er immer, all die Jahre, wenn er so sprach, irgend etwas übertönt?

»Schöne Narzissen, finden Sie nicht auch, Herr Ruygveen?« sagte Klaske, als wir wieder bei ihr waren.

»Schön? Kann etwas auf dieser Welt schön sein? Alles trägt doch das Joch der Sünde? Ja, du auch, du hast dir Locken machen lassen.«

»O nein, mein Haar ist von Natur lockig.«

»Ach, ja dann, dann mußt du in Zukunft ein Kopftuch tragen.«

»Von wegen«, sagte Klaske fröhlich, »das kommt überhaupt nicht in Frage.«

»Sprich mit ihr, Lehrbube«, sagte er zu mir, »sag ihr, daß sie in Zukunft ein Kopftuch tragen muß.«

Wir gingen nebeneinanderher über einen breiten Kiesweg. Ruygveen stampfte wieder mit den Füßen auf, stand plötzlich still und sagte zu mir: »Warum gehst du so neben deiner Freundin her, los, leg einen Arm um sie.«

»Aber sie ist gar nicht meine Freundin«, protestierte ich.

»Lügner«, erwiderte er, »ich habe noch nie zwei Menschen gesehen, auf deren Gesicht man so deutlich lesen konnte, daß sie ineinander verliebt sind. Los, nun leg schon deinen Arm um sie.«

War das wirklich Ruygveen, der da sprach? Das war doch unmöglich? Er würde so etwas doch niemals sagen? Und warum war mir so schwindelig? Ich schaute lieber wieder auf die ruhigen, schwarzen Flächen der Drehfenster.

»Na los«, sagte er.

Ich brauchte einen Halt, jemanden, auf den ich mich stützen konnte, und darum legte ich meinen Arm um sie. Sie reagierte sofort, legte ihren Arm auf meinen Rücken und drückte mich fest an sich. Einen Moment lang sah sie mich beinah triumphierend an, senkte dann aber wieder den Blick.

Ruygveen ging stampfend weiter, sah weder auf noch zur Seite und sagte: »Ich bin froh, daß ich jetzt hier bin. Die Menschen draußen wollten meine Freiheit in Christus ausspionieren. Sie wollten nicht glauben, daß Gott mich kasteit hat wie seinerzeit Hiob. Er hat mich nur aus Gnade in der Gnade bewahrt. Die Leute denken, ich sei verrückt, wenn ich sage, daß er mich bald wie Elia mit einem feurigen Wagen und feurigen Pferden holen kommt. Jüngling des Bundesjehova, glaubst du auch, daß ich verrückt bin, wenn ich sage, daß Gott mich demnächst mit Reitern und Wagen holen wird?«

»Nein, nein«, sagte ich, »neulich erst habe ich geträumt, ich klettere auf einer Leiter, die bis in den Himmel reicht.«

»Eine Leiter, die in den Himmel reicht? Die Leiter Jakobs? Ach, Junge, wieviel mußt du noch lernen, eine Leiter, das geht doch nicht, das würde bedeuten, daß man selbst klettern muß, während man doch kein Jota für sein Seelenheil tun kann. Es muß alles von Ihm kommen, es ist einzig Gnade, nein, eine Leiter, ganz ausgeschlossen. Wie sollte Gott dann Seine heimführende Gnade an mir verherrlichen, nein, nein, Er kommt mit Pferd und Wagen. Ich weiß nur nicht, wann Er kommt, und darum muß ich meine Kleider anbehalten, wenn ich zu Bett gehe. Denn Er kommt wie ein Dieb in der Nacht, und dann habe ich keine Zeit mehr, mich anzuziehen ... he, wo bleibt ihr?«

Er sah sich um und sagte: »Ich hoffe, daß ihr es besser machen werdet als ich.«

»Ich wünschte, ich hätte Jan gefragt, ob er mitkommt«, sagte ich.

»Rede nicht mehr darüber«, sagte er, »der Sünder, dem seine Verworfenheit offenbar geworden ist, erblickt sein Elend und seinen Abfall in seinem Stammvater Adam. Bring es vor den Herrn. Es hat Ihm behagt, mich, dieses bußfertige Gefäß, in die Tiefe meiner Schuld zu führen. Warum also sollte Er nicht auch dir deine Schuld offenbaren? Was glaubst du, Sohn, werde ich auf einem Pferd sitzen müssen, oder darf ich in dem Feuerwagen Platz nehmen? Wenn ich auf dem Pferd sitzen muß, brauche ich vielleicht Reitstiefel. Könntest du mir welche besorgen? Ein paar gute, schwarze Reitstiefel, Größe fünfundvierzig?«

»In Ordnung«, erwiderte ich, »ich wünschte nur, ich hätte Jan ...«

»Mach dir darüber keine Gedanken, es war in Seinem weisen Entschluß vorherbestimmt. Er selbst hätte es auch nicht verhindern können. Ich finde, ihr beide seid ein hübsches Paar. Gerne würde ich euch mitnehmen, wenn Er mich mit seinem ewigen Wagen und seinen ewigen Pferden abholt, aber ihr seid noch unbekehrt, und ich muß Seinen Ratschluß erfüllen. Er hat nun mal gesagt: ›Zuerst Hennoch, dann Moses, dann Elia und dann Johannes Ruygveen.‹«

Bewegungslos stand er auf dem Kiesweg. Es war Frühling. Gleich neben seinen Füßen blühte das gelbe Scharbockskraut. Die Sonne brach wieder durch und schien auf sein Gesicht. Und mit derselben Stimme, die damals auf dem Fenacoliusplein gesagt hatte: »Ich will in dir lassen übrigbleiben ein armes, geringes Volk; die werden auf des Herrn Namen trauen«, mit derselben schwachen, aber weit tragenden Stimme sagte er: »Er hat meine Seele liebreich umarmt.«

PIPER

Maarten 't Hart
In unnütz toller Wut

Roman. Aus dem Niederländischen von Gregor Seferens.
348 Seiten. Gebunden

Tagsüber ist der kleine südholländische Ort Monward wie
ausgestorben. Eine klare Frühlingsbrise kräuselt die Oberfläche des nahen Sees, als Lotte Weeda zum ersten Mal dort erscheint. Sie ist attraktiv und selbstbewußt. Und sie möchte
die zweihundert markantesten Gesichter der kleinen katholischen Gemeinde photographieren; schon im Herbst soll
ein Buch mit den Aufnahmen verlegt werden. Nicht alle sind
begeistert von ihrem Plan, allen voran Taeke Gras, der sein
Gesicht keinesfalls mit einem Stück Papier teilen möchte. Am
Ende willigt er ein, wie auch Abel, der Graf. Doch ihn wirft
Lottes Besuch aus der Bahn, denn plötzlich und unerklärlich
bildet er sich ein, seine Kinder seien nicht von ihm, sondern
von den wechselnden Liebhabern seiner jüngeren, reizenden
Frau Noor. Immer groteskere Formen nimmt sein Wahn an
– bis Abel eines Tages stirbt. Und er ist nicht der einzige: Ein
Porträtierter nach dem anderen kommt zu Tode ...

01/1401/02/R

PIPER

Maarten 't Hart
Die Sonnenuhr

Roman. Aus dem Niederländischen von Marianne Holberg.
334 Seiten. Serie Piper

Leonie Kuyper führt ein bescheidenes Leben als Übersetzerin –
bis ihre beste Freundin Roos, die Laborantin mit den knall-
roten, superlangen Fingernägeln, an einem Sonnenstich stirbt.
Roos hat sie zur Alleinerbin bestimmt, allerdings unter
einer Bedingung: Daß sie für die drei geliebten Katzen sorgt
und in ihr Appartment zieht! Als Leonie sich auf diesen
Deal einläßt, entdeckt sie nach und nach verwirrende Geheimnisse im Leben ihrer Freundin. Maarten 't Hart, der große
Erzähler und Meister witziger Dialoge, hat einen komischen
und höchst spannenden Roman geschrieben.

»Maarten 't Hart, ein wunderbar altmodischer Erzähler,
offenbart in diesem Krimibubenstück lustvoll seine komö-
diantische Seite.«
Der Spiegel

01/1459/01/L

PIPER ORIGINAL

Sándor Márai
Das Wunder des San Gennaro

Roman. Aus dem Ungarischen von Tibor Simányi. 288 Seiten. Klappenbroschur

Zu Frühlingsbeginn verbreitete sich die Kunde, daß in Posillipo in einem Gartenhaus ein Mann lebt, der die Welt erlösen will. Vielleicht besaß der Heimatlose wirklich wundertätige Kräfte, und Erlösung suchten alle hier, die in der kargen Uferlandschaft bei Neapel lebten, der Fischverkäufer ebenso wie der Maurer oder der Weinhändler. Deshalb glaubten sie alle an das Wunder, ja, letztlich vertraute man allein darauf, nicht auf die Kommune und nicht auf die Kirche. Das Wunder konnte einfach sein, geheimnisvoll oder verworren. Nur schnell wollte man es haben. So war die Bestürzung groß, als man den Fremden eines Tages am Meeresstrand tot auffand.

04/1043/01/R